LE KARMA CARNASSIER

LES ENQUÊTES DE JULIE, TOME 2

ANA T. DREW

UN POLAR HUMORISTIQUE

Édition française : Ana T. Drew

Relecture : Alexandra Herault, Céline Villier

Ce livre est une œuvre de pure fiction.

Les noms, les personnages, les lieux et les situations sont le fruit de l'imagination de l'auteure ou sont utilisés de manière fictive. Toute ressemblance avec des faits réels, des lieux ou des personnes existantes ou ayant existé, ne saurait être que pure coïncidence.

TABLE DES MATIÈRES

AVANT-PROPOS

La pâtissière Julie Cavallo a démasqué un tueur.
La vie est belle à nouveau...
jusqu'à ce que son sous-chef ne devienne un suspect de meurtre.

Julie est certaine qu'Éric n'a pas tué son ex-taulard de père.
La question est de savoir si elle peut le prouver au gendarme qui mène l'enquête.
Seule, elle n'aurait aucune chance.
Il faut que la meilleure — et, *euh,* l'unique — équipe de détectives amateurs de Beldoc revienne dans le jeu!
Heureusement, la sœur de Julie, sa grand-mère fantasque et son toutou peinard sont prêtes à relever le défi.
De plus, Julie espère pouvoir s'adjoindre les services d'un capitaine peu commode mais très sexy...

Désemparés mais déterminés, le trio de détectives entreprend de trouver le véritable tueur.

À propos d'Ana T. Drew
« Des personnages amusants et des rebondissements inattendus… Délicieux!» – Manhattan Book Review

« Le karma carnassier » est la deuxième enquête d'une nouvelle série de polars cosy qui se déroulent en Provence.

CHAPITRE UN

Tous les gourous du management moderne s'accordent à dire qu'un patron responsable doit veiller sur ses employés.

Et si le patron est chef pâtissier ?

Dans ce cas, le précepte serait : « Un chef pâtissier consciencieux se doit d'intervenir lorsque son sous-chef a un gros souci. »

Je tourne à droite dans la rue Moulin. Un pigeon effrayé s'envole en me rasant le visage. Je perds l'équilibre et manque de peu de tomber de mon vélo. Mais je me stabilise et continue.

Mis à part l'éthique professionnelle, toute personne attentionnée viendrait à l'aide d'un ami.

Moi, Julie Cavallo, j'aime à me considérer comme un patron responsable. Ma grand-mère Rose me décrirait comme une personne attentionnée. Et si vous demandez à mes trois sœurs... euh... En fait, ce n'est pas la peine. Il y a de fortes chances que 33,3 % ou plus d'entre elles ne soient pas d'accord avec Rose.

Certes, je ne suis pas toujours quelqu'un de bien.

Mais je peux l'être dans une situation de crise.

Et si les circonstances actuelles qui touchent Éric ne représentent pas une crise, alors je ne sais pas ce que « crise » signifie.

Je traverse une grille bosselée en louchant à moitié sous l'effet d'un rayon de soleil oblique, et me prépare pour monter la côte.

Mesdames, Messieurs, il y a une chose que vous devez savoir à mon sujet. Je suis très douée pour m'auto-convaincre de faire des trucs qu'il ne faut pas faire. Depuis que je suis arrivée à la pâtisserie ce matin, j'ai trouvé des dizaines de raisons d'aller voir Éric.

Toutes sapèrent ma résolution de l'abandonner au bon soin de ses copains ou de laisser la police faire son travail. Elles m'ont envoyée sur une pente savonneuse d'arguments douteux jusqu'à la conclusion que « je serai un monstre si je ne fais rien ». Sans surprise, dès que Flo entre dans la pâtisserie cet après-midi et qu'elle passe son tablier, ces mêmes raisons me propulsent dehors.

Et me voilà, à pédaler comme une folle en direction de la maison d'Éric dans le quartier Sainte-Brique de Beldoc.

Alors que je traverse le centre historique, des bistros, des magasins, des restaurants, des boutiques et des boulangeries aux couleurs vives se succèdent à ma gauche et à ma droite.

Même les pharmacies ont l'air accueillantes dans cette partie de la ville. Leurs vitrines affichent parfums, huiles et crèmes joliment emballés, et leurs écrans publicitaires promettent de miraculeux shampoings. Sans les discrets caducées verts au-dessus de l'entrée, personne ne devinerait que leur but premier est de délivrer des médicaments sur ordonnance.

L'odeur de la lavande imprègne l'air, soufflée dans la ville depuis les champs beldociens alentours. Je passe devant la gendarmerie, puis devant la Poste et, quelques minutes plus tard, j'arrive à Saint-Brique.

Ce quartier résidentiel endormi, dont je garde un souvenir poussiéreux, a subi de nombreux changements au cours de la dernière décennie et demie. Après s'est embourgeoisé, il est en train de carrément se boboïser. Une de mes amies du collège vivait ici. Elle m'invitait souvent chez elle à l'époque. Je me souviens de petites maisons indéfinissables, leurs avant-cours en désordre total. Encombrées de jouets en plastique, de ballons de foot en caoutchouc et de bric-à-brac, elles servaient de salles de jeux extérieures pour les enfants plutôt que de symboles du statut social des parents.

Eh bien, les choses ont changé.

Les maisons sont devenues plus grandes et plus belles. Les jouets des enfants et les piscines gonflables ont été déplacés dans les arrière-jardins pour laisser place à d'impeccables pelouses et parterres de fleurs. Bien qu'aucune de ces villas récemment poussées ne puisse être comparée au mini-Versailles des Prouttes, plusieurs d'entre elles surpassent l'élégante maison de mamie.

La maison familiale d'Éric ne joue pas dans cette catégorie. Elle n'a pas été conçue par un architecte ou aménagée par un professionnel. Mais elle est grande, plutôt jolie et pleine de caractère.

En m'approchant, je repère Éric près de la porte d'entrée, tête penchée et épaules affaissées, comme s'il n'avait pas dormi depuis des jours. Il raccompagne trois personnes vêtues de combinaison de lapin blanc. Ils transportent divers conteneurs, sacs et équipements dans un fourgon de la gendarmerie garé à l'extérieur. Ce doit être des nettoyeurs de scène de crime.

Quand je descends de vélo, Éric me voit et me fait signe de la main.

Je cours vers lui et commence à ouvrir les bras.

– Toutes mes condoléances, Éric. Je suis vraiment désolée !

– Il n'y a pas de quoi être désolée, Chef.

Je le regarde d'un air perplexe. Au fait, a-t-il seulement envie que je le prenne dans mes bras ?

Sa posture rigide m'indique que non.

Mes bras retombent.

La voix d'Éric est monocorde et son visage serré lorsqu'il précise :

– Je n'ai pas perdu mon père hier.

– Que veux-tu dire par là ?

– Je l'ai perdu il y a huit ans, le jour où il a tué Audrey Gilly.

– C'était un homicide involontaire, dis-je. Il n'a jamais voulu la tuer.

Nom mais quelle mouche m'a piquée ? Je suis en train de défendre Brice Dol, un homme que je méprisais de son vivant...

Et pourtant, je remets cela :

– Ton père a fait de la prison pour ça. Presque une décennie !

– Seulement huit ans, rétorque Éric en retroussant ses lèvres. C'est que dalle. Une femme est morte à cause de lui. Deux adolescents ont perdu leur mère. Ma vie a changé à jamais.

Je soulève la main pour toucher son bras, puis l'abaisse en me rappelant sa réaction précédente. Il n'aime pas les gestes de sympathie. Ça doit être un truc de garçon. Ou un truc de geek.

En pinçant les lèvres, il regarde dans le vide.

– Ce salopard aurait dû pourrir en prison pour le reste de ses jours !

Je me trouve trop à court pour protester.

Un silence s'étire pendant lequel Éric ne cesse de détourner les yeux. Je me demande si c'est le moment de partir. Mon regard se promène dans le jardin.

Comme ce serait impoli de fixer la scène du meurtre, je me concentre plutôt sur la maison.

On ne peut que l'admirer : c'est une véritable bastide provençale, symétrique, au toit plat, magnifique dans la lumière dorée du soleil de fin d'après-midi. L'ocre des murs est mise en valeur par des volets d'un bleu éclatant. Une jolie arcade au rez-de-chaussée lui confère une touche médiévale.

Il y a quelque chose d'élégant dans sa forme et ses proportions, quelque chose qui fait que la maison d'Éric se démarque des autres. Même le jardin, pourtant mal entretenu, ne peut en gâcher le charme. Je me souviens qu'Éric m'a raconté comment son grand-père paternel, un ébéniste de talent, l'avait achetée à bon prix avant que le quartier ne devienne à la mode. Un fieffé malin, son grand-père !

Éric rompt le silence et plante enfin ses yeux dans les miens, l'expression de son visage adoucie :

– Je viendrai bosser demain matin, chef. Désolé de vous laisser en sous-effectif.

– Tu n'as pas à le faire.

Je montre du doigt la camionnette de la gendarmerie qui démarre :

– Tu dois avoir un tas de trucs à gérer.

– Ma tante arrive de Besançon tout à l'heure. Elle va rester quelques jours. Et mes copains m'aident aussi.

– Contente de l'entendre ! Mais prends au moins un autre jour de congé.

– Mais vous...

– Les examens sont terminés, donc Flo sera là tous les après-midis, précisé-je. Et je vais demander à Rose de s'occuper de la caisse le matin afin que je puisse bosser en cuisine. On se débrouillera jusqu'à ton retour.

– Rose ? répète-t-il tandis qu'un petit sourire ourle la commissure de ses lèvres. Rose est toujours affairée le matin. Et pas qu'un peu.

Ça, c'est vrai. Il sait que je ne peux pas le nier car mamie s'arrête souvent à la pâtisserie pour prendre un café entre deux rendez-vous et partager ce qu'elle fait de sa journée. En général, beaucoup de choses.

Ma grand-mère, à la retraite depuis un bon bout de temps, a un agenda de ministre. Lorsqu'il ne s'agit pas d'une réunion d'une association caritative, d'un comité municipal, de son cours de Doga ou du « book club » de sa copine anglaise Sarah, alors c'est son banquier, le véto de Lady – son cavalier King Charles – ou un rendez-vous sur Arles.

Et puis, il y a ses deux bébés qui ont chacun besoin d'une balade séparée. D'abord, elle emmène Lady faire une promenade, puis elle sort sa petite Nissan jaune vif faire un tour.

– C'est pas faux, je l'admets. Mais je suis sûre que Rose pourra libérer un créneau dans son emploi du temps demain matin pour m'aider.

– OK, admet Éric, je vais prendre un autre jour de congé.

Son visage témoigne d'une forme de résignation, mais sa voix dénote un soulagement indéniable.

Sa posture devient beaucoup moins rigide.

Est-ce le bon moment pour lui faire un câlin ?

Un doute m'assaille. Les patrons font-ils des câlins à leurs salariés ? Je ne gère des employés que depuis un mois – Éric et ma petite sœur Flo – alors je tâtonne encore. Ça aide qu'ils n'aient tous les deux que vingt-deux ans. Mes huit années supplémentaires de vie et d'expérience professionnelle me confèrent une certaine autorité naturelle qui m'aurait manqué si j'avais bossé avec quelqu'un de plus âgé que moi.

En parlant d'autorité, reste à voir si je *gère* réellement Flo.

Ceci supposerait que Florence Cavallo soit gérable.

Dans son esprit, notre relation professionnelle, ainsi que son rôle dans mon entreprise, c'est un « truc rigolo » auquel elle s'adonne pendant son temps libre. Ce n'est pas un travail pour elle ni même un petit boulot. Elle passe juste au magasin plusieurs après-midis par semaine pour me donner un coup de main, comme une faveur. Puis, à la fin du mois, je lui exprime ma gratitude éternelle en versant quelques centaines d'euros sur son compte.

Franchement, qu'est-ce que ça a à voir avec le travail ?

Éric me jette un regard expectatif. Il doit s'interroger sur la raison pour laquelle je ne suis pas encore partie.

Parce que j'hésite toujours pour ce fameux câlin !

Mon ancien patron à la Maison Folette m'a-t-il jamais serrée dans ses bras, moi ou un autre cuistot ? Je ne crois pas. En même temps, le contexte était différent. Dans une grande entreprise parisienne de plusieurs dizaines d'employés, les relations sont forcément plus formelles et distantes que dans une petite boutique provençale.

En plus, les Parisiens n'aiment pas trop les câlins.

Oh, et puis merde, je le fais !

J'ouvre mes bras.

Une voix masculine résonne dans mon dos :

– Éric Dol, avez-vous tué votre père ?

CHAPITRE DEUX

Éric ferme les yeux un instant, comme pour se retenir, puis il jette un coup d'œil à l'homme derrière moi.

– Non, je n'ai pas tué mon père. Je vous l'ai déjà dit hier.

Je me retourne.

Un homme d'une quarantaine d'années avec une chemise sans cravate et un petit dictaphone à la main franchit la porte entrouverte. Je l'ai déjà vu quelque part... Ça y est, je sais, c'est Noam Toche, l'un des journalistes du *Beldoc Live !*

– Effectivement. C'est d'ailleurs tout ce que j'ai obtenu de vous hier, remarque Noam en approchant son dictaphone d'Éric. Mais maintenant que les gendarmes sont partis, me parlerez-vous ? Ça ne prendra pas plus d'une quinzaine de minutes, je vous le promets.

– C'est pas le moment..., commence Éric.

– C'est ce que vous avez dit hier, l'interrompt Noam.

Son ton est poli, mais sa bouche plissée trahit son exaspération lorsqu'il ajoute :

– Et, lorsque vous avez dit ça, les gendarmes m'ont botté le cul.

– Ils ne vous ont pas botté le cul, monsieur Toche, ils vous ont juste demandé de partir, corrige Éric.

– *Demandé ?* s'exclame Noam d'un ton âcre. Ils m'ont chassé d'ici comme si j'étais un paparazzi. Et ils n'ont pas été très doux, si vous vous souvenez bien.

Éric penche la tête comme si c'était lui, et non le manque de discernement du journaliste, qui avait provoqué son « bottage de cul ».

Noam brandit l'index de sa main libre devant le visage d'Éric.

– Une drôle de façon de traiter la presse, notamment le meilleur journaliste d'investigation de Beldoc ! Ma rédactrice en chef aura quelques mots à leur dire, croyez-moi, ainsi qu'à monsieur le maire.

Éric me lance un regard paniqué avant de se retourner vers Noam.

– Très bien, d'accord. Allez-y, posez-moi vos questions.

Il accepte l'interview ?

Mais, bon sang, pourquoi ? Pourquoi la menace de Noam de mettre le maire sur le dos des flics a-t-elle effrayé Éric au point qu'il coopère alors qu'il ne le veut clairement pas ?

Dois-je intervenir ? Ou cela aggraverait-il les choses ?

Noam manipule son dictaphone et indique le jour et l'heure, avant de reprendre d'une voix polie et professionnellement neutre.

– Bien. Recommençons. Éric, avez-vous tué votre père, Brice Dol ?

– Non, je n'ai pas tué mon père, dit Éric.

J'admire sa patience.

Noam le dévisage.

– Avez-vous une théorie sur qui aurait pu le faire ?

– Un ancien codétenu, sans doute.

– Qu'est-ce qui vous fait dire ça ? demande Noam en se penchant en avant. Brice était-il en contact avec quelqu'un en particulier ?

L'expression sur le visage du journaliste vaut de l'or. S'il était un chien, ses oreilles seraient dressées et son nez remuerait d'excitation en ce moment.

– Je ne sais pas, dit Éric, douchant l'enthousiasme de Noam.

– Des ex-détenus sont-ils passés à la maison ?

Éric se frotte le visage.

– Peut-être... Je ne sais pas. Je n'étais pas beaucoup à la maison.

Noam pousse un grognement incrédule.

– L'auriez-vous entendu avoir une conversation téléphonique suspecte avec un codétenu ou quelqu'un d'autre ?

– Pas vraiment, non.

– Avec qui traînait-il ? demande Noam.

– Je ne sais pas.

Noam se pince l'arête du nez.

– Que savez-vous de la vie de votre père au cours du dernier mois depuis sa sortie de prison ? Vous viviez sous le même toit, tout de même !

– Pas grand-chose, admet Éric en fixant ses pieds. Je... je l'évitais.

– Comment ?

– Le matin, je m'assurais de me lever à l'aube et de quitter la maison avant qu'il ne se réveille, répond Éric. Je ne voulais pas risquer de le croiser dans la cuisine et de devoir lui parler.

Le pauvre !

Je secoue doucement la tête.

– Maintenant je comprends pourquoi tu étais toujours là quand j'arrivais à la boutique, même les jours où j'arrivais super tôt !

– Et le soir ? demande Noam.

– Après le travail, je trouvais des choses à faire avec mes potes ou tout seul. J'avais pris l'habitude de dîner dans une brasserie ou de manger un sandwich avant de rentrer chez moi, histoire de ne pas devoir passer par la cuisine.

– La cuisine est-elle le seul endroit de la maison où vous risquiez de croiser votre père ? demande Noam.

– C'est une grande baraque, explique Éric. Ma chambre est au deuxième étage, la sienne est au troisième. Les deux ont une salle de bain attenante. Les soirs, il regardait la télé dans le salon jusqu'à tard dans la nuit. Quand je n'étais pas dehors avec des amis, je passais mes soirées dans ma chambre. Je jouais à des jeux vidéo ou je regardais Netflix sur mon ordi avec un casque.

– C'est pourquoi vous n'avez rien entendu la nuit où Brice a été assassiné, j'imagine ? demande Noam en étudiant le visage d'Éric. C'est bien ce que vous avez dit aux gendarmes ?

– Oui.

Éric expire. Il me paraît épuisé, tant émotionnellement que physiquement.

Mais pourquoi diable a-t-il accepté cette interview ?

Ce n'est pas comme s'il était obligé de parler à la presse ! Pourquoi se donne-t-il la peine de répondre à toutes ces questions qui le perturbent ? Il aurait dû mettre Noam dehors, comme les gendarmes l'ont fait hier.

À ce propos, je me demande si c'est le capitaine Adinian qui a éjecté Noam Toche. Cela ne me surprendrait pas. D'après ce que j'ai observé durant l'affaire Maurice Sauvé, il serait parfaitement capable de faire ce genre de choses envers un journaliste trop insistant ou un spectateur trop curieux. Ainsi pour toute personne qu'il jugerait nuisible.

Noam fixe Éric sans cligner des yeux.

– Pour résumer, vous n'avez pas d'alibi et vous n'avez aucune idée de qui aurait pu tuer votre père.

Il y a de la déception et de la moquerie dans sa voix, et je m'attends à ce qu'Éric s'emporte, mais il garde la tête baissée, les yeux rivés sur ses chaussures.

Très brièvement, ses mains se crispent en poings, qu'il fourre aussitôt dans les poches de son jean.

– Ça résume bien la situation, oui.

Soudain, je sais pourquoi Éric est si docile.

Beldoc Live a récemment réalisé un reportage sur ma pâtisserie. Ce reportage nous a valu beaucoup de nouveaux clients. Ce n'était pas Noam qui avait écrit l'article, mais la rédactrice en chef du journal elle-même, Marie-Jo Barral. Elle suit les cours de Doga de Rose et fréquente ma pâtisserie.

Quoi qu'il en soit, Éric craint probablement que s'il envoie Noam balader, le journaliste laisse un avis cinglant sur la boutique sur un grand site comme Google ou Trip Advisor. Il pourrait même écrire un nouvel article dans un mois ou deux, affirmant que *Les délices sans gluten de Julie* n'est qu'un flop surfait. Et si Marie-Jo refuse de publier son article, il l'enverra à son concurrent, *Beldoc Soir.*

En d'autres termes, l'amabilité incompréhensible de mon sous-chef s'explique facilement par sa touchante inquiétude pour la pâtisserie.

C'est du Éric Dol tout craché !

– Il faut que je retourne à la boutique, dis-je, en espérant que Noam prenne modèle sur moi.

C'est raté.

– Au revoir, me dit-il sans quitter Éric des yeux. J'ai encore quelques questions à vous poser.

Le désespoir qui se lit sur le visage d'Éric me serre la poitrine.

– Tu veux passer dire bonjour à Flo ? lui demandé-je. Elle s'inquiète pour toi.

Éric fait un signe de tête vers mon vélo.

– Je marcherai à côté de mon vélo, dis-je.

Il se précipite face à un Noam déconcerté.

– On y va alors !

Le journaliste nous suit.

– Ça vous dérange si je vous accompagne ?

– J'ai peur que cela ne soit pas possible, déclaré-je en me plaçant entre les deux hommes. J'ai des affaires urgentes à discuter avec Éric en chemin.

Noam commence à dire quelques mots, mais je lui coupe la parole sans cérémonie.

– Au revoir, monsieur Toche.

Il éteint son dictaphone en grommelant un juron.

Éric et moi descendons la rue en direction de la pâtisserie.

– Le prix de la vanille est revenu à la normale, dis-je ostensiblement. J'irai chercher des gousses au marché demain ou après-demain, pour que tu puisses faire des macarons à la vanille à ton retour.

Espérons que ça a l'air assez *urgent* au cas où Noam nous entende. Réprimant la tentation de me retourner, je fais un clin d'œil à Éric et avance.

En fin de compte, peu importe si Noam Toche croit ou non à l'urgence de la vanille. S'il est du genre à laisser des avis anonymes à une étoile en guise de rétribution pour une interview écourtée, il le fera. Je ne peux que prier pour que le karma existe. Qui sait, peut-être que ma grand-mère ainsi que les

2500 ans de bouddhisme ont raison, peut-être que nos actes d'aujourd'hui déterminent bel et bien les événements « aléatoires » du futur.

Dans ce cas, la roue tournera et les menaces de Noam lui retomberont dessus.

CHAPITRE TROIS

Vers sept heures, Rose m'appelle pour nous inviter, Flo et moi, à dîner. Elle prépare une quiche aux oignons et veut qu'on lui dise ce qu'on pense de sa nouvelle recette.

Ce qu'elle cherche vraiment, c'est à s'assurer que Flo et moi resterons à l'écart de l'enquête sur la mort de Brice Dol. Étant donné que jouer aux détectives a failli me coûter la vie la semaine dernière, je comprends son inquiétude. Et, honnêtement, je n'ai pas l'intention d'interférer dans cette affaire. Aussi désagréable qu'il soit, le capitaine Adinian est un enquêteur compétent. Il n'y a aucune raison pour qu'il ne puisse pas retrouver l'assassin de Brice.

À huit heures, Flo et moi fermons la boutique et nous rendons chez Rose. En utilisant mon trousseau de clés, nous entrons chez elle. Je m'attends à ce que Lady – le cavalier King Charles de mamie – vienne nous saluer comme elle en a l'habitude, mais elle se contente d'aboyer amicalement depuis l'étage. Ce qui signifie qu'elle est trop pépère en ce moment pour s'embarrasser de l'étiquette canine.

Flo sourit, en enlevant ses chaussures.

– Petite peinarde !

Un arôme alléchant d'oignons, de pâte, d'œuf et de crème me fait fermer les yeux de plaisir. Au fur et à mesure que mes papilles s'éveillent, je décide que même si la quiche a un goût bizarre, cette nouvelle recette mérite des bons points pour l'odeur.

– Mamie, on est là ! appelle Flo.

La voix de Rose nous parvient d'en haut.

– Dans le salon !

– Mmm... Je suis affamée.

Flo file à l'étage.

Je la suis et me rends compte que je suis affamée moi aussi, ce qui explique pourquoi l'odeur de la quiche m'a fait perdre pied. Cela dit, Rose est la reine en matière de quiches. Son répertoire culinaire ne comprend que deux sortes de plats – les salades et les quiches – qu'elle décline en un nombre illimité d'itérations. Ses quiches sont meilleures que ses salades. Elles sont presque aussi bonnes que mes macarons, c'est dire !

Quand j'entre dans le salon, Rose regarde la télévision sur son canapé. Flo s'est déjà assise à l'autre bout. Lady se prélasse entre elles sur son coussin préféré, endormie. Mamie me salue sans quitter l'écran des yeux. Je m'enfonce dans l'un des fauteuils et je suis leurs regards.

C'est une émission sur les lions d'une réserve naturelle en Afrique du Sud. Devant nos yeux, deux lions mâles s'affrontent pour savoir qui aura l'honneur de procréer avec la jolie lionne qui les observe de loin. Rapidement, le duel de pupilles se transforme en concours de grognements et de postures agressives.

Dans la cuisine, au rez-de-chaussée, le four émet un signal sonore indiquant que la quiche est prête. Je déglutis et jette un œil à Rose. Inconsciente du monde qui l'entoure, mamie est complètement absorbée par le match des lions.

Quand l'un d'eux – l'alpha, je suppose – rugit devant son rival, Lady se réveille.

Elle saute du canapé et se lance dans une frénésie d'aboiements, son regard alternant entre la télé et Rose.

– Est-elle en train d'essayer d'intimider le lion ? demande Flo à mamie.

Pas de réponse. Rose est plongée dans l'action.

Les aboiements de Lady deviennent si hystériques que je me couvre les oreilles. Je ne l'ai jamais vue comme ça.

– Elle n'aboie pas pour intimider le lion, répond enfin Rose à la question de Flo.

– Alors pourquoi ? demandé-je. Qu'est-ce qu'elle essaie de dire ?

Un sourire malicieux parcourt les lèvres de Rose.

– Vous voulez une traduction mot à mot ?

Flo et moi hochons la tête.

– Il y a un grand prédateur méchant dans la pièce, interprète Rose tandis que Lady continue d'aboyer. La seule chose sensée que trois créatures comme nous, à la mâchoire faible et aux griffes émoussées, puissent faire à ce stade est de se tirer d'ici.

Je me tourne vers Lady. Ses yeux expressifs ne mentent jamais. La traduction de Rose est juste.

Lady marque une pause pour reprendre son souffle avant de recommencer, plus fort qu'avant. La panique dilate ses pupilles et des notes de désespoir se dégagent désormais de ses aboiements.

– Sauvez-vous ! traduit Rose. Courez, j'ai dit ! Courez, espèces d'idioooootes !

Je jette un coup d'œil à Lady puis à Rose.

– On lui fait plaisir ?

– On devrait...

Rose adresse à Lady une moue d'excuse avant de recentrer son attention sur la télévision.

– Mais je suis trop curieuse de voir l'issue de ce conflit.

L'angoisse dans les aboiements de Lady s'intensifie alors qu'elle commence à réaliser que ses humains n'écouteront pas la voix de la raison. Pendant un instant, je me demande si elle va se barrer sans nous.

Mais sa dévotion envers Rose s'avère plus grande que son instinct de survie.

Au lieu de se sauver, elle arrête d'aboyer. La queue basse, elle saute dans l'autre fauteuil et pose sa tête sur le coussin. Comme toujours, elle tourne son corps pour faire face à Rose. Un soupir résigné lui soulève la poitrine avant qu'elle ne se recroqueville en une boule compacte et fixe un regard plein de reproches sur mamie.

Ses yeux noirs sont si éloquents que je n'ai pas besoin de l'aide de Rose pour comprendre ce qu'elle communique : « J'ai fait ce que j'ai pu. Vous avez choisi de m'ignorer. Quand ce monstre débarquera et fera de nous son dîner, ne dîtes pas que je ne vous aurai pas prévenues ! »

Le documentaire se termine avec l'alpha qui s'en va vers l'horizon accompagné de la lionne, sans qu'il y ait eu de combat. C'est fou ce qu'un rugissement bien placé peut accomplir !

Nous nous dirigeons toutes les quatre vers la cuisine.

Flo dresse la table tandis que je donne ses croquettes à Lady et que Rose sert la quiche et une salade verte.

– Serge nous rejoindra-t-il ? demandé-je aussi innocemment que possible.

– Non, ma chère, répond-elle.

Flo me fait un clin d'œil avant de s'adresser à Rose.

– Il te retrouvera plus tard ce soir ?

Leur relation n'est pas encore officielle, mais Flo et moi pensons que Maître Serge Guichard a été promu du statut d'ami à celui de petit ami au cours de la semaine dernière.

– Ta question est tout à fait inappropriée, esquive Rose, feignant l'indignation. Je suis sûre que ton père ne t'a pas élevée pour te montrer si impolie.

Et c'est reparti...

J'espérais que le temps guérirait les blessures que papa et Rose s'étaient infligés l'un à l'autre à la mort de maman. Rose lui avait dit des choses très méchantes. Elle avait pratiquement accusé ses absences répétées d'être la cause de la mort de maman. Elle avait insisté sur le fait qu'elle s'occuperait de nous bien mieux que lui. Papa avait dit à Rose qu'elle était trop fofolle pour s'occuper d'elle-même, sans compter trois adolescentes et une gamine de sept ans. Et puis, sans demander l'avis de personne, il avait embarqué ses filles et était monté à Paris.

Flo ne se souvient peut-être pas de leurs querelles, mais je ne les oublierai jamais. Voir mes deux personnes préférées se faire du mal, juste après avoir perdu maman, m'avait brisé le cœur une seconde fois.

– À table ! ordonne Rose.

Flo et moi prenons nos places.

Ma première part engloutie, je déclare que cette nouvelle recette est la meilleure de mamie à ce jour.

Flo est du même avis.

Triomphante, Rose brandit un poing en l'air.

– Ouais ! J'ai réussi la quiche à l'oignon !

– Elle est parfaite, mamie, dis-je.

Alors que nous reprenons une deuxième part, Rose se tourne vers moi.

– Il parait que tu es allée chez Éric tout à l'heure.

– Qui t'a dit ça ?

Je regarde Flo.

D'un mouvement de mime, elle feint de se coudre la bouche.

Rose me dévisage de travers.

– Tu sais que j'ai mes sources partout. Ce petit jeu auquel on a joué... L'équipe de détectives amateurs... C'est fini, Julie ! Comment l'appelait-on déjà ?

– La FREJ, répond Flo. C'était l'abréviation de « Florence, Rose, Éric et Julie ».

– Eh bien, la FREJ est morte, annonce Rose.

Son expression est grave quand elle se tourne vers moi.

– Tu m'avais promis !

– Et j'ai tenu ma promesse. J'étais juste là pour présenter mes condoléances et voir comment il tenait le coup.

Elle me dévisage sans y croire.

– Je te le jure, mamie ! m'exclamé-je en posant mon couteau et ma fourchette. La dernière fois, je me suis impliquée parce que les flics n'avaient aucune raison de suspecter un acte criminel. Mais là, il faut avoir perdu la tête pour douter que Brice a été tué.

– La tête, elle a été tranchée plutôt que perdue, non ? glousse Flo.

– Je suis sûre que le capitaine Adinian va tout reconstituer, dis-je.

Flo plisse les yeux.

– Tu t'essaies aux blagues sans queue ni tête, frangine ?

– Je ne vois pas de quoi tu parles, affirmé-je en feignant l'innocence.

Rose fait fi de notre échange idiot.

– Gabriel a du pain sur la planche avec le double meurtre en Camargue. C'est un de ses collègues, le capitaine Shen, qui est l'enquêteur principal sur l'affaire Dol.

Gabriel, hein ?

Flo arque un sourcil.

– Mamie, tu connais si bien le capitaine Adinian, que tu l'appelles par son prénom ?

Rose agite la main d'un air dédaigneux.

– J'appelle tous les moins de quarante ans par leur prénom.

Je ne crois pas, non. Mais je ne le dis pas à voix haute. Une question plus importante me brûle l'esprit :

– Shen est-il un bon flic ?

Elle gigote sur sa chaise, en baissant les yeux vers son assiette.

– Allez, crache le morceau ! l'exhorte Flo.

Mamie nous observe, ma sœur et moi.

– Il est... médiocre. Cela dit, même s'il n'est pas le plus beau fleuron de la gendarmerie de Beldoc, il est parfaitement capable de résoudre cette affaire. J'ai entendu dire qu'il avait déjà un suspect.

Flo et moi échangeons un regard avant de demander à l'unisson :

– Qui ?

– Ça, je ne sais pas, admet Rose en pointant du doigt nos assiettes. Les filles, finissez vos assiettes ! Les quiches froides, c'est infect.

Flo et moi obéissons et la conversation se tourne vers d'autres sujets.

Avant de partir, j'obtiens de Rose qu'elle me promette de reporter certains de ses rendez-vous pour pouvoir m'aider à la pâtisserie demain matin.

De retour à mon appartement, je m'occupe de quelques corvées puis regarde un épisode des *Passions dans la Fazenda.* Pendant que je me brosse les dents, j'arrête de me mentir sur mes projets pour la matinée. Je devais aller au marché. Mais ça, c'était avant que Rose ne lâche son scoop sur le capitaine Shen comme enquêteur principal sur l'affaire Dol.

J'irai faire un tour dans le quartier d'Éric, à la place.

Cela signifie-t-il que je vais rompre la promesse que j'ai faite à Rose ? Malheureusement, oui. Mais il m'est impossible de rester à me tourner les pouces pendant que le ciel s'assombrit au-dessus de la tête de mon sous-chef.

Il faut que je découvre qui est le suspect de Shen. Un ex-taulard, très probablement. Quelqu'un avec qui Brice se serait bagarré en prison. Mais que faire si c'est d'Éric dont il s'agit ? Si c'était lui que Shen suspectait du meurtre de Brice ?

Panique pas, Julie ! Reste positive pour le bien d'Éric.

Seulement voilà... Comment positiver en sachant que son avenir est entre les mains d'un flic médiocre ?

CHAPITRE QUATRE

Il est sept heures et demie du matin et je parcours les rues et les ruelles du charmant quartier d'Éric à la recherche de... n'importe quoi. Une preuve, un indice, un signe... Un *cinémagraphe*.

Oui, ma foi, un cinémagraphe.

Je suis encore loin d'être convaincue que mes visions du passé sont réelles ou qu'elles ont un sens. Mais je ne peux pas non plus continuer à me dire que celle que j'ai eue sur Maurice Sauve n'était qu'une hallucination. C'est trop bête d'avoir raté l'occasion de demander à Berthe si la scène que j'avais captée avait vraiment eu lieu ou pas !

Avec du recul, j'aurais dû lui poser la question lorsqu'Adinian m'a laissé lui parler avant qu'elle ne soit transférée hors de Beldoc. Mais il est trop tard maintenant. Je ne la reverrai pas avant son procès où je témoignerai à charge. Ce n'est pas l'environnement idéal pour discuter avec elle de la nature de mes visions.

À ce propos, lors de mon troisième tour de quartier, il devient évident que je n'en aurai pas ce matin. Mon cœur s'affole à cause des deux doubles expressos que j'ai descendus avant de quitter mon appartement, mais mon esprit est trop limpide pour s'évader dans un *cinémagraphe*.

C'est peut-être cette netteté renforcée par la caféine qui me permet de repérer quelqu'un qui m'observe à travers une fente du portail voisin de celui d'Éric.

Je fais marche arrière et je me plante en face.

Il y a un bref bruit de l'autre côté et la paire d'yeux disparaît lorsque leur propriétaire s'écarte. Puis j'entends un doux tapotement qui me fait penser aux pattes de Lady quand elle trotte vers moi. Un chien aboie. Quelqu'un lui dit « chut ! ».

– Bonjour ! hélé-je en m'approchant suffisamment pour lire le nom sur la porte. Monsieur et madame Olabiyi ?

– Oui ? hésite une voix féminine. Qui est-ce ?

Les yeux sont de retour et m'étudient à travers le trou.

– Je m'appelle Julie Cavallo, dis-je. Je suis chef pâtissier. Vous connaissez peut-être *Les Délices sans gluten de Julie* ?

– Ah, vous êtes la patronne d'Éric, alors !

– C'est ça.

– Et l'une des nombreuses petites-filles de Rose Tassy, ajoute-t-elle.

– Je suis la deuxième ex-æquo des quatre.

La porte s'entrouvre et une femme aux cheveux gris me toise sous ses sourcils clairsemés.

– Comment ça, deuxième ex-æquo ?

– Ma jumelle et moi sommes les sœurs du milieu.

Son front se lisse lorsqu'elle comprend. Madame Olabiyi me fait un sourire étonnamment beau qui efface au moins une décennie de son visage. Je lui aurais donné soixante-dix ans il y a un instant, mais du coup j'ai un doute. Elle fait partie de ces personnes dont le sourire transforme leur visage de façon si drastique qu'elles pourraient s'infiltrer n'importe où à tout moment, juste en souriant.

– Murielle, à qui tu parles ? lance une voix masculine depuis la maison.

Ça doit être monsieur Olabiyi.

– La patronne d'Éric, crie-t-elle en réponse.

– Que veut-elle ?

Murielle se tourne vers moi, la question dans ses yeux.

J'élève la voix pour qu'il puisse m'entendre.

– J'essaie juste de comprendre ce qui s'est passé pour aider Éric au mieux.

Murielle se tourne vers la maison et répète mes paroles, au cas où.

– Dis-lui de ne pas bouger ! crie monsieur Olabiyi. J'arrive !

Murielle ouvre davantage le portail pour me laisser entrer dans leur jardin.

Un magnifique golden retriever au collier bleu avance vers moi en agitant la queue en guise de salutation. Il se cabre pour que je le caresse. Ravie, je m'y attelle. Mais une odeur humainement indétectable le fait se retourner, renifler l'air et décider qu'il a des choses plus importantes à faire que de jouer avec une inconnue. Il me tourne le dos pour se diriger au fond du jardin.

Quelques instants plus tard, un homme d'une soixantaine d'années se précipite sur le chemin en graviers qui mène de la maison au portail du jardin. Malgré son gros ventre et son crâne parfaitement glabre, il dégage un air de jeunesse et d'énergie.

Nous nous saluons. Il insiste pour que je l'appelle Yves.

– En quoi puis-je vous être utile, Julie ? me demande-t-il.

Je l'observe.

– C'est vous qui avez trouvé le corps, n'est ce pas ?

C'est ce qu'Éric m'a dit hier après-midi en allant à la pâtisserie.

– Techniquement, c'était Rocky, remarque Yves. Il aboyait comme un fou ce matin-là, alors je l'ai laissé sortir dans le jardin vers neuf heures, plus tôt que d'habitude.

Murielle adresse un regard affectueux sur le chien qui furète dans les buissons.

– Rocky est bien entraîné. Il fait ses besoins dans un coin réservé à cet effet, puis il attend patiemment dans le jardin jusqu'à ce que mon mari et moi soyons prêts à l'emmener en promenade.

– C'est vrai, confirme Yves. Je l'ai laissé sortir, donc, et Murielle et moi, nous nous sommes mis à table pour le petit-déjeuner. Mais il n'arrêtait pas d'aboyer. Alors on est allés voir ce qui se passait.

Murielle pose une main sur son sternum, les yeux ronds, comme si elle revivait la scène.

– Au moment où Rocky nous a repérés, poursuit Yves, il s'est faufilé dans le jardin des Dol par un trou dans la haie. Nous l'avons suivi. Il nous a menés directement au cadavre de Brice.

Murielle passe une main sur sa bouche et hoche la tête.

Yves poursuit :

– Il était allongé sur le sol, le cou tranché, du sang partout...

Murielle dodeline de la tête, l'air toujours aussi horrifiée.

– Qu'avez-vous fait ? demandé-je à Yves, en essayant de rester concentrée sur la reconstitution des événements et non sur l'image qu'il vient de dépeindre.

– J'ai appelé Éric, bien sûr ! Et Murielle a appelé les gendarmes, répond Yves. Ils sont arrivés en même temps.

– Je suis désolée de vous demander de revivre cette scène, dis-je, mais vous souvenez-vous de quelque chose d'inhabituel ?

Il me toise de haut en bas.

– Inhabituel ? Parce que la scène que je viens de décrire vous parait *habituelle,* Julie ?

– Non, bien sûr que non ! Ce que je voulais dire, c'est que je voulais juste savoir si vous aviez remarqué des détails, quelque chose qui vous a sauté aux yeux durant ces premières secondes...

Je suis consciente que je rame, là. L'air dédaigneux d'Yves me dit qu'il est du même avis.

– Il n'y avait pas de couteau qui traînait ni aucun autre objet qui aurait pu être l'arme du crime si c'est ce que vous cherchez à établir, déclare-t-il. Les gendarmes m'ont posé et reposé cette question mille fois quand ils sont arrivés.

Je jette un coup d'œil à Murielle.

– Pareil pour moi, dit-elle.

Quelque chose vacille sur son visage alors qu'elle replie les bras sur sa poitrine. L'effet ne dure qu'une fraction de seconde, puis il repart. Ayant grandi entourée de femmes, j'ai appris à lire leurs états émotionnels, aussi fugaces soient-ils. Celui de Murielle était de l'hésitation. J'en suis certaine.

Je me tourne vers elle.

– Ce n'était peut-être pas un couteau ou une arme, ou quoi que ce soit en rapport avec la violence, mais un objet anodin.

– Il n'y avait rien, je vous l'ai déjà dit, insiste Yves avec une note d'irritation dans la voix.

Les yeux de sa femme oscillent entre son mari et moi.

À présent, je suis convaincue qu'elle a vu quelque chose, mais son manque de confiance en elle l'empêche de parler.

– S'il vous plaît, supplié-je. Je ne suis pas flic. Même si vous vous trompez, cela n'aura pas d'impact négatif sur l'enquête.

Elle se tord les mains pendant une bonne demi-minute avant d'ouvrir la bouche :

– J'ai peut-être vu quelque chose dans l'herbe, pas loin du corps.

– Quoi ? demande Yves en même temps que moi.

Elle regarde son mari, puis se tourne vers moi.

– Un téléphone, peut-être ?

Je me penche en avant.

– Quel genre de téléphone ?

– Noir, petit, pas personnalisé...

Elle jette un œil à Yves puis ajoute :

– Je ne suis pas sûre.

– T'es pas sûre qu'il était noir, ou de l'avoir vu ? lui demande-t-il d'un ton plutôt dur.

J'aimerais pouvoir donner à ce type une bonne claque ! Franchement, pourquoi sa femme supporte-t-elle son attitude autoritaire ? Si Bruno, mon ex, m'avait traitée comme ça, j'aurais divorcé dès la première année. En fait, non, je ne l'aurais jamais épousé.

Murielle lève les mains en l'air puis les laisse retomber.

– Quand j'ai regardé à nouveau à cet endroit un instant plus tard, il n'y avait plus rien.

– Un des gendarmes a dû le ramasser, dis-je. Un téléphone peut fournir des indices précieux. Je parie qu'un expert est en train de le disséquer en ce moment-même.

Yves agite son index d'un côté à l'autre.

– Vous vous trompez. Les premiers gendarmes arrivés ont tout de suite bouclé l'espace autour du corps et n'ont touché à rien pendant un bon bout de temps.

– Qu'attendaient-ils ?

– Plutôt « qui ». Ils gardaient la scène du crime intacte pour le médecin légiste et pour un autre flic qui est arrivé avec un gros appareil photo et un carnet de croquis. Il l'a photographiée sous tous les angles possibles, puis a dessiné une sorte de carte. Ce n'est qu'ensuite que les gendarmes se sont mis à dépoussiérer, pulvériser des produits, ramasser et mettre des objets dans des pochettes à fermeture éclair.

– Je vois.

Bon, quoi qu'il en soit, je viens d'apprendre une bonne nouvelle. Si après tout il y avait bien un téléphone près du corps, cela ne pouvait pas être celui d'Éric. Le sien est un smartphone taille XXL dans un étui *Star Trek* tape-à-l'œil. Murielle ne l'aurait jamais décrit comme étant petit et quelconque.

Yves reprend :

– J'ai eu tout le loisir d'observer la scène, et je vous assure qu'il n'y avait pas de téléphone dans l'herbe.

– Il a l'œil pour les détails et pour les choses qui ne sont pas à leur place, me dit Murielle. Il n'aurait pas raté un téléphone. Je suis sûre que c'est mon imagination qui m'a joué des tours.

– Ce ne serait pas la première fois, marmonne Yves.

Joignant les paumes de ses mains devant sa poitrine, Murielle me supplie du regard.

– Oubliez cette histoire de téléphone, voulez-vous ? Heureusement que je ne l'ai pas raconté aux flics ! J'aurais pu les envoyer sur une piste inexistante et leur fait perdre leur temps.

– Vous auriez dû le mentionner quand même, lui indiqué-je. Ils ont l'habitude de suivre plusieurs pistes à la fois.

Elle secoue la tête.

– Plus j'y pense, plus je suis convaincue que je l'ai imaginé, ce téléphone.

Yves lui prend la main et la tapote.

– Tu confonds la plupart des personnages des séries qu'on regarde, et tu mélanges encore certains de mes neveux, après toutes ces années !

– À ma décharge, dit-elle, tu as trois mille frères et sœurs, et ils ont chacun trois mille enfants.

Elle lui fait son prodigieux sourire.

Je m'attends à ce qu'Yves se moque de son hyperbole, mais il ne fait que fixer son épouse avec idolâtrie, comme s'il était hypnotisé.

Soudain, je sais pourquoi Murielle supporte le côté relou de son mari – pour ce regard rempli d'amour. Entre ces deux-là, il y a une flamme bien réelle et tangible, une affection qui a survécu à des décennies de mariage. Une affection que Bruno et moi avions perdue en moins de trois ans.

Espérant que mon visage ne soit pas vert d'envie, je remercie les Olabiyi pour le temps qu'ils m'ont accordé, puis me rends à la boutique.

Une fois à l'intérieur, je ferme la porte derrière moi et accroche le panneau « fermé ». J'ouvrirai quand Rose arrivera, mais pour l'instant, je ne veux pas être distraite dans ce que j'ai à faire.

Pendant que je prépare du café, j'envoie un texto à Adinian pour lui dire que j'ai une info qui pourrait l'intéresser. Je projette de lui parler du petit téléphone noir afin qu'il puisse partager ce détail avec le capitaine Shen. Même si Yves a raison et que Murielle l'a imaginé, tout ce qui pourrait détourner l'attention des gendarmes d'Éric est bon à prendre.

Je sais que j'ai dit à Murielle que les flics savaient être multitâche. Et je le pense. Mais leurs horaires de travail et leurs ressources sont limités. Il est donc logique de présumer qu'ils hiérarchiseront les priorités parmi les pistes à suivre. Il est également logique de supposer qu'ils enquêteront d'abord sur les membres de la famille. Brice Dol n'avait qu'un seul membre de sa famille qui vivait dans la même maison que lui : Éric.

Une fois le texto envoyé, je téléphone à ma sœur Cat. L'appel bascule sur son répondeur. Je raccroche sans laisser de message. C'est un signe. Je ne suis pas encore prête pour cette conversation.

Il y a des années, lorsque Cat m'a parlé de ses visions du futur, j'ai été la première personne à qui elle s'est confiée. Elle n'avait pas encore utilisé son don pour aider quelqu'un et n'avait pas quitté son travail pour devenir médium. Elle était encore peu sûre d'elle et pleine de doutes.

Je lui ai alors dit que notre avenir n'était pas gravé dans le marbre, et que tout ce que nous faisons ou disons pouvait le changer.

Elle ne l'a pas contesté.

– Alors, les voyants sont des barjos quand ils ne sont pas des charlatans, on est d'accord ? ai-je demandé.

En fait, elle m'a remercié pour cette question. Patiemment, elle m'a expliqué :

– Mes visions montrent la permutation la plus probable du futur dans notre univers par rapport à toutes les autres permutations possibles dans d'autres univers du multivers que nous habitons.

Croix de bois, croix de fer, c'est ce qu'elle a dit !

Je lui ai répondu qu'elle avait besoin d'aide.

Elle s'est levée et a quitté la pièce en claquant la porte derrière elle. Suite à cet échange, notre supposé lien de jumelles, pas très fort au demeurant, s'est tout simplement désintégré.

Mon téléphone sonne lorsque tandis que j'ingurgite ma cinquième tasse de café de la matinée. C'est Cat qui me rappelle.

Je ne suis pas prête. *Je ne suis vraiment pas prête.*

Je décroche.

Tu as essayé de me joindre, dit-elle.

Je ferme les yeux et je vais droit au but avant de perdre mon sang-froid :

– Comment fait-on pour déclencher une vision ?

CHAPITRE CINQ

Le silence dérouté de Cat me fait sourire.

Je suis probablement la dernière personne dont elle attendait cette question, compte tenu de mes antécédents de scepticisme allant jusqu'à la moquerie de ses capacités psychiques. Eh bien, elle tient là une chance en or de se venger de moi.

Vas-y, Cat, fais-toi plaisir ! Je le mérite.

– Pourquoi cette question ? demande-t-elle.

– Le père de mon sous-chef a été assassiné il y a deux jours, dis-je. Je me suis dit que si je pouvais avoir un petit *cinémagraphe* de son passé...

– Un petit *quoi ?*

OK, une explication s'impose.

En activant la fonction haut-parleur, je passe la demi-heure suivante dans la cuisine à faire de la crème brûlée et à éclairer Cat sur mes visions bizarres du passé. Elle écoute sans faire de commentaire.

Elle doit s'en donner à cœur joie !

Parmi tous les *cinémagraphes* que j'ai eus au fil des ans, je me recentre sur la vision récente que j'ai eue de Maurice et Berthe et sur celui d'avant, avec les deux femmes sur l'autoroute. Je passe sous silence celui qui impliquait maman. Il s'est avéré vide de sens, et une énorme déception. Pas besoin d'infliger ça à Cat.

– Eh bah, dit-elle quand j'ai fini.

Je me mets à mélanger les jaunes d'œufs et le sucre avec une cuillère en bois.

– Es-tu fâchée contre moi d'avoir ri de tes visions et de t'avoir caché les miennes ?

– À ton avis ?

– J'étais tellement convaincue qu'on souffrait toutes les deux d'hallucinations post-traumatiques ! dis-je en tamisant le mélange avant de le verser dans des ramequins. Même maintenant que je te parle de mes visions, je ne suis pas sûre à 100 % qu'elles soient réelles.

– T'aurais dû m'en parler plus tôt.

– J'avais trop honte.

Je mets les ramequins au four.

Une sonnette retentit chez Cat.

– Écoute, je dois y aller maintenant, dit-elle. Mais il faut qu'on ait une conversation honnête à ce sujet, et de préférence en face-à-face.

Elle ne m'a pas dit d'aller me brosser !

Tout mon corps se détend avec soulagement.

– Je suis d'accord !

– Pour répondre à ta question de départ, ajoute Cat, si tes visions sont comme les miennes, alors la seule chose que tu peux faire pour en déclencher une est de te rapprocher le plus possible et le plus souvent de l'endroit clé.

– Compris.

Ma propre porte sonne.

Je remercie Cat en lui disant que j'attends avec impatience notre conversation en face-à-face, puis je me précipite à la porte pour laisser entrer Rose. Elle a tenu promesse ! Elle a annulé ou déplacé des rendez-vous pour me filer un coup de main. Je suis tellement habituée à ce que ma famille cafouille que le niveau de soutien que je reçois ce matin de ma jumelle et de ma grand-mère me sidère.

Hum, devrais-je me méfier ?

Quand j'ouvre la porte, Rose n'entre pas. Tournée vers l'extérieur, elle parle avec quelqu'un.

Je jette un coup d'œil.

Oh, non ! Le quelqu'un en question, c'est Magda.

Ma méchante voisine fume une cigarette devant sa boutique, *Rêve de lavande*. Avant qu'elle ne puisse m'apercevoir, je recule et sautille en agitant les bras pour attirer l'attention de Rose.

Quand elle me voit enfin, je lui chuchote :

– Ne lui parle pas ! Entre !

Faisant fi de mes injonctions, Rose se tourne à nouveau vers Magda.

– Je ne suis pas tout à fait certaine de bien saisir la portée de ce que vous voulez exactement que je fasse comprendre à ma petite-fille.

La verbosité débordante de cette remarque me dit que Rose a « saisi » parfaitement, et qu'elle est vexée.

Mes oreilles se dressent, même si je redoute la réponse de Magda. Je la redoute car quels que soient les mots qui sortent de sa bouche de fumeuse invétérée, je parie qu'ils ne seront pas gentils. Et parce que cette semaine est déjà assez merdique comme ça.

– Qu'y a-t-il à ne pas comprendre ? crache-t-elle entre deux bouffées. La sénilité vous guette ? Tenez, un conseil gratuit : arrêtez le Yoga-Doga. Vous êtes trop vielle pour ce genre de choses.

Elle s'étouffe sur dernier mot et se lance dans une toux violente.

– Le yoga aide à préserver la jeunesse du corps et de l'esprit, et à garder un bon souffle, lance Rose à travers les sifflements de Magda, d'un ton on ne peut plus distingué. Mais j'apprécie votre sollicitude.

Magda ouvre la bouche pour répliquer, mais sa tentative est déjouée par une autre quinte de toux.

Rose arque un sourcil savamment épilé.

– La quarantaine vous avait déjà malmenée, mais la cinquantaine aura raison de vous, Magda. Tenez, un conseil gratuit : arrêtez de fumer !

– Il se trouve que ma toux n'est pas causée par les cigarettes, rétorque enfin Magda avec un sourire narquois. J'ai la grippe. Non, pire ! J'ai un nouveau virus super contagieux. C'est mal parti pour vous, vu votre âge.

– Ne vous inquiétez pas pour moi, Magda, ma chère. Je suis en bien meilleure forme que vous, dit Rose en croisant les bras sur sa poitrine.

Elle évite délibérément de se tourner vers moi et fait semblant de ne pas entendre mes suppliques chuchotées.

– Très bien, dit Magda. Je ne vais pas y aller par quatre chemins. Si vous aimez Julie, dites-lui qu'elle ferait mieux d'agir avant qu'il ne soit trop tard.

– Qu'entendez-vous par là ?

– Sa pâtisserie est maudite, vous ne voyez pas ? Un premier cadavre pouvait n'être qu'un accident, mais deux, c'est un signe.

Ah, la garce !

– N'importe quoi, s'exclame Rose en roulant les yeux. Brice Dol n'est pas mort dans sa pâtisserie.

– Mais c'était le père de son sous-chef ! Si elle a un peu de jugeote, elle se débarrassera de la boutique illico et retournera chez elle à Paris où elle serait beaucoup mieux qu'ici.

– Premièrement, sa place est ici, à Beldoc, dit Rose. Deuxièmement, si elle vend la pâtisserie et que vous l'achetez, car je sais que c'est là votre objectif, alors vous hériteriez de la malédiction, non ?

J'aime tellement mamie en ce moment que j'ai envie de frapper dans mes mains et de l'embrasser. Mais il m'incombe de rester professionnelle et de montrer ma détermination face à une tentative aussi flagrante d'OPA hostile.

Relevant le menton, je sors.

– Ça suffit, Magda ! Je ne vends pas. Je vous suggère d'explorer d'autres moyens d'agrandir votre boutique.

– Il n'y a pas d'autres moyens, petite fille.

Me lançant un regard condescendant, elle désigne l'immeuble voisin dont le rez-de-chaussée n'a pas de place pour un commerce.

– Il n'y a que des appartements de ce côté.

– Chacun sa merde, lui lance Rose en laissant tomber son numéro de bourgeoise raffinée. Creuse au sous-sol alors, *petite fille !*

Magda grogne en piétinant violemment son mégot.

Rose fait craquer les articulations de ses mains.

Avant que cette confrontation ne dégénère en un combat féminin dans la boue, j'accroche mon bras à celui de Rose et l'entraîne dans la boutique.

~

Rose apprend vite.

En vingt minutes, elle a acquis une telle maîtrise de mes produits et des prix qu'on pourrait croire qu'elle travaille ici depuis le premier jour. Quant à l'art de vendre ce que le client n'a pas demandé, méthode qui m'échappe encore, il s'avère que Rose en est une championne. Elle s'y prend peut-être même mieux que Magda, ce qui n'est pas une mince affaire !

Rose m'en fait une démonstration quand un client vient pour un café et un croissant, et repart avec une boîte de macarons pour sa femme et une boîte d'éclairs pour son équipe au bureau.

Impressionnée, je la laisse derrière le comptoir et me retire dans la cuisine pour me concentrer sur ce pour quoi je suis douée : pâtisser.

J'ouvre le four, sors la plaque de cuisson et tapote doucement le côté de mes ramequins. À l'intérieur, les flans vacillent, ni trop ni trop peu, ce qui signifie qu'ils passent le « test du tapotement ». Je les laisse refroidir pendant que je nettoie le plan de travail. Quand c'est fait, je saupoudre mes flans de cassonade, puis les flambe à l'aide d'un chalumeau à crème brûlée. Ils sont prêts lorsque la surface se transforme en une fine couche de caramel lustrée et croquante. Miam !

À onze heures et quart, je reçois un appel du capitaine Adinian. Il est à la gendarmerie, et il a un peu de temps libre en raison d'une réunion annulée. Voudrais-je passer ?

– Absolument, répondis-je en ôtant mon tablier. Je serai là dans cinq minutes.

En sortant, je lance à Rose :

– Tu t'en sors très bien, mamie ! T'approche pas de Magda ni de la cuisine. Je serai de retour dans une heure.

Elle me demande où je vais, mais je suis déjà à la porte en train d'enfourcher mon vélo.

Je couvre la courte distance entre ma boutique et la

gendarmerie en cinq minutes, comme annoncé. Lorsque je me précipite dans le couloir vers le minuscule bureau d'Adinian, mes mains tremblent d'excitation. Je les glisse dans les poches de mon jean. Cela n'a rien à voir avec la forte attractivité du capitaine, me dis-je, ni avec le fait que je ne l'ai pas vu depuis... une semaine. Hum, en fait, moins que ça.

J'avais l'impression que c'était il y a plus longtemps, cependant.

Par pitié, Julie, on se calme !

Adinian n'est qu'un rustre imbu de lui-même.

Non, je ne le trouve pas sexy ! Non, il ne me plaît pas ! Non, je n'ai pas fait de rêve lubrique sur lui la nuit dernière !

Ce n'est pas un rendez-vous galant.

Je suis venue pour mon sous-chef.

CHAPITRE SIX

La porte d'Adinian est ouverte.

Je fais irruption puis la referme derrière moi.

– Bonjour !

– Asseyez-vous, s'il vous plaît.

Il se lève dans un élan de galanterie à l'ancienne et pointe du doigt la chaise en face de son bureau.

Au temps pour moi pour le rustre.

Nous nous asseyons tous les deux. Je regarde autour de moi.

Ses yeux se portent vers mes mains sans bandage.

– Ça a l'air d'avoir bien cicatrisé.

– Oui, merci.

La dernière fois, nous ne nous sommes pas quittés dans les meilleurs termes. Lui m'avait passé un savon pour mon imprudence et moi, j'étais partie en claquant la porte. J'avais décidé de me tenir à l'écart de lui à l'avenir, mais... les circonstances ont changé. J'ai besoin de son concours ; peut-être même de son aide.

Pour Éric, je dois l'amadouer. Mais comment ?

Et si j'essayais de reconnaître sa gentillesse ?

Je me racle la gorge.

– Ce que vous avez fait en me laissant parler à Berthe avant son transfert, c'était un beau geste. J'apprécie vraiment !

– Bien, répond-il, puis il ajoute : vous m'êtes redevable.

Quand il sourit, mon cœur flanche. Ça, ce n'est pas bien du tout.

– N'exagérons pas la portée du geste tout de même, dis-je. Ce n'était pas l'acte d'un martyr non plus.

Il pouffe de rire.

– Comment le décririez-vous alors ?

– J'sais pas... Une petite faveur ?

– Très bien, vous me devez une faveur.

– Petite, précisé-je.

Nous nous observons sans rien dire pendant un bon moment. Il y a comme de l'électricité dans l'air. Partout, ça crépite et étincelle.

Il entrelace ses mains.

– Alors, que vouliez-vous me dire, madame Cavallo ?

Désorientée, j'ouvre la bouche comme un poisson et cligne des yeux. C'est lui qui m'a appelé pour que je passe, non ? Pourquoi il me pose cette question ?

Il montre son téléphone.

– Vous m'avez envoyé un texto.

– Oh... Ça... C'est vrai.

J'expire et je ferme ma bouche.

Il me fixe intensément.

– Quoi qu'il en soit, j'espère que vous êtes tombée par hasard sur l'info que vous allez me communiquer, dit-il. Et non en fouinant activement.

– Je ne fouinais pas activement.

Eh non, je ne viens pas de mentir à un représentant de la loi.

Si l'on postule que je fouinais de manière *passive*, alors ma déclaration est techniquement véridique. Avec l'accent sur « techniquement ».

Je reprends :

– Vous le premier. Que pouvez-vous me dire sur l'enquête ?

– Je ne suis pas impliqué, répond-il. Mon collègue Charles-Antoine Shen est en charge de l'affaire Dol.

– Je sais.

– Par Rose, j'imagine ?

Je confirme.

– Eh bien, dit-il, je suppose que je peux vous dire ce que vous apprendrez sans doute bientôt grâce à Éric ou à Rose via Clothilde Valle.

Clothilde est l'une des copines de Rose et l'adjointe au maire de Beldoc. Elles ont toujours été très proches, mais depuis que Clothilde a pris ses fonctions, elle est trop occupée pour venir chez mamie. C'est généralement Rose qui se rend chez Clothilde, ou alors elles se retrouvent en ville pour déjeuner.

– Brice Dol a été frappé au visage en premier, probablement deux fois, avant l'attaque au couteau, dit Adinian. Le meurtrier a dû se tenir devant lui au départ, puis il s'est déplacé derrière Brice et lui a tranché la gorge.

La brutalité des images qui se forment dans ma tête me laisse bouche bée.

– Il n'a pas été tué par un voleur ou un cambrioleur, poursuit-il. Brice avait toujours son portefeuille et d'après Éric, rien n'a été dérobé dans la maison. Ce qui manque, ce sont des blessures défensives sur les mains de Brice. Il ne s'est pas défendu contre son agresseur.

– Peut-être qu'il ne pouvait pas, dis-je en me revoyant dans la cave de Berthe avec les mains et les chevilles liées. Peut-être qu'il était attaché.

Le souvenir de mon récent calvaire me donne soudain le vertige. Je pense que c'est la première fois que je réalise véritablement que je suis passée à un cheveu d'une fin prématurée.

– Mes collègues n'ont trouvé aucune marque de ligature sur les poignets de Brice.

Adinian m'adresse un regard compatissant avant de poursuivre :

– Ses mains étaient libres. En revanche, il est possible qu'il ait été drogué. Nous en saurons plus une fois que le médecin légiste aura rendu le rapport toxicologique.

– En supposant que Brice n'ait pas été drogué, quelle serait votre conclusion ?

Il plante ses yeux dans les miens.

– La même que la vôtre, madame Cavallo. La seule conclusion logique.

– Brice Dol connaissait son assassin.

– Non seulement il le connaissait, mais il l'appréciait suffisamment pour ne pas opposer de résistance.

Nous nous fixons l'un l'autre.

– Éric est votre suspect numéro un, c'est ça ? en déduis-je.

– Pas le mien. Comme je vous l'ai dit, je ne suis pas sur cette affaire. Mais oui, il est le principal suspect de Shen.

– Je suis sûre qu'Éric a un alibi ! Il passait très peu de temps à la maison, puisqu'il évitait Brice.

– Il était à la maison cette nuit-là, affirme Adinian en regardant ses mains. Cela dit, on reste quand-même au stade des hypothèses. Mes collègues n'ont trouvé aucune empreinte digitale, aucune empreinte tout court d'ailleurs, pas de filaments... En gros, pas grand-chose d'utilisable sur le corps de la victime ou autour d'elle. De plus, il avait beaucoup plu cette nuit-là.

Adinian se tait.

Je me mâchouille la lèvre inférieure.

Il penche la tête sur le côté comme pour dire : « À vous maintenant. »

Le dévisageant avec défiance, j'esquive.

– C'est tout ? Vous ne m'avez donné que des miettes, un petit rapport bien caviardé pour protéger l'enquête.

– Vous regardez trop de séries policières.

– Écoutez, nous sommes du même côté. Je suis aussi motivée que vous pour trouver l'assassin de Brice Dol.

– Vous êtes motivée pour aider votre sous-chef.

– Ce qui, dans ce cas précis, revient au même.

Il se penche en arrière, croisant les bras sur sa poitrine.

– Non, je ne crois pas.

– Comme vous l'avez dit, vous n'avez pas encore reçu le rapport du médecin légiste. Peut-être qu'il trouvera quelque chose. Peut-être que je peux aider...

– Ou peut-être pas, m'interrompt-il tandis que son visage se resserre. Madame Cavallo, j'aimerais qu'il en soit autrement. Éric est un bon gamin. Ado, il a réussi à éviter les bêtises et ce, bien qu'il ait été livré à lui-même, sa mère décédée et son père en taule. J'aimerais qu'il ait un alibi, vraiment. Mais il n'en a pas.

– Y a-t-il d'autres suspects ?

– Peut-être.

– Qui que ce soit, ce sont eux les coupables, dis-je avec force.

Adinian arque un sourcil.

– Vous les avez vus tuer Brice Dol ? Êtes-vous un témoin oculaire de ce meurtre, Madame ?

– Non, admets-je. Mais je connais Éric. Ce n'est simplement pas possible qu'il ait tué quelqu'un.

– Le connaissez-vous bien ?

– Quand on travaille ensemble huit heures par jour dans le même petit espace, on finit par bien se connaître, oui.

– Mais ça ne fait qu'un mois que vous avez ouvert la pâtisserie, non ?

Je le concède.

Il remue la tête.

– Donc, vous ne le connaissez que depuis un mois.

– Je peux me porter garante, capitaine ! Éric méprisait son père pour ce qu'il avait fait à Audrey Gilly, mais je ne le vois pas tuer Brice en guise de punition.

– Il aurait pu le faire pour un autre motif.

Je fronce le nez.

– Lequel ?

– Le même qu'une certaine dame que nous connaissons tous les deux et qui a tué son cousin, dit-il. La cupidité.

Je fais un signe de dédain.

– C'est ridicule ! Brice n'avait pas d'argent.

– Mais il avait une grande maison dans un quartier en passe de devenir huppé. Le capitaine Shen est en train de la faire estimer par un agent immobilier. Il s'attend à ce qu'elle valle près d'un demi-million.

– Et alors ? dis-je en haussant les épaules. Éric est quelqu'un de gentil. Il serait incapable de commettre un meurtre.

Adinian pousse un soupir résigné.

– Je partagerai votre avis avec Shen, mais j'ai peur que cela ne suffise pas à disculper Éric.

– Qui sont les autres suspects ?

Il hésite.

– Oh, allez, vous savez que je le découvrirai tôt ou tard. Il y a

Rose et sa copine Clothilde, mais je vais aussi enquêter, parler à tout le monde...

– Vous ne ferez pas ça !

– Ah oui ? Comment allez-vous m'en empêcher ? Une détention préventive peut-être ? C'est à la mode à Paris de nos jours.

– Nous ne sommes pas à Paris, assène-t-il. Nous ne sommes pas non plus dans « Minority Report ».

Il me faut quelques secondes pour piger sa référence.

– Les *précogs* ! Ils pouvaient voir les crimes avant qu'ils ne soient commis.

C'est plutôt cool qu'il ait cité un film d'anticipation dans le cas présent ! Serait-il cinéphile ? Fan de science-fiction ? Quelles autres qualités me cache-t-il derrière cette façade de malotru ?

Eh, Julie, du calme.

– Même si j'avais des *précogs*, je ne les utiliserai pas, dit-il avec insistance. Les visions n'ont rien à faire dans le travail d'investigation des professionnels.

En revanche, elles sont bien utiles dans les enquêtes des détectives amateurs.

Je garde cette observation pour moi et lui en offre une autre :

– Si vous ne me donnez pas l'identité des autres suspects, je n'aurai malheureusement pas d'autre choix que de fouiner.

– Ils ne sont pas de Beldoc, dit-il.

– Ah bon ?

– D'accord, je vais vous le dire, mais seulement afin de vous empêcher de poser trop de questions à trop de gens et de potentiellement nuire à l'enquête de Shen.

– Très sage décision, capitaine.

– Attention, madame Cavallo, vous marchez sur des œufs, là, me prévient-il. Shen enquête sur Léa et Justin Gilly, les deux autres personnes qui ont un mobile évident.

Je me frappe le front.

– Mais bien sûr ! Pourquoi n'ai-je pas pensé à eux ? Les enfants d'Audrey Gilly sont grands maintenant, à peu près de l'âge d'Éric, non ? Brice a détruit leur enfance ! Je suis sûre que c'est l'un d'eux, ou les deux travaillant main dans la main.

– J'admire votre conviction.

– Vous ne voyez pas à quel point cela a du sens ? Ils haïssaient depuis toutes ces années le monstre qui a tué leur mère. Finalement, il sort de prison plus tôt que prévu pour bonne conduite. « Bonne conduite » ! Ils l'ont vécu comme une ultime insulte. Ça les a poussés à bout.

– Ce n'est pas comme si Éric adorait son père, ce héros ! avance Adinian.

– C'est vrai. Mais c'est la maladie, pas Brice, qui lui a pris sa mère. Éric n'avait pas de haine viscérale envers Brice, cette haine aveuglante que nous nourrissons envers le tueur d'un être cher.

Cette haine que je nourris envers l'homme responsable de la mort de ma mère...

Adinian m'étudie avec intérêt.

– Qu'est-ce qui vous rend si sûre ? demande-t-il. Que savez-vous de ce genre de haine ?

C'est à mon tour de scruter son visage. Pour la première fois depuis que je l'ai rencontré, je me rends compte que je ne sais presque rien de sa vie, de son passé et de ce qui le motive. Non que je sois censée le savoir, nous ne sommes même pas amis après tout. Mais j'ai quand même l'impression que je le devrais.

Au lieu de répondre à sa question, j'en pose une autre :

– Pourriez-vous devenir l'enquêteur principal sur cette affaire ?

– Non.

– Pourriez-vous au moins vous impliquer en tant que membre de l'équipe ?

– Je crains que non, répond-il. J'ai un double homicide à résoudre. C'est ma priorité absolue.

– À cause des liens avec la mafia ?

– Entre autres, dit-il en se passant une main dans les cheveux. L'affaire est en train de tourner au politique puisque les élections municipales auront lieu dans quelques mois. Le maire fait pression sur mon commandant, qui fait pression sur moi à son tour.

– J'ai vu un sondage dans le *Beldoc Live* hier. Le maire n'est pas garanti d'être réélu.

– Les gens ont le sentiment qu'il ne fait pas assez pour lutter contre le crime, dit Adinian. Il veut leur montrer qu'il n'a pas peur des trafiquants de drogue ni des mafieux.

On frappe à la porte. Un gendarme en uniforme entre.

– Le commandant est de retour, mon capitaine. Nous commençons la réunion dans dix minutes.

– Merci, Isnard.

Le gendarme sort en fermant la porte derrière lui.

– Il faut que j'y aille, dit Adinian. Au sujet du texto que vous m'avez envoyé, de quoi s'agissait-il ?

– En fait... De rien, mentis-je en souriant maladroitement. C'était une ruse vous extorquer des infos.

Pourquoi ai-je dit cela ? Pourquoi ai-je caché l'éventualité que Murielle ait aperçu un téléphone à côté du corps de Brice ? Si elle finit par le signaler aux flics et qu'Adinian découvre que j'étais au courant, il ne sera pas content.

Franchement, je n'ai pas d'explication rationnelle à ma décision, si ce n'est le désir de protéger Éric. Ne pas divulguer l'info concernant le téléphone me semble aller dans ce sens.

Adinian se lève.

– S'il vous plaît, madame Cavallo, ne vous mêlez pas à l'enquête de Shen.

Son regard est dur et une ride creuse son front.

– Oui, capitaine, murmuré-je en me levant. Passez une bonne journée.

– Soyez prudente, ajoute-t-il.

Quelque chose de chaleureux, de taquin et de réconfortant traverse ses yeux chocolat.

C'est si bref que je ne suis pas certaine de ne pas l'avoir imaginé. Je l'observe de près. Le visage d'Adinian est tendu à nouveau. Impénétrable. Zéro chaleur.

J'ai dû l'imaginer.

CHAPITRE SEPT

Rose est derrière le comptoir ce matin encore. J'avais insisté pour qu'Éric prenne un jour de congé supplémentaire pour s'occuper de toute la paperasserie administrative que la mort de Brice a enclenchée.

Comme elle se débrouille très bien sans mon aide, je prends mon caddie et me rends au marché. D'habitude, je viens ici tôt le matin avec d'autres professionnels, mais il est maintenant neuf heures passées et le marché grouille de monde. Je me fraie un chemin à travers les étals qui présentent toutes sortes de produits locaux et exotiques, fruits de mer, viandes, épices, miels, pâtisseries, fromages et autres.

Le nom de code de ma mission principale de ce matin est « vanille ».

Il va sans dire qu'aucun *délice sans gluten de Julie* ne contient d'arôme de synthèse ni de conservateur artificiel.

Mais je suis particulièrement pointilleuse en ce qui concerne la vanille. Pas de poudre prête à l'emploi pour mes panna cottas ! Pas de pâte de vanille pour mes gâteaux, je vous prie ! Les graines déjà utilisées ne sont pas assez bonnes pour mes macarons. La poudre magique que j'y ajoute doit provenir du vaisseau-mère. Elle doit être extraite directement de la mine d'or noir portable en fendant la gousse par le milieu et en grattant ses précieuses graines.

Ce matin, je suis à la recherche de l'Excalibur du chef pâtissier : la gousse de vanille parfaite.

Le prix de la vanille a connu de fortes fluctuations au cours des dernières années. Début juin, il était si élevé que j'ai arrêté de fabriquer des macarons à la vanille. Comme il vient de baisser, je me suis décidée à m'inspirer de Rose, c'est-à-dire de faire abstraction des SOS quotidiens que m'envoie mon compte en banque. Concrètement, je vais acheter suffisamment de vanille de qualité supérieure pour tenir l'été et le début de l'automne.

Tous les vendeurs sur ce marché prétendent avoir des gousses de qualité supérieure. À première vue, leurs produits semblent bons. Mais seul un novice achèterait des gousses de vanille après un rapide balayage visuel.

La marche à suivre est d'abord de les sentir. Ensuite, on touche les gousses pour vérifier qu'elles ne sont pas friables. Puis on appuie doucement pour voir si elles se plient gracieusement au lieu de craquer. Enfin, on les examine à la lumière du soleil en vérifiant que les cristaux de vanilline, dont certaines gousses sont tachetées – et c'est une bonne chose –, ne sont pas, en réalité, de la moisissure.

Le Saint Graal que je recherche est une gousse dodue, longue et souple, à l'arôme prononcé et à la peau fine et sombre.

Après avoir disqualifié quatre fournisseurs dont les affirmations n'ont pas résisté à mon examen rigoureux, je tombe sur le bon. Le cinquième vendeur propose des gousses de vanille bourbon de Madagascar, catégorie A. Elles sont onéreuses, mais je sais que j'en obtiendrai plus de graines savoureuses qu'avec la même quantité de gousses de qualité inférieure.

Ma mission principale étant accomplie, j'achète également des pommes et des poires.

Vient le tour des fruits rouges.

Je passe devant deux étalages dont l'offre est bon marché et agréable à regarder. Mais ces baies ont été cultivées loin de la Provence. Pour moi c'est « non-non ». Les fruits rouges locaux sont plus frais, sentent bons et ont meilleure saveur. Cela veut dire que les tartes que je ferai auront un meilleur goût et un meilleur arôme, elles aussi. Sans parler du fait que je me sentirais comme une impostrice si je faisais un clafoutis bien de chez nous avec des cerises espagnoles.

Mon chariot commence à se remplir sous les cerises, les fraises et les mûres que j'y ajoute.

Lorsque je me rends chez mon vendeur de myrtilles habituel, il me salue chaleureusement.

– Mademoiselle Julie !

– Appelez-moi Julie, s'il vous plaît, insisté-je, consciente tout de même que son « mademoiselle » démodé est un compliment.

Nous menons nos affaires tout en bavardant et échangeant des plaisanteries, ce qui améliore encore plus ma bonne humeur. Je sais qu'il est particulièrement aimable par intérêt personnel car je suis une cliente fidèle, mais je m'en fiche. Je passe un bon moment.

Alors que je commence à pousser mon caddie vers la sortie, on me rattrape.

– Julie ! Quelle agréable surprise !

Je me retourne. C'est Denis Noble.

Habillé et coiffé impeccablement, comme toujours, il parvient à avoir l'air aussi frais qu'un mannequin dans la vitrine d'un magasin Lacoste malgré la chaleur estivale.

Mais comment fait-il ?

Nous nous saluons.

– Ça va ? me demande-t-il.

Je désigne mon caddie.

– Je faisais des courses pour la pâtisserie. Et toi ?

– J'étais juste... Je passais...

Il regarde autour de lui comme s'il espérait une réplique, puis agite la main en signe d'abandon et sourit.

– Promets-moi de ne pas paniquer mais... Je te suivais.

– Oh ! répondis-je, me sentant soudain mal à l'aise.

– Puis-je t'aider avec le chariot ? Il a l'air lourd.

Sans attendre ma réponse, il attrape la barre du caddie, me frôlant la main par inadvertance. Ou peut-être pas...

Nous quittons le marché dans un silence gêné.

Denis parle le premier :

– J'ai entendu que le père de ton sous-chef avait été tué. Éric doit être sous le choc, complètement terrassé, le pauvre !

Euh... comment dire ?

– Il fait face.

Denis m'observe du coin de l'œil.

– Et toi, comment vas-tu ?

– Je vais bien, déclaré-je avec un sourire éclatant. Je suis plus solide que je ne le parais.

– Je n'en doute pas une seconde ! C'est l'une des nombreuses choses que j'admire chez toi.

Il me fixe à nouveau. Cette fois, son regard est plus insistant. Ses yeux cherchent à communiquer avec les miens. Il me fait savoir qu'il aimerait en dire plus, mais qu'il se retient car je lui ai confié que je n'étais pas prête.

Rose pourrait-elle avoir raison à son sujet ? Le garçon qui me tirait les cheveux au collège est-il devenu un parfait gentleman ? Dois-je lui donner une chance ?

Sans doute, oui.

C'est juste que... Je n'en ai pas envie.

Lorsque nous arrivons à la pâtisserie, Denis pousse le chariot jusqu'à la cuisine. Puis il s'arrête pour papoter un peu avec Rose, la flattant à mort, la faisant glousser et rougir.

Quand un client réclame l'attention de mamie, je raccompagne donc Denis à la porte. Sur le seuil, il sort de sa poche un paquet joliment emballé et me le tend.

– Un petit quelque chose pour te remonter le moral, dit-il.

– Oh là là, merci !

Je commence à le déballer.

Il saisit ma main momentanément.

– Je préfèrerai que tu l'ouvres plus tard, à la maison.

– D'accord…

Je retire ma main.

Il vérifie sa montre.

– J'ai une réunion d'affaires que je ne peux pas manquer. Mais je repasserai à la pâtisserie un de ces jours.

Il étudie l'expression de mon visage avant d'ajouter :

– Si ça ne te dérange pas.

Il n'y a absolument aucune raison, aucun argument recevable pour que cela me dérange, à part un capricieux « j'ai pas envie » que je repousse, évidemment. Il n'y a rien à faire : on m'a élevé à toujours m'efforcer de faire plaisir.

– Bien sûr que non, assuré-je à Denis. Pourquoi ça me dérangerait ?

Denis part rassuré, et la gentille fille en moi remporte une énième victoire contre la vilaine.

Sauf que cette fois-ci, elle est de courte durée.

CHAPITRE HUIT

La vilaine prend sa revanche quand Flo arrive à quatre heures de l'après-midi pour commencer son « quart de nuit ».

Ma petite sœur en fait toujours des tonnes !

Peut-être que moi aussi d'ailleurs... Mais sachant qu'Adinian n'est pas impliqué dans l'enquête et qu'Éric est le principal suspect de Shen, comment puis-je rester les bras croisés à ne rien faire ? Malgré ce que Rose affirme, espérer que tout finisse bien n'équivaut pas à « faire quelque chose ».

Le souci est que je lui ai promis, ainsi qu'à Adinian, de rester en dehors de l'enquête du capitaine Shen.

Si au moins je pouvais avoir un *cinémagraphe !* Cat m'avait conseillé de m'approcher physiquement de la scène du meurtre dès que j'en aurais l'occasion. J'y suis déjà allée deux fois cette semaine. Et si la troisième était la bonne ?

Quand j'arrive à Saint-Brique, je décide de ne pas sonner chez Éric mais de me promener et d'observer. Je m'en tiens à cette sage ligne de conduite pendant une minute entière, jusqu'à ce que j'aperçoive Éric sortir de chez lui, laissant le portail du jardin déverrouillé.

Trois minutes plus tard, je me faufile à l'intérieur.

Mes pas m'emmènent vers l'endroit où Brice a été assassiné. Une touffe d'herbe attire mon regard. Elle n'a rien de spécial, rien qui la fasse ressortir du sol broussailleux de ce jardin négligé. Elle n'est ni plus sombre, ni plus claire, ni plus dense, ni plus fine que l'herbe qui l'entoure, mais semble posséder une qualité hypnotique qui m'intime de la contempler.

Petit à petit, ma vision s'assombrit. La lumière autour de moi devient inhabituellement obscure pour l'heure qu'il est. En quelques secondes, c'est le crépuscule. Et un bref instant plus tard, je ne suis plus là, aspirée dans la parcelle herbeuse qui me fascinait tant.

Ça y est, c'est en train d'arriver !

Je sens la réalité tressaillir. Elle bouge et se transforme. Soudain, je me retrouve à l'intérieur d'un *cinémagraphe*.

Je regarde autour de moi en me tordant le cou. Il est difficile de voir grand-chose de cet emplacement presque souterrain. Contrairement à la dernière fois avec Maurice et Berthe, je ne flotte pas dans les airs, mais je suis presque intégralement enfouie dans le sol. Il n'y a que ma tête – ou, plus précisément, la partie de mon corps qui me laisse voir et entendre – qui dépasse.

Que suis-je censée être dans ce délire ? Un ver de terre fantomatique ? Une spectrale limace ? S'il faut que je sois un insecte, pourquoi n'ai-je pas pris la forme d'une fourmi sur un arbre ? Ou mieux encore, d'une bestiole ailée, comme un moustique ou un scarabée ? Ça aurait été tellement plus pratique !

Mais bon, vaut mieux un ver de terre que rien du tout.

À environ un mètre sur ma gauche, je distingue une paire de pieds humains dans des chaussures à semelles en caoutchouc, deux mollets habillés d'un jean et une paire de genoux, le tout à hauteur de regard. À en juger par leur taille, ils appartiennent à un homme adulte. Il m'est impossible de voir le reste de ce monsieur. Mais sachant que les genoux humains sont normalement positionnés au-dessus des pieds, j'en conclus que l'homme est agenouillé.

Plop. Plop. Plop.

Des gouttes de liquide rouge tombent dans l'herbe à côté des genoux du type. Ce doit être le sang de Brice dans les derniers instants qui ont suivi son égorgement !

– Va te faire foutre, salaud ! lance quelqu'un dans un murmure enragé.

En observant bien, j'aperçois une autre paire de chaussures près de moi. Qui est-ce ? Les chaussures ressemblent à des baskets, et elles sont à moitié cachées par l'herbe haute. Je n'arrive pas à déterminer leur taille ni même s'il s'agit de chaussures d'homme ou de femme. Tout ce que je vois, c'est que la personne qui les porte tourne le dos et s'éloigne en vitesse, puis disparaît de ma vue embrumée.

Le meurtre était donc, effectivement, une affaire personnelle.

Celui qui a tué Brice ne l'a pas fait pour l'agresser. Les gendarmes ont raison. Le tueur ne s'est pas non plus emporté sur un coup de tête. Sa colère était plus profonde que ça, le genre de colère que l'on porte en soi si longtemps qu'elle devient un compagnon de route.

Je me tortille et pivote pour mieux voir Brice, m'attendant à ce qu'il tombe face contre terre d'une seconde à l'autre. Combien de temps peut-on rester debout lorsqu'on a le cou tranché ?

L'air se met à crépiter d'électricité statique et un instant plus tard, me voici extirpée de mon trou dans le sol et réinsérée dans le moment présent.

Quoi ? Nooon, pas déjà ! Me faites pas ça ! S'il vous plaît, juste dix secondes de plus !

Dans ma frustration, je ne sais même pas à qui ou à quoi je m'adresse exactement. À mon subconscient ? À Dieu ? À l'Office national des Visions et des Prophéties ?

Une voix masculine me fait sursauter.

– Oh hé, qui êtes-vous et que faites-vous sur ma scène du crime ?

Je me retourne.

Un homme d'une quarantaine d'années, bien habillé, me toise de haut en bas à travers une paire de lunettes de soleil à la mode.

– Comme il n'y a pas de ruban, ni de panneaux de police, ni quoi que ce soit, je me suis dit que..., marmonné-je, en faisant des mouvements de bras autour de moi.

– Qui êtes-vous ?

– Julie Cavallo. Je suis venue voir mon sous-chef, Éric Dol.

Je souris poliment avant de demander à mon tour :

– Et vous êtes… ?

– Capitaine Charles-Antoine Shen.

Ah ouais, l'homme du moment !

– Ravie de vous rencontrer, capitaine Shen !

Il plisse les yeux.

– Attendez, vous êtes la petite pâtissière culottée qui a résolu le meurtre de Maurice Sauve, c'est ça ?

– Euh... C'est-à-dire... commencé-je en détournant les yeux.

Puis je me reprends. *Au diable la fausse modestie ! Assume, Julie.*

– Oui, c'est vrai.

– Adinian nous a beaucoup parlé de votre intelligence et de votre ténacité.

Attends voir ? *Waouh !*

Je ne peux dissimuler mon air ébahi alors que je digère l'image flatteuse qu'Adinian a peinte de moi. Culottée, intelligente et tenace, dixit Adinian. C'est qu'il le pense, alors ! Pourquoi le dirait-il s'il ne le pensait pas ?

Le capitaine Shen fronce les sourcils, confus.

– Êtes-vous *la* Julie Cavallo des histoires d'Adinian ?

– En personne.

– Je ne vous imaginais pas comme ça.

– Comment m'imaginiez-vous ?

– Plus dure à cuire, dit-il en m'observant. Plus terne. Plus âgée.

Plus terne ? Plus âgée ? S'il y avait un bouton « J'aime pas » à proximité, je serais en train d'appuyer dessus de toutes mes forces, jusqu'à le défoncer.

C'est donc ainsi qu'Adinian décrit mon physique à ses collègues ? C'est ainsi qu'il me voit ?

Arrête ça, Julie !

Je me trouve sur la scène du meurtre, seule avec l'enquêteur principal qui non seulement ne m'envoie pas balader, mais semble enclin à discuter avec moi. C'est une chance inouïe ! Et au lieu d'en profiter, je gaspille mon temps à me lamenter sur le fait que le capitaine Adinian ne me trouve pas jolie.

Ma fille, t'es pathétique.

Je redresse les épaules.

– Il m'a dit que vous attendiez le rapport du médecin légiste.

– C'est vrai ? Il vous a dit ça ? Faites-vous partie de mon équipe d'enquêteurs ?

– J'aimerais bien, déclaré-je effrontément.

Il me lance un regard comme pour dire « Et puis quoi encore ? ».

– Capitaine Shen, recommencé-je d'un ton apaisant. Tout ce que je veux, c'est pouvoir aider.

– Aider qui ?

– Mon sous-chef.

– Exactement ! s'exclame-t-il en ôtant ses lunettes de soleil. Étant donné que votre sous-chef est mon principal suspect, vous feriez obstruction à mon enquête en l'aidant. Je ne peux donc pas l'autoriser.

– Pouvez-vous au moins me dire pourquoi Éric est votre principal suspect ?

– Saviez-vous qu'un quart des meurtres sont commis par un membre de la famille ?

Je secoue la tête.

– Éric Dol avait un motif, les moyens et l'occasion, dit Shen. Et il n'a pas d'alibi.

Je fronce les sourcils.

– Quel motif ?

Shen montre la maison.

– Pas mal comme baraque, non ? Le prix a presque doublé depuis l'incarcération de Brice Dol. Éric l'a eu pour lui tout seul pendant huit ans.

– Et alors ?

– Depuis le retour de Brice, Éric se comporte comme un fantôme, poursuit Shen. Les voisins l'ont à peine aperçu le mois dernier. Il a dit à ses amis qu'il cherchait un studio à louer. Le saviez-vous ?

– Non.

– Si j'étais à sa place, j'aurais eu du ressentiment envers Brice, avance Shen. J'aurais voulu qu'il parte.

– Ce n'est qu'une hypothèse ! Avez-vous des preuves matérielles ? Avez-vous trouvé l'arme du crime ? Des empreintes ? Des traces d'ADN ?

Un petit téléphone noir ?

Son sourire vacille.

– Rien de tout cela jusqu'à présent. C'est la scène de crime la plus propre de ma carrière. Le tueur a été très méticuleux, et la forte pluie a fait le reste.

– Méticuleux, ça me fait penser à un criminel expérimenté, un ancien détenu, par exemple...

Je cherche sur le visage de Shen un signe d'accord, mais son expression est impénétrable.

– Éric n'a pas tué son père, capitaine ! m'écrié-je. C'est le garçon le plus doux, le plus gentil, le plus honnête que...

Shen lève la main, paume tournée vers moi.

– Adinian a déjà relayé vos louanges.

– Mais c'est la vérité !

Shen se dirige vers la porte du jardin et me fait signe de le suivre.

– Je ne le connais pas assez pour débattre de sa supposée gentillesse ou sa douceur, mais laissez-moi vous dire que vous vous trompez au sujet de son honnêteté.

Je me dépêche de le suivre.

– Qu'insinuez-vous ?

– J'ai du métier, et j'ai du flair. Je sais toujours si un témoin ou un suspect ment, annonce Shen. Mon instinct ne s'est jamais trompé à cet égard.

– Et alors ?

– Éric Dol ment.

– Sur quoi ?

– Je le saurai bien assez tôt, dit-il en s'arrêtant à la porte. Votre sous-chef est sorti, madame Cavallo. Vous n'avez aucune raison d'être ici.

Ça me démange de lui demander la raison de sa présence ici, mais je me retiens. Il a sûrement l'accord d'Éric ou le mandat d'un juge. Le défier serait contre-productif. Je ferais mieux de ne pas opposer de résistance.

Shen m'ouvre la porte.

– Quid du frère et de la sœur Gilly ? demandé-je. Ils ont un mobile, eux aussi, et pas des moindres. Pourquoi êtes-vous si focalisé sur Éric ?

– Pour votre information, Justin Gilly a un alibi, dit Shen en remettant ses lunettes de soleil. Quant à Léa... L'avez-vous déjà rencontrée ?

– Non.

– Je mangerais mon chapeau si elle s'avérait être la tueuse.

J'ai l'impression qu'il est sur le point d'ajouter quelque chose, mais il change d'avis.

– Personne ne pensait que Berthe Millon était l'assassin de Maurice Sauve, lui signalé-je.

– Elle l'avait empoisonné, c'est ça ? En règle générale, c'est la méthode préférée des meurtrières. Par contre, Brice a eu la gorge tranchée, voyez-vous. Une entaille longue, profonde, réalisée par une main assurée, de gauche à droite, avec une lame de professionnel. Il arrive que les femmes poignardent à l'arme blanche, c'est vrai, mais couper une gorge comme ça...

– Je coupe des gâteaux tout le temps, et d'une main confiante, argué-je.

Il soulève un sourcil.

– Devrais-je vous ajouter à ma liste de suspects ?

Je secoue la tête.

Sa bouche esquisse un demi-sourire suffisant.

– Neuf homicides sur dix sont commis par des hommes. Le saviez-vous ?

– Non.

– Bah, maintenant, vous le savez.

Il commence à refermer le portail et, me forçant à sortir sur le trottoir, il clôt la conversation par un « bonsoir » que je lui rends.

Alors que je pédale vers la boutique, Léa et Justin Gilly occupent mes pensées.

Justin a un alibi. Soit. Cela réduit ma liste des suspects à Léa. Elle pourrait très bien être l'assaillante de mon *cinémagraphe*.

Même si elle ne l'est pas, elle est l'un acteur clé de ce drame. Il faut que je la trouve.

Il faut que je lui parle.

CHAPITRE NEUF

Lorsque je rentre à la pâtisserie, Flo me salue avec un regard qui reflète un mélange d'inquiétude et de suspicion.

C'est calme ce soir. Juste une heure avant la fermeture, je décide que ma présence à l'avant de la boutique n'est pas nécessaire et me dirige vers la cuisine. À la vitesse de l'éclair, Flo s'interpose entre la porte de la cuisine et moi, me bloquant le passage.

Je l'interroge des yeux.

– Parle-moi, exige-t-elle.

– De quoi ?

– Où étais-tu ? Que me caches-tu ? Est-ce lié à l'affaire du meurtre ?

Elle met de la menace dans sa voix et durcit son regard, mais son filet à cheveux glisse sur son œil gauche, ruinant l'effet.

– Qu'est-ce qui se passe, Julie ? m'interroge-t-elle. Qu'est-ce que tu sais que je ne sais pas ?

– Rien.

Elle rajuste son filet à cheveux.

– Allez, s'te plaît, dis-le-moi ! Et si tu crois me protéger en me tenant à l'écart, sache que je suis parfaitement capable de me protéger moi-même.

– Je n'ai jamais prétendu le contraire.

Elle plaque ses mains sur ses hanches.

– Puis-je te rappeler que mon implication dans l'affaire Sauve a été cruciale ? Si je n'avais pas reconnu le nom sur l'enveloppe, tu n'aurais peut-être pas fait le lien. Un meurtre aurait pu rester impuni !

– C'est vrai, dis-je. Je le reconnais.

– Tu te souviens de la FREJ ?

Comment pourrais-je oublier le nom bébête qu'elle a donné à notre « équipe de détectives amateurs » formée pendant l'affaire Sauve ?

– La FREJ n'est pas morte, malgré ce que nous avons promis à Rose, poursuit-elle. Surtout quand son « E », c'est-à-dire notre cher Éric, a des ennuis !

– De gros ennuis, laissé-je échapper sans réfléchir.

Les yeux de Flo s'écarquillent.

– Quoi ? Julie, crache le morceau !

En levant les mains en signe de défaite, je lui raconte mes conversations avec Murielle et Yves Olabiyi, Adinian et Shen. Comme la dernière fois, je garde le *cinémagraphe* pour moi.

Flo se met à faire les cent pas.

– Je n'arrive pas à y croire ! Ce pauvre Éric est le principal suspect dans une affaire de meurtre !

– J'ai du mal à y croire moi aussi.

Elle s'arrête net et se retourne vers moi.

– Nous devons agir ! Par où commence-t-on ?

– J'allais faire une recherche sur les Gilly pour voir si je pouvais glaner quelque chose d'utile sur les réseaux sociaux.

– Je m'en occupe !

Elle se précipite derrière le comptoir, attrape son sac à dos et sort son ordinateur portable.

– Heureusement que nous avons le Wi-Fi ici !

Sans m'en demander la permission, elle ôte son filet à cheveux. Toujours sans m'en demander l'autorisation – je reste quand même sa patronne encore pour une heure ! –, elle s'installe dans le coin café de la boutique.

Bon, bah, on dirait que son « quart de nuit » est terminé.

Avec un soupir résigné, je me détourne de la cuisine, renonçant à mon projet de tester une nouvelle recette de biscuits.

Je me place derrière le comptoir qui a été abandonné sans cérémonie par ma sœur.

Au cours des quarante-cinq minutes qui suivent, Flo parcourt Internet à la recherche de Léa Gilly, pendant que je sers les clients qui sortent de leur travail et viennent acheter des pâtisseries pour le dessert.

La curiosité et l'ennui d'une accalmie me font envisager d'ouvrir le cadeau de Denis malgré sa demande de le faire à la maison.

Je soulève la boîte d'une main et la soupèse, essayant de déterminer son poids. Ce qui se trouve à l'intérieur est léger, ce qui me rassure. La dernière chose dont j'ai besoin en ce moment, c'est un cadeau coûteux de Denis, que je devrais rendre au risque de le blesser.

Mais je me rappelle qu'il est intelligent. S'il veut sortir avec moi tôt ou tard, il sait qu'il doit miser sur le tard plutôt que sur le tôt.

Si j'étais lui, je miserais sur le jamais. Mais la vie m'en a suffisamment appris sur les hommes pour savoir qu'ils ne se laissent pas décourager et qu'ils n'abandonnent pas leur cour avant de m'avoir « conquise ».

La vie m'a aussi appris suffisamment sur moi-même pour savoir que s'il continue comme ça assez longtemps – et en l'absence d'initiative de la part d'Adinian –, je pourrais bien céder. Parce que, comme beaucoup de femmes, j'ai cette croyance irrationnelle qu'un prétendant persévérant mérite une récompense. Et que c'est mon boulot de la lui donner.

Flo m'enlève le fardeau de prendre une décision concernant le cadeau.

– Je l'ai ! crie-t-elle depuis son coin. J'ai son adresse !

Je cours vers elle.

– Vraiment ?

– C'est incroyable comme je suis douée pour ça, s'étonne-t-elle en se penchant en arrière et serrant les mains derrière la tête. Avoue-le, je suis un génie.

– Tu es un génie.

Je regarde l'écran.

Elle tourne l'ordinateur portable vers moi et désigne du doigt un point sur une carte.

– Tu vois, là ? L'été dernier, elle s'est installée à la campagne dans une grange réhabilitée. Elle n'a pas mis l'adresse sur Internet, mais elle a posté des tas de photos sur Instagram, dont certaines du hameau et de ses environs. J'ai lancé une recherche d'images inversée et j'ai localisé l'endroit.

Je regarde de plus près. Le paysage me semble familier... La rivière... La colline en arrière-plan...

– Mais c'est la Butte Royale ! m'exclamé-je. Le hameau est juste à la sortie de Beldoc.

– Et oui !

Pour une raison quelconque, je pensais que Léa et Justin habitaient loin, mais la maison de Léa est à vingt minutes à vélo d'ici.

Je m'incline devant Flo, en soulevant un chapeau imaginaire.

– Ô Florence, tu es si maline !

Elle rayonne.

– Je le suis, en effet.

Les bras levés et les paumes de mains vers le bas, je fais semblant de l'adorer.

– Ô Florence, tu es si ingénieuse et si belle !

– Très vrai.

Allez, encore un pour la route.

– Tu es si généreuse et si serviable !

Elle louche, flairant le filon.

– Qu'est-ce que j'y gagne, moi ?

– Que dirais-tu d'un badge « employée du mois » ?

Elle roule les yeux au ciel.

– Nous n'en avons même pas, des badges.

– Je pourrais t'en dessiner un.

– Pff, souffle-t-elle en se levant. De toute façon, je l'ai fait pour Éric et je suis prête à tout pour le tirer d'affaire.

– Moi aussi !

Elle me dévisage.

– Que comptes-tu faire ?

– Me rendre chez Léa pour voir si elle veut bien me parler.

– Quand ?

Je consulte ma montre. Il est huit heures moins cinq.

– Dans dix minutes, dès qu'on aura fermé.

– Je viens avec toi.

Avant d'avoir la possibilité de m'y opposer, Flo se tape le front et gémit.

– Et merde ! Tino et moi avons prévu ce truc... Mais je pourrais l'annuler.

Ses yeux oscillent entre son téléphone et moi.

– Vous faites une visite guidée ce soir ? demandé-je, surprise qu'elle envisage même de l'annuler.

– Non, c'est pas... Ça ne concerne pas le travail.

Tino est le colocataire de Flo et son associé dans leur entreprise naissante de tourisme culturel qui, pour l'instant, se limite à un occasionnel parcours Van Gogh. La Provence ne manque pas de visiteurs, surtout l'été, mais la concurrence entre les opérateurs est rude. Pire que chez les pâtissiers, c'est dire !

– N'annule pas, lui dis-je avec fermeté. Il y a de fortes chances que Léa ne soit pas chez elle ou qu'elle n'ouvre pas sa porte. Tu risques d'annuler pour rien.

Mon argument semble fonctionner parce que Flo range son téléphone dans la poche de son jean.

Dès que l'horloge murale sonne huit heures, j'enlève mon tablier et j'attrape mon sac fourre-tout avec le cadeau de Denis à l'intérieur. Flo et moi fermons la boutique.

– Hé, tu m'appelles ce soir pour un compte rendu détaillé, d'accord ? s'écrie Flo en se dirigeant vers l'arrêt de bus.

J'enfourche mon vélo.

– Bien, m'dame !

Beldoc étant une toute petite ville, il me faut moins de dix minutes pour en sortir et rejoindre la sinueuse route de campagne qui devrait me conduire au hameau de Léa.

Il y a encore du soleil, mais l'air est maintenant plus doux, et une légère brise rafraîchit mon visage. Elle fait onduler et flotter mon chemisier comme un drapeau. Ce n'est pas idéal, aérodynamiquement parlant, mais il n'empêche que c'est très agréable.

Mieux encore, la brise emplit mes narines de parfums estivaux de lavande et de terre brûlée par le soleil. De temps en temps, une voiture passe à toute allure, agressant mes sens par le bruit et les gaz d'échappement et freinant mon bien-être, mais seulement un instant. La magie revient dès que le véhicule est hors de vue, et j'entends à nouveau le bruissement des arbres et le bourdonnement des insectes.

La route tourne à droite, longeant une grande garrigue. La brise transporte les odeurs des plantes en pleine croissance. Je distingue du thym, du romarin, de la lavande et peut-être de la sauge, qui se fondent dans un parfum inimitable, quintessence de la Provence.

Mon Dieu, j'adore vivre dans le Sud !

Cet endroit me rend heureuse, indépendamment de ce qui se passe dans ma vie. Est-ce le soleil ? Le ciel bleu ? Les odeurs ? Une combinaison unique de tout cela ? Honnêtement, je n'en sais rien. Mais je sais que je ne retournai à Paris qu'en tant que touriste.

Je n'y vivrai plus, c'est sûr et certain. Mais dès que j'en aurai les moyens, je prendrai le TGV et je rendrai visite à la Ville Lumière.

Après le tournant, je me gare pour vérifier l'adresse sur la carte routière de mon téléphone. La maison de Léa doit se trouver par ici, sur la gauche. Dans cette direction, je distingue les contours d'une maisonnette qui ressemble beaucoup à la photo postée sur Instagram que Flo m'a montrée. Ça doit être là !

Je quitte la route et continue sur un chemin de terre, mon vélo faisant du bruit sur le sol irrégulier. Cinq minutes plus tard, je sonne à la porte.

Une jeune femme ouvre.

Vêtue d'un jean moulant et d'une longue tunique rose pastel, elle est menue, petite mais pas trop, mignonne mais pas jolie. En fait, non, ce n'est pas vrai. Léa a une beauté discrète, du genre qui ne saute pas aux yeux et ne fait pas tourner les têtes. Ses traits sont réguliers et sa peau est lisse, dépourvue d'imperfections. Mais si elle posait avec d'autres jeunes femmes pour une photo de groupe, elle serait invisible. Le regard du photographe aurait glissé sur elle, ne trouvant rien pour s'y accrocher.

Elle a l'air un peu plus jeune que Flo. Je lui donnerais vingt ou vingt et un ans. À en juger par ses ballerines roses, son sourire mièvre et son carré sage, Léa est à l'opposé de ce que l'on pourrait décrire comme une fille qui a du cran. Je comprends maintenant pourquoi le capitaine Shen ne voit pas en elle une tueuse potentielle !

Cela dit, les apparences peuvent être trompeuses.

– Bonsoir, dis-je. Pourrais-je parler avec Léa Gilly ?

– C'est moi, répond-elle en scrutant mon visage. Et vous êtes... ?

– Julie Cavallo, pâtissière à Beldoc.

J'hésite une seconde puis ajoute :

– La patronne d'Éric Dol.

Instinctivement, elle recule.

Ouh là, c'est pas bon ça.

Prenant mon courage à deux mains, je demande :

– Peut-on se parler ?

– Je n'ai pas le temps, désolée, dit-elle en se retirant plus loin dans l'entrée. Je dois y aller.

Elle tend la main vers la poignée de la porte.

Je panique et lui pose une question frontale, en imitant Noam Toche du *Beldoc Live*.

– Avez-vous tué Brice Dol ?

Sa main s'envole vers sa gorge.

– Quoi ? Non, bien sûr que non !

Son expression passe d'horrifiée à agitée, puis à vexée.

Se remettant du choc initial, elle se penche en avant.

– Qu'est-ce qui vous fait croire que vous pouvez venir ici et m'accuser de meurtre ? Au fait, comment m'avez-vous trouvée ? Est-ce qu'Éric...

Brusquement, elle ferme la bouche comme si elle avait dit quelque chose qu'elle n'aurait pas dû.

Comme c'est... intéressant.

– Est-ce qu'Éric a fait quoi ? demandé-je.

– Rien. Rien du tout, marmonne-t-elle en se frottant l'oreille. J'sais pas pourquoi j'ai dit ça.

L'ayant déstabilisée, j'ai l'impression d'avoir pris un léger avantage. Léa cherche à tâtons une explication et ne me ferme plus la porte au nez. Mais cette situation risque de ne pas durer, alors je ferais mieux d'encaisser mon chèque-cadeau !

– Au cas où vous vous demanderiez si Éric m'a parlé de vous ou m'a envoyée ici, sachez qu'il n'a rien fait de tout cela, affirmé-je. C'est mon initiative.

Elle déglutit.

– Léa, les gendarmes le soupçonnent d'avoir assassiné son père.

Je m'arrête pour examiner sa réaction qui me parait sincèrement choquée, puis je poursuis :

– Si vous ou votre frère savez quoi que ce soit qui pourrait contribuer à le disculper, je vous supplie de me le faire savoir. Ou alors, ne me dites rien, si vous ne me faites pas confiance, mais allez en parler au capitaine Shen.

Léa ne prononce pas un mot, mais son visage expressif parle pour elle. L'agitation dans ses grands yeux est doublement révélatrice : primo, elle sait quelque chose et, secundo, ce n'est pas quelque chose qu'elle est prête à partager.

Un portable sonne.

Ce n'est pas le mien.

Léa plonge la main dans la poche arrière de son jean, en sort un petit téléphone noir, et jette un coup d'œil à l'écran.

– C'est mon frère, me dit-elle en saisissant la poignée de la porte avec sa main libre. Il faut que je prenne cet appel. Au revoir, madame Cavallo.

Puis elle referme la porte.

En écoutant ses pas qui battent en retraite, je ne pense qu'à une chose : l'appareil dans ses mains. Petit, noir, sobre, il colle parfaitement au descriptif du téléphone que Murielle Olabiyi a vu – ou pas – à côté du cadavre de Brice Dol.

CHAPITRE DIX

Je me réveille à six heures du matin avec la vague impression d'avoir oublié de faire quelque chose d'important la veille au soir. Perdue dans mes théories sur le rôle de Léa Gilly dans l'affaire Dol, je me frotte les yeux, descends du lit et me dirige vers la salle de bain.

Était-ce lié à la pâtisserie ?

D'un coup, paniquée, je tourne les talons et cours vers mon sac à main. J'en sors mon portable et ouvre l'appli calendrier qui me sert d'agenda. Ai-je une livraison à faire aujourd'hui que mon esprit traître aurait si complètement effacée que je n'aurais même pas commencé à préparer ce que je suis censée livrer ? La première audience de Berthe a-t-elle lieu cet après-midi ? Ai-je une fête d'entreprise à approvisionner ce soir ? Y a-t-il une facture que j'aurais dû payer hier au plus tard et que j'aurais oubliée ? Car c'est ce qui arrive quand on a la tête ailleurs au lieu d'être à 100% concentrée sur sa boîte !

Mon cœur bat la chamade tandis que je vérifie mes rendez-vous, mes SMS et mes e-mails. Aucune livraison prévue pour le reste de la semaine. L'audience de Berthe a lieu demain après-midi. L'échéance de la prochaine facture n'est pas avant le 20. Pas de fête à ravitailler avant mardi.

Ouf.

Je peux aller aux toilettes tranquille. Ma vie reste sous contrôle pour l'instant.

Quand je remets mon téléphone dans mon sac, ma main touche un objet carré, et je réalise ce que j'ai oublié de faire hier soir. Ouvrir le cadeau de Denis !

Dans la boîte, il y a une missive manuscrite et une carte cadeau. La carte cadeau couvre une journée de massages, soins, jacuzzi, sauna, boissons et collations pour deux personnes au spa Plénitude, au nord de Beldoc.

J'ouvre la lettre.

Ma chère Julie,

Tu as traversé quelques turbulences ces derniers temps, alors je me suis dit qu'un séjour dans un joli spa serait une distraction bienvenue.

Sache que je ne m'attends pas à ce que tu y ailles avec moi ! Tu as été très claire sur le fait que tu n'étais pas encore prête, et je respecte cela. Emmène Rose ou Florence avec toi, qui tu voudras, mais ne repousse pas cette virée à plus tard.

Tu as besoin d'un répit maintenant, pas à Noël.

Et le 10 juillet, viens fêter mes trente ans avec mes amis ! J'organise une soirée-piscine à ma villa (tu trouveras l'adresse ci-dessous). Certains de nos anciens camarades de classe seront là également, mais j'insiste quand-même pour que tu amènes une copine. Comme ça, tu ne te sentiras pas mal à l'aise parmi tous les visages inconnus.

Ton anniversaire est en février, n'est-ce pas ? Tu étais donc encore à Paris, et j'ai raté ton passage à la trentaine. Ne rate pas le mien ! On va bien s'amuser.

Amitiés,
Denis

En bas de la lettre, il y a une adresse d'un quartier chic sur les hauteurs.

Que dire, ma foi ? Cette lettre est irréprochable. Elle est tout simplement parfaite.

J'attrape mon portable et j'écris un long texto à Denis, m'excusant de mon silence de la veille et le remerciant abondamment pour son merveilleux cadeau. Et, oui, j'aimerais beaucoup venir célébrer son trentième anniversaire. C'est très gentil de sa part de m'inviter !

J'appuie sur « envoyer ».

Voilà, j'espère que cela compensera le retard de ma réponse.

Denis a visé juste. Son cadeau n'est ni trop intime ni trop extravagant. La partie spa n'implique pas sa présence. Même l'invitation d'anniversaire ne conduira pas à un tête-à-tête avec lui. Il m'a bien fait comprendre que ce sera une grande fête avec quelques anciens camarades, rien de plus. Et, comme si ce n'était pas déjà assez, il insiste pour que je vienne avec une copine.

Franchement, le seul mot que je trouve pour décrire son geste est « attentionné ». Je suis émue. En y réfléchissant bien, je devrais être plus qu'émue. Ce cadeau est sa façon de me dire qu'il respecte mes limites, qu'il me comprend et me chérit. C'est évident, indéniable même.

Alors pourquoi je me sens piégée ?

~

Quand j'arrive à la boutique, Éric est déjà là.

– Je vais bien, Chef, me dit-il, anticipant ma question. Vraiment. Maintenant que la plupart de la paperasse est terminée et les dispositions prises, je préfère de loin être ici que chez moi.

– Ça se comprend, dis-je avec un doux sourire avant de me diriger vers la machine à café. Comme d'hab ?

Il me montre le gobelet vide dans ses mains avant de le jeter dans la poubelle.

– Merci, mais je viens d'en prendre un.

Je remarque une copie du *Beldoc Live* sur le comptoir. Il a dû le lire pendant qu'il buvait son café. Le journal est plié, je n'aperçois donc qu'un fragment du titre de la première page : *Affaire Dol.* Ce doit être l'article que Noam Toche a écrit après avoir interviewé Éric l'autre jour.

– Puis-je le lire ? lui demandé-je, en pointant du doigt le journal.

– Bien sûr, ricane-t-il. Monsieur Toche a fait semblant d'écrire un article factuel et impartial, mais il est évident en le lisant qu'il croit que c'est moi le tueur. À part ça, vous n'apprendrez rien de nouveau.

Si ce qu'il dit est vrai, je suis tout de même sidérée par son calme.

La machine à café se met à ronronner, alors j'élève la voix.

– Quel con, ce Toche !

– C'est le journaliste vedette de Beldoc, rétorque Éric. Notre meilleur journaliste d'investigation et notre principale source de scoops. Il est très écouté et respecté.

Sa voix craque, révélant combien la situation l'affecte derrière sa « cool attitude ».

Est-ce le bon moment pour lui raconter ma conversation d'hier avec Léa ? La connaît-il bien ? Il a dû la rencontrer à l'époque où Brice était avec Audrey, à moins que le couple n'ait tenu ses enfants à l'écart de leur relation.

Léa et Éric se sont-ils parlés récemment ? Le lapsus de Léa laisse à penser que oui. Mais, pour une raison que j'ignore, elle l'a nié. Éric n'a pas dit un mot sur elle non plus.

Oui, je pense que c'est le bon moment.

Je soulève ma tasse de café jusqu'à mes lèvres et souffle sur le liquide chaud.

– As-tu parlé avec Léa ou Justin Gilly récemment ?

– Non. Pourquoi ?

– Je suis allée voir Léa hier soir dans la grange aménagée qu'elle loue à l'extérieur de Beldoc.

Ma déclaration le laisse pantois.

– Vous... quoi ? Mais pourquoi avez-vous fait ça ?

– Je ne supporte pas de te voir accusé d'un crime que tu n'as pas commis.

– Le système finira par établir mon innocence, dit-il. Vous ne devriez pas vous mêler de cette affaire, Chef.

Je campe sur mes positions.

– Le système fait des erreurs, comme l'a démontré l'affaire Maurice Sauve.

En silence, il secoue la tête en signe de désapprobation.

– Éric, as-tu été en contact avec le frère ou la sœur Gilly avant ou après le meurtre de Brice ? demandé-je à nouveau. Les as-tu rencontrés ? Y a-t-il quelque chose que tu ne me dis pas qui pourrait m'aider à t'aider ?

Il roule ses épaules en arrière.

– Je n'ai pas vu ni parlé à Léa ou Justin depuis le procès de Brice, il y a huit ans.

– Tu en es sûr ?

– Oui.

Nous nous fixons du regard. Son expression mutine indique qu'il va s'en tenir à cette version-là.

Un client entre dans la boutique et Éric se précipite derrière le comptoir.

Poussant un soupir, je prends le journal et lis l'article faussement factuel de Noam Toche. Si je ne connaissais pas Éric, je serais convaincue au bout des trois premiers paragraphes qu'il a assassiné son père. Ce Noam à la noix n'est pas un journaliste d'investigation comme il le prétend. C'est un imposteur ! Et un connard.

J'ai presque fini de lire le reportage quand Marie-Jo Barral passe chercher son café-croissant quotidien.

Après avoir dit au revoir à la cliente précédente, Éric se tourne vers elle.

– Comment allez-vous ce matin, madame Barral ? Je vous sers comme d'habitude ?

– Oui, s'il vous plaît, répond-elle en le regardant dans les yeux. Et vous, comment allez-vous, jeune homme ? Vous tenez le coup ?

Sa sympathie cache une culpabilité indéniable.

Tu parles !

D'habitude nos rapports sont très informels et amicaux puisque Marie-Jo est l'amie de Rose et son élève de Doga. Mais là, je la salue avec une froideur quasi polaire.

Elle n'a pas l'air étonnée.

– Tu as lu l'article de Noam, c'est ça ?

Je ramasse le journal.

– Le parti pris de ce reporter est gros comme une maison, Marie-Jo.

Ses épaules s'affaissent.

– Tu aurais dû voir le premier jet ! J'ai fait ce que j'ai pu pour l'atténuer.

– Tu aurais pu tout simplement refuser de le publier ! C'est toi la patronne, non ?

– Ce n'est pas si simple, Julie.

Elle règle ses achats, prend son croissant et sa tasse avant de poursuivre :

– Noam est mon plus grand atout. Il peut être obstiné, mais il est motivé, doué, productif et passionné par son travail. Crois-moi, un collaborateur qui a toutes ces qualités vaut son pesant d'or de nos jours.

– Tu aurais pu au moins..., commencé-je.

– Il est aussi conscient de sa valeur et susceptible, dit-elle. Si j'avais refusé de publier son article ou si je l'avais trop réécrit, il aurait démissionné, j'en suis sûre. *Beldoc Soir* l'aurait embauché le jour même.

– Ce n'est rien, madame Barral, ne vous inquiétez pas, dit Éric.

Elle incline sa tête en guise de remerciement et s'en va.

J'admire la magnanimité de mon sous-chef, mais je ne la comprends pas. Si j'étais lui, je serais furax contre Noam.

Je chiffonne le journal, fonce vers la poubelle des recyclables et le jette dedans en marmonnant :

– Retourne à la fange dont tu es sorti !

Au fond de moi, je sais que je réagis de manière excessive. Je sais aussi que je suis sur les nerfs, et pas seulement à cause de l'article. La première audience du procès de Berthe a lieu demain. Je suis parvenue à ne pas trop y penser jusqu'à maintenant, mais là je sais que je ne vais pas pouvoir fermer l'œil de la nuit. Ce qui me rendra encore plus agitée demain.

Denis a raison. J'ai besoin d'un répit cette semaine, pas dans trois mois !

Localisant mon sac à main, je sors mon téléphone, trouve le

numéro du spa et appelle. Une opératrice répond à la deuxième sonnerie. Je l'informe que Julie Cavallo et Rose Tassy souhaitent utiliser leur carte-cadeau pour passer une soirée au spa. Elle m'indique que le premier créneau disponible en soirée est vendredi prochain.

Ce n'est qu'après avoir réservé et raccroché que je me rappelle que Rose pourrait bien déjà avoir autre chose de prévu ce soir-là. Si elle ne joue pas au bridge, il est probable qu'elle aille au cinéma avec ses copines ou sorte dîner avec Serge. J'aurais dû vérifier avec elle d'abord !

« *Toujours agir avant de réfléchir* » semble être ma devise ces jours-ci.

CHAPITRE ONZE

C'est fini. Berthe a été emmenée, les juges, le jury et les avocats sont partis, et la salle du tribunal d'Avignon commence à se vider.

Après avoir témoigné pour la première fois de ma vie dans un tribunal, et pas n'importe lequel – la cour d'assises, la plus haute juridiction pénale –, je me sens comme cette salle à présent : vidée.

En fait, non, c'est pire que ça. Je me sens comme ces citrons que j'ai pressés hier jusqu'à la dernière goutte pour en faire une mousse. L'effort mental qui m'a permis de tenir le coup pendant l'audition m'a épuisée. J'ai des vertiges, mes oreilles bourdonnent et mon estomac est noué.

Je me lève de ma chaise et me traîne jusqu'à la sortie. Un bras sur lequel m'appuyer serait le bienvenu ! J'arrive à peine à me tenir debout. L'idée de devoir faire du vélo pendant quarante minutes pour retourner à Beldoc me fait franchement peur.

Était-ce une erreur de mentir à Rose, Flo et Éric sur la date de l'audition ?

Absolument pas !

Je ne voulais pas que Flo rate son examen. Rose avait son cours de Doga ce matin, et elle a besoin de chaque euro que les séances lui rapportent pour combler son découvert. Non qu'une centaine d'euros puisse la sortir de son solde du rouge ou apaiser ses banquiers, mais cela leur montre sa la bonne volonté. Et Éric... Il a déjà assez à gérer.

Un gémissement frustré m'échappe lorsque j'entre dans un couloir sans fin et que je réalise que je n'ai aucune idée d'où je suis, ni de comment sortir du bâtiment. D'accord, ce n'est pas la fin du monde, mais dans mon état de fatigue, j'ai l'impression de devoir gravir une montagne. Dépassée, mes bras tombent mollement sur mes côtés alors que je lève la tête au plafond.

Quelqu'un me rattrape.

Sans me retourner, je sais qui c'est. Je ne sais pas comment je le sais. Ce bon vieux sixième sens, je suppose. À moins que ce ne soit l'efficacité de mon raisonnement. Ou de ses phéromones.

– Vous avez fait du bon boulot, là, dit le capitaine Adinian.

Je me sens déjà un peu mieux.

– Vous aussi.

– J'ai l'habitude, minimise-t-il en me surveillant. On dirait que vous avez besoin d'air frais, d'une bouteille d'eau et de quelque chose à manger. Je peux arranger ça.

Il offre son bras. Son attitude autoritaire devrait logiquement m'énerver, moi qui suis farouchement indépendante, mais... non. Rien. Là, maintenant, je ne ressens que du soulagement.

Je prends son bras et m'appuie un peu sur lui.

– Ouvrez le chemin, capitaine !

Quelques couloirs et escaliers plus tard, nous voilà dans la rue, d'où nous nous dirigeons vers le Rhône. Le bord du fleuve est beaucoup plus beau à Avignon qu'à Arles – majestueux même par endroits – mais il lui manque le charme croquignolet de Beldoc. Qu'importe ! C'est de la vue apaisante du fleuve dont j'ai actuellement besoin, pas des petites boutiques, ni des cafés.

Tandis que nous marchons, l'eau qui coule commence à opérer sa magie sur moi.

Adinian parle du procès et de ce à quoi il faut s'attendre par la suite. Ses explications rendent la grande machine judiciaire un peu moins intimidante. Savoir qu'il fait partie de cette machine aide aussi. Même s'il ne me l'a jamais dit, je ne doute pas qu'il veillera sur moi tout au long du procès de Berthe. C'est un grand réconfort. Sans parler du plaisir que j'éprouve à le voir se promener à mes côtés et me remonter le moral plutôt que les bretelles.

Il achète de l'eau et des sandwiches à un vendeur ambulant, puis nous trouvons un banc. Quand nous avons fini de manger, nous marchons encore un peu. Mon stress se dissipe et mon état de choc devient un souvenir distant.

Il est bavard, souriant, et j'en profite à fond... Mais je dois lui poser quelques questions sur l'affaire Dol.

Ça ne lui plaira pas, il se recroquevillera, hérissera ses piquants, et je perdrai sa sympathie.

Eh bien, tant pis ! L'avenir d'un innocent est en jeu.

– Avez-vous les résultats du rapport toxicologique, capitaine ? demandé-je.

Il me regarde, perplexe.

Que je suis bête ! C'est de l'affaire Maurice Sauve dont on parle depuis un quart d'heure.

– Celui de Brice Dol, précisé-je. Avez-vous ses résultats ?

La frustration se lit dans ses yeux.

– Je pensais que nous avions conclu un marché, madame Cavallo.

– Quel marché ?

– Je m'abstiens de vous apprendre l'art de la pâtisserie, et vous laissez mes collègues faire leur travail.

Toute la gentillesse a disparu de sa voix, comme la douceur de son regard. Il est mécontent ; je l'ai déçu.

Eh bien, pas de bol.

– Je ne vous ai jamais fait une telle promesse, déclaré-je. Le capitaine Shen semble croire qu'Éric a tué son père, même s'il n'y a aucune preuve pour étayer cette théorie. C'est ça que vous appelez « faire son travail » ?

– Éric Dol avait à la fois un mobile et l'occasion, donc oui, Shen a toutes les raisons de le suspecter.

– Je vois.

Brusquement, je tourne le dos au fleuve et me dirige vers le palais de justice. Espérons que je puisse trouver la rue où j'ai garé mon vélo !

Il me rattrape en deux temps trois mouvements.

– Vous voyez quoi, au juste ?

– Que la solidarité entre gendarmes compte plus pour vous que la justice et la vérité.

Sa bouche s'amincit.

– Pourquoi êtes-vous si sûre de l'innocence d'Éric ? N'y a-t-il aucune place pour un doute raisonnable dans votre esprit ?

Nous tournons dans une rue animée, grouillante de touristes, et je ralentis pour éviter de frôler les gens.

Pour la première fois, je me pose la question : *Éric aurait-il pu tuer son père ?*

Est-il possible que mon sympathique sous-chef obsédé par Star Trek ait une face cachée beaucoup plus sombre ? Aurait-il pu faire équipe avec les Gilly pour tuer Brice ? Ai-je des preuves qui l'éliminent comme suspect dans le meurtre de son père ?

Je n'en ai pas. Mais, pour citer le capitaine Kirk de Star Trek, comme le fait Éric lorsqu'il trouve une idée de recette qui me fait lever les sourcils : « *Parfois, un sentiment est tout ce que nous, les humains, avons pour guide* ».

Je m'arrête net et me tourne vers Adinian.

– Non, capitaine, il n'y a aucun doute dans mon esprit. Aucun. Éric n'a pas tué son père.

Adinian m'observe un instant puis dit :

– Nous n'avons trouvé aucune trace de sédatif, de Rohypnol, de kétamine ou autre substance de ce genre. Pas même d'alcool. Brice n'a pas été drogué.

Je mets quelques instants pour digérer l'info et jouer la scène dans ma tête.

– Donc, l'agresseur le frappe au visage, et Brice choisit de ne pas riposter. Il tombe à genoux. L'agresseur lui tranche alors la gorge et s'enfuit. C'est ce qui s'est passé ?

– Selon Shen, oui.

Un sillon s'installe entre ses sourcils quand il me demande :

– Qui vous a dit que Brice était tombé à genoux ?

Bonne question ! Moi aussi j'aimerais savoir qui ou quoi m'envoie mes *cinémagraphes*...

– J'ai croisé le capitaine Shen l'autre jour chez Éric, improvisé-je. Il a dû le mentionner.

– Hum-hum.

– Le médecin légiste est-il capable de dire, d'après les bleus sur le visage de Brice ou d'après la forme de l'entaille, si le tueur était gaucher ou droitier ?

– Pas à partir des contusions, mais l'entaille démarre plus haut sur le côté gauche du cou et se termine plus bas sur le côté droit, réponds-il. Ce qui suggère que le tueur a manié la lame de gauche à droite. Il serait donc droitier.

Léa est droitière.

Tout comme Éric.

Tout comme moi et la vaste majorité de la population mondiale.

Soudain, Adinian lève la main comme pour m'indiquer que quelque chose réclame son attention. Il se détourne de moi et fixe un type de l'autre côté de la rue.

Je suis son regard. Un jeune homme longiligne en pantalon moulant retroussé, t-shirt de marque et sneakers blanches distribue des prospectus promotionnels devant une boucherie.

– Ah non, pitié, pas lui encore ! s'exclame Adinian. Un jour il est à Beldoc, le lendemain à Arles, puis à Aix, et maintenant à Avignon.

– Qui est-ce ?

– Voici Basile, le militant antispéciste.

Ah, d'accord. Les dépliants qu'il distribue sont des flyers du boucher. Ce dernier est en train de servir un client à l'intérieur de la boutique, ignorant tout du sabotage qui se passe sur le pas de sa porte. Étant moi-même une PME et propriétaire d'une boutique, je sympathise avec le boucher.

Erreur !

Je devrais me ranger du côté de Basile plutôt. En fin de compte, c'est lui le bon dans cette histoire ! Et ce n'est pas un gendarme réac' qui me fera oublier ce fait.

– Les antispécistes sont des gens merveilleux, dis-je. La plupart de mes amis à Paris sont végans.

– Ce n'est pas la même chose.

– Avec ce que nous savons aujourd'hui sur l'intelligence et les émotions des animaux, il faut cesser de les considérer comme de la nourriture.

– Croyez-moi, Basile ne fait pas partie de ces « gens merveilleux », dit Adinian en ignorant mon argument.

Comme c'est pratique !

– Il y a deux mois, poursuit-il, Basile a volé le chien de Karl, un SDF à Beldoc.

– Karl... C'est le type avec de longs cheveux blancs attachés en queue de cheval, non ? Je l'ai croisé plusieurs fois en me rendant au travail !

On m'a dit qu'on l'appelait Karl parce qu'il ressemble à Karl Lagerfeld.

Puis je saisis le reste de la déclaration d'Adinian et demande :

– Pourquoi Basile volerait-il le chien de Karl ?

– Pourquoi ? Parce que dans l'esprit tordu de Basile, il sauvait l'animal d'une vie de misère dans la rue.

– Comment a réagi Karl ?

– À votre avis ? soupire Adinian en baissant les paupières. Imaginez qu'un crétin enlève Lady à Rose parce qu'il ne supporte pas de voir un animal en laisse. Comment réagirait-elle ?

– Elle serait dévastée.

– Eh bien, cela a été le cas de Karl. Son cabot est son meilleur ami, sa bouée de sauvetage.

Je retiens mon souffle.

– Avez-vous pu le retrouver ?

– Oui, on a trouvé le chien une semaine plus tard, après que Karl a tenté de se suicider.

Pauvre Karl !

– Et savez-vous où nous l'avons trouvé ? me demande Adinian. Dans une cage dans un refuge pour animaux bondé. Il avait l'air aussi suicidaire que son maître.

Ça m'embête qu'Adinian appelle Karl le « maître » de son chien et non son « papa ». Je m'apprête à le reprendre lorsque je me rends compte qu'en me focalisant sur son vocabulaire, je passe à côté de ce qu'il essaie de me dire.

– Basile avait pris le chien à Karl juste pour se sentir mieux à ce moment-là, affirmé-je.

– Incroyable, non ?

Ayant vécu quinze ans dans une métropole qui grouille de gens comme Basile, je ne le trouve pas si incroyable que ça.

– Donnez-moi deux minutes, me dit Adinian, puis il s'approche de Basile. Bonjour, monsieur !

Basile pince sa bouche, refusant de répondre.

– Un conseil : rentrez chez vous, dit Adinian.

– Sinon quoi ? Vous n'avez aucun motif d'arrestation, clame Basile en montrant ses tracts. Je ne vends pas de drogue, je n'attaque pas le boucher, et je ne vandalise pas son magasin.

– Non, vous essayez juste de faire fuir ses clients potentiels.

Basile relève son menton.

– Ce n’est pas un motif.

– Écoutez, vous êtes passionné par les droits des animaux, et c'est super, le cajole Adinian en s'efforçant de rester civilisé. Continuez à ne pas manger de viande. Dites aux autres de ne pas en manger. Mais laissez les gens qui bossent tranquilles.

Le boucher, qui en a terminé avec son client, se précipite à la porte et se plante à côté de Basile et d'Adinian.

Basile refuse de reconnaître sa présence et continue à s’adresser à Adinian.

– Pourquoi le ferais-je ?

– Je vais vous dire pourquoi, répond le boucher. Avez-vous vérifié d'où vient ma viande ? Elle vient des éleveurs de taureaux camarguais et d’autres élevages du coin. Jamais de multinationales.

Avec une lenteur délibérée, Basile se tourne vers lui.

– Et alors ? Un animal abattu reste un animal abattu.

– Nos éleveurs traitent leur bétail mille fois mieux que les grands industriels qui livrent en Provence depuis l'autre bout du monde, affirme le boucher.

– N’empêche, nos éleveurs le tuent, ce *bétail* ! s’insurge Basile. Ou allez-vous me dire qu'ils laissent mourir leurs animaux de mort naturelle ?

Le boucher secoue la tête, sans répondre à la question de Basile.

C’est difficile de ne pas admettre que l'argument de Basile m'a émue davantage que celui du boucher, malgré mon aversion pour le militant et ma sympathie pour l’artisan. L'image du « bébé » de Rose – la douce, intelligente et dévouée Lady – me vient à l'esprit. Lady est un mammifère, comme les taureaux et les vaches dont nous discutons. Comme nous, les humains.

Cela dit, elle est carnivore...

Quoi qu'il en soit, j'ai pris ma décision. Je vais devenir flexitarienne, puis végétarienne ! Rose sera fière de moi.

Adinian questionne Basile :

– Savez-vous ce qui arriverait si des boucheries mettaient la clé sous la porte ? Les fermes locales disparaîtraient. Elles ont déjà du mal à garder la tête hors de l'eau.

– Je n'en ai strictement rien à cirer, lance Basile.

Adinian serre les poings.

– Dégagez !

Il y a un léger mais indéniable changement dans son ton. Il ne demande plus, il ordonne. Instinctivement, Basile sait qu'il n'a pas intérêt à discuter. Jetant un regard menaçant au capitaine et au boucher, il serre ses tracts contre sa poitrine et s'en va.

Adinian souhaite une bonne un bon après-midi au boucher et revient à mes côtés.

Dix minutes plus tard, j'ai retrouvé mon vélo.

– Bonne chance dans votre affaire de double meurtre, lui dis-je en guise d'adieu.

– Laissez l'affaire Dol aux professionnels.

Je me contente d'un « hum-hum ».

En descendant la rue, je l'entends se dire :

– On peut toujours rêver.

CHAPITRE DOUZE

Je me réveille à 9h30 et je m'étire.

On est dimanche, le seul jour de la semaine où je m'autorise à me lever tard. Ma famille est catholique, mais aucune femme Tassy ou Cavallo n'a assisté à la messe depuis 1968. Nous avons canalisé notre spiritualité dans des choses comme le Yoga pour Rose, le jardinage pour maman, les sciences occultes pour Cat, l'art pour Flo, les livres pour Véro et la cuisine pour moi.

Oui, la pâtisserie est ma religion, et je n'ai pas honte de l'avouer !

Pendant cinq bonnes minutes, je reste allongée sur le dos à m'imprégner de la lumière et des bruits réconfortants qui se déversent par la fenêtre de ma chambre. Mon appartement n'a pas de climatisation, donc les fenêtres sont toujours ouvertes quand je suis chez moi.

Aujourd'hui, je ne penserai pas à l'affaire Dol. C'est décidé. Je vais plutôt penser à ma famille. Il me vient à l'esprit que je n'ai pas parlé à papa depuis un bon bout de temps. Ni d'ailleurs à ma sœur aînée Véro, ni à ma nièce.

Comme toujours, je repousse l'idée d'appeler papa et je me concentre sur l'option qui est beaucoup plus attrayante.

La fille de Véro est la première, et pour l'instant la seule Cavallo, née après l'apocalypse ratée prédite par Paco Rabanne et la peur de l'effondrement technologique qu'on a eue avec le « bug de l'an 2000 ». Ma nièce Rania a huit ans, et tout le monde dans la famille l'appelle Princesse. Quand elle était bébé, ses parents épuisés l'appelaient « la hurleuse nocturne ». Heureusement, ils ont depuis abandonné ce surnom.

Véro et son mari Paul ont prénommé leur fille en honneur de la reine Rania de Jordanie. Ma sœur aînée est une grande fan de la reine. La beauté saisissante et la grâce inégalable de sa Majesté y sont sans doute pour quelque chose. Mais la principale raison de l'adoration de Véro, c'est le travail sans relâche que la reine Rania abat pour faire progresser l'éducation des filles.

Véro a deux passions dans la vie : les livres et l'éducation. Ai-je mentionné qu'elle est bibliothécaire ?

Elle s'est mariée jeune, à vingt-quatre ans, et a suivi Paul à Montréal, mettant ainsi un océan entre elle et le reste de la famille. Flo, que Véro a pratiquement élevée après la mort de maman et notre déménagement à Paris qui nous a éloignées de mamie, lui en veut toujours de nous avoir « abandonnées ».

Je trouve ses reproches injustes. Déjà, devenir mère de substitution d'une gamine de sept ans alors qu'on en a que dix-huit n'est pas très drôle. Mais passer toutes ces années, censées être les plus insouciantes, avec le poids de cette responsabilité a dû donner à Véro le sentiment qu'on lui avait volé sa jeunesse.

De plus, elle est tout sauf irresponsable ! Être l'aînée de quatre enfants forge un certain type de personnalité. Elle est serviable, c'est un véritable roc. Véro nous aime profondément. Je ne pense pas qu'elle ait déménagé sur un autre continent à cause nous. C'était à cause de papa. C'est lui qu'elle cherche à éviter. C'est lui qu'elle a puni !

Non qu'elle l'ait jamais laissé entendre... Ce qu'elle a dit, c'est qu'elle partait par amour.

Suis-je en train de projeter ma propre rancune sur Véro ? C'est une pente savonneuse !

Voilà ce que je vais faire : étouffer ces idées dans l'œuf et l'appeler.

Je retrouve mes tongs et me traîne jusqu'au salon où mon portable charge sur une étagère. Comme s'il m'avait vu arriver, il sonne.

C'est Flo.

– Tino et moi allons à la plage des Saintes-Maries-de-la-Mer aujourd'hui, dit-elle. Tu viens avec nous ?

– Non, je ne pense pas...

– C'est quand la dernière fois que t'es allée au bord de la mer ?

Je réfléchis.

– L'été dernier.

– Quoi ? Tu vis à Beldoc depuis deux mois maintenant, et tu n'as pas trouvé vingt minutes pour aller à la plage ? Je n'arrive pas à y croire !

– Ça prend plus de temps en vélo.

– Tu as besoin d'un break, Julie.

– Tout le monde me le dit ces jours-ci, remarqué-je en pensant à la lettre de Denis. Ai-je l'air si épuisée ?

– Oui.

Sympa.

– Je compte aussi traîner Éric hors de sa tanière, m'annonce Flo. Il a besoin d'un jour à la plage encore plus que toi.

– Nous sommes d'accord sur ce point.

Je tente à nouveau de me défiler en lui parlant de la soirée spa prévue la semaine prochaine, mais Flo n'en a rien à faire. Finalement, je cède pour qu'elle arrête de me harceler. Elle m'annonce qu'elle viendra me chercher dans une heure exactement, alors je ferais mieux de raccrocher et de me préparer. Résignée à mon sort, je fais ce qu'on me dit.

~

Après seulement trente minutes de route à travers la Camargue, la mer apparaît. Nous serions arrivés encore plus vite si tout le monde n'avait pas eu la même idée que Flo et Tino en ce beau dimanche matin.

Pour mon plus grand plaisir, Éric est assis à côté de moi dans la fourgonnette de Tino. Flo a réussi à le persuader de se joindre à nous.

Contrairement à la plupart des plages des environs, rocheuses, balayées par le vent ou les deux, la plage où nous allons est aussi lisse qu'une plage de Camargue peut l'être. C'est une baie accueillante près de la petite ville de Saintes-Maries-de-la-Mer. C'est une plage de sable fin, aux eaux peu profondes, avec peu de vagues et d'agréables dunes au loin.

– Pourquoi choisir une plage familiale ? demande Éric à Tino alors que nous nous arrêtons.

Tino me jette un regard.

– Je pensais que les dames apprécieraient.

Je souris poliment.

Il est clair que *quelqu'un* a informé son colocataire de ma nullité en matière de surf et de plongée, et de mon incompétence en natation. Flo, qui n'est pas très bonne elle-même, passerait pour la petite sirène à côté de moi.

Tino gare son mini-van.

Nous trouvons un endroit non loin de l'eau pour déposer nos sacs de plage et enlevons nos t-shirts, nos shorts et nos tongs. Tino, plus bronzé et tatoué que nous tous réunis, n'a pas besoin de se déshabiller. Il a quitté Beldoc dans son short de bain.

Nos maillots déjà enfilés et la crème solaire déjà appliquée, nous sommes dans l'eau en quelques secondes.

Je suis la première à en sortir, un peu étourdie et essoufflée. C'était génial, et j'irai me baigner à nouveau plus tard, mais pour l'instant, j'ai envie de m'allonger et de laisser le soleil me bercer jusqu'à l'oubli.

Un sillon d'empreintes de pas humides me suit dans le sable chaud. Je fais gaffe à ne pas marcher sur un coquillage, et m'approche de notre gros tas de sacs et de vêtements. Je me creuse la tête et fais le tour de cette pile désordonnée.

Eh bah ! Il faudra fouiller...

Je me mets au travail. Serviette de plage – trouvée ! Chapeau à larges bords – et voilà ! Lunettes de soleil surdimensionnées – bingo ! Je suis prête.

Quand les autres arrivent, je suis à plat ventre, les yeux à moitié fermés. Une douce brise me chatouille la peau, faisant flotter le bord de mon chapeau comme une voile. Je savoure la senteur iodée de la mer qui domine les odeurs des cafés et restaurants environnants. Mes oreilles sont emplies des cris des mouettes et des enfants qui s'éclaboussent dans les vagues. Derrière moi, quelqu'un joue un air de gitan.

– Je joue mieux que ça, commente Tino à ma gauche.

La voix de Flo vient du même côté.

– C'est vrai.

Je m'allonge sur le dos sans ouvrir mes yeux.

– Tu es un peu gitan, non ? demandé-je à Tino.

– À moitié, dit-il. Ma mère est camarguaise.

Étant donné mes soupçons sur la nature exacte de la relation entre Flo et Tino, la grande sœur que je suis brûle d'envie de poser plus de questions. Mais Flo commence à raconter une histoire impliquant une de leurs connaissances communes. Je décide que mes questions peuvent attendre. Au lieu de parler, je remue mes orteils et les enfouis dans le sable chaud.

Que c'est agréable !

Éric dépose quelque chose qui ressemble à un petit gâteau dans ma main.

– Tenez, Chef, goûtez-le.

J'ouvre les yeux et m'assois tandis que mes lunettes de soleil glissent sur mon nez.

– Une nouvelle expérience ?

Il passe la boîte aux autres.

– Un pote m'a posé un lapin hier soir. Je ne savais pas quoi faire de mon temps, alors…

Flo lui lance un clin d'œil.

– Tu ne regardes pas *Star Trek* tous les soirs ?

– Pas tous les soirs quand-même, répond-il en rigolant. La moitié du temps, je joue aux jeux vidéo. Mais hier soir, je n'étais pas d'humeur ni pour l'un ni pour l'autre, alors j'ai improvisé à partir d'une vieille recette de madeleine.

Il s'arrête, attendant que tout le monde goûte à sa création.

– J'aime, dis-je.

– *Me too,* annonce Flo imitant l'accent de la copine anglaise de Rose.

– *Me* trois, dit Tino avant d'ajouter : Mais je m'attendais à un goût plus sucré.

– La tendance actuelle dans la pâtisserie française est de

diminuer le sucre dans les produits destinés au marché intérieur, expliqué-je avec autorité. Les Parisiens les préfèrent ainsi.

En vérité, la plupart des provinciaux aussi préfèrent leurs desserts moins sucrés de nos jours. C'est pourquoi les chefs pâtissiers réduisent systématiquement de trente pour cent la quantité de sucre dans leurs recettes, et c'est exactement ce qu'a fait Éric.

Flo termine sa bouteille d'eau et se précipite vers la mer où elle la remplit, revient vers nous en courant et la vide à environ un mètre de mes pieds. Puis elle retourne en chercher encore.

– C'est juste une question d'habitude, dit Éric à Tino. Une fois tes goûts ajustés, tu trouveras les recettes traditionnelles beaucoup trop sucrées.

Tino sourit.

– Si tu le dis.

– Hé, toi ! lance Flo en lui donnant un coup de coude. Tu vas m'aider ou quoi ?

Elle est en train de construire un château de sable. Tino la rejoint tandis qu'Éric s'allonge et tourne son visage vers le soleil. Son expression est paisible. J'espère qu'il ne pense pas au meurtre de son père et qu'il passe un bon moment.

Du coin de l'œil, j'observe les interactions entre Flo et Tino pendant qu'ils façonnent leur château. Ça se taquine gentiment, ça glousse beaucoup et ça se touche de temps en temps.

La dernière fois que je les ai vus ensemble, c'était à la fête d'anniversaire de Lady et j'en avais conclu qu'ils n'étaient pas amants. Tino n'est pas le type habituel de Flo. Je m'étais dit qu'ils étaient trop bien dans leur partenariat et leur amitié pour les mettre en danger.

Mais à les voir maintenant, je n'en suis plus si sûre. Quelque chose se serait-il passé la semaine dernière ? Sont-ils amis-amants maintenant ? Ou sont-ils devenus un vrai couple ?

Mais alors pourquoi le cacher ? Tous deux sont majeurs et n'ont besoin de l'autorisation de personne pour sortir avec qui ils veulent. Aucun des deux n'est marié. Pourquoi cacher leur relation si elle existe ?

Alors que je songe au secret des « Flotino », un mal de tête aigu surgit de nulle part et me ceint le crâne.

Je bois ce qui reste de ma bouteille d'eau, tiède maintenant, et me lève.

– Désolé, les enfants, mais la personne âgée du groupe a besoin d'une boisson fraîche, et probablement d'une collation.

Flo saute sur ses pieds, abandonnant son projet inachevé.

– Je viens avec toi !

Nous rassemblons nos affaires. Pendant qu'Éric et moi remettons nos t-shirts et nos shorts, Tino emballe sa serviette. Il lance des regards malicieux à Flo, comme pour la mettre au défi de faire un truc.

Avec une lueur coquine dans les yeux, elle ajuste les bretelles de son bikini violet et glisse ses vêtements dans son sac de plage.

– On y va !

Ah, d'accord, c'était ça le défi !

Nous traversons la bande de sable en courant jusqu'au sous-bois où nous chaussons nos tongs. De là, nous passons devant les voitures, les bus, les scooters et les vélos garés, et nous continuons en direction des restaurants. De délicieuses odeurs de fruits de mer grillés flottent dans l'air, me faisant presque baver. Je me rends compte à quel point j'ai faim et soif. Étourdie par l'anticipation, j'imagine un grand verre de Perrier-citron-glaçons lorsque je remarque un visage familier dans la file d'attente devant un marchand de glaces.

C'est Léa Gilly ! Entourée de trois autres jeunes femmes, elle est en pleine discussion animée lorsqu'elle aperçoit Éric. Elle se raidit, et sa main s'envole vers sa poitrine.

Je jette un coup d'œil à Eric. Il pâlit, rougit, puis se détourne d'elle et se met à étudier avec grand intérêt la terrasse du restaurant le plus proche.

Rapidement, Léa se tourne vers ses amies.

Que se passe-t-il ?

Je me dirige vers Léa.

– Salut ! Tu te souviens de moi ?

Elle murmure :

– Bonjour.

Éric continue d'avancer jusqu'à ce que Tino et Flo s'arrêtent et se retournent, le forçant à s'arrêter lui aussi. Il fixe ses pieds, feignant un manque total d'intérêt pour Léa.

Tout le monde me regarde avec impatience. Consciente que j'embarrasse tout le monde, je souhaite à Léa et à ses amies une bonne journée et je rattrape les miens.

Quel dommage que je n'aie pas trouvé quelque chose à dire pour prolonger cette rencontre ! Mais bon, ça n'a pas vraiment d'importance. J'ai déjà obtenu un précieux indice, peut-être le meilleur renseignement que cette rencontre fortuite pouvait m'apporter.

Mon intuition était juste. Léa et Éric se sont parlé récemment. Tous deux m'ont caché ce fait. J'imagine qu'ils l'ont aussi caché aux gendarmes. Ils vont même jusqu'à faire semblant de ne pas se reconnaître !

Pourquoi ? Pour quelle raison agissent-ils de la sorte ?

Et, surtout, de quelle manière leur comédie est liée au meurtre de Brice Dol ?

CHAPITRE TREIZE

Nous sommes fermés le lundi, donc en ce lundi matin pluvieux, je suis seule dans la boutique en train de rattraper mon retard de compta assise à l'une des tables du coin café. J'exècre cette activité au plus haut point. Rester concentrée pendant la saisie des recettes et des dépenses est toujours un défi pour moi, mais aujourd'hui c'est particulièrement difficile.

Léa et Éric sont dans ma tête depuis hier, et je continue à penser à eux en ce moment. Que cachent-ils ? Mon esprit méfiant conçoit intrigue après intrigue, toutes plus folles les unes que les autres, et toutes rivalisant pour capter mon attention.

En voici une qui est un peu plus sensée que les autres.

Brice a piégé Léa, son frère Justin, et Éric, pour qu'ils viennent dans son jardin ce soir-là. Ils le méprisaient tous les trois, alors ça n'aurait pas été facile. Mais bon, à quoi sert la prison si l'on n'y apprend pas un tour ou deux ? Il aurait pu leurrer Éric avec un faux message des Gilly et vice versa.

Je sais par Shen que Justin avait un alibi pour la nuit du meurtre. Ça veut dire qu'il n'était pas dispo, soit pour des raisons privées, soit professionnelles. Donc, seuls Léa et Éric se sont présentés.

Brice, déprimé à cause du mépris que son fils unique avait pour lui, empli de remords, s'est donné la mort sous leurs yeux.

Oui, il s'est tranché lui-même la gorge dans un ultime geste de désespoir !

Léa et Éric sont devenus des témoins d'un auto-meurtre, autrement appelé suicide.

Jeunes, émotifs et conscients qu'ils avaient tous deux une raison de vouloir la mort de Brice, ils ont paniqué. Au lieu d'appeler immédiatement la police, ils ont pris le couteau et se sont enfuis.

Et maintenant, il est trop tard pour faire machine arrière. Ils n'ont pas d'autre choix que de s'en tenir à leur histoire, en espérant que les gendarmes ne trouveront aucune preuve de leur présence sur la scène du crime et qu'ils finiront par les laisser tranquilles.

Le fait que Brice n'a pas été drogué et qu'il ne s'est pas défendu corrobore ma théorie.

Mais alors pourquoi les gendarmes excluent-ils le suicide ? Il doit y avoir de bonnes raisons...

Bien que je ne connaisse rien à la science médico-légale, et que je ne sache pas si elle serait capable de distinguer un suicide d'un meurtre dans ce cas précis, je peux faire appel à la logique. Et la logique veut que seul quelqu'un de profondément dérangé – ce que Brice n'était pas – se suicide d'une manière aussi violente devant son propre enfant.

En plus, il y a l'histoire des coups de poing qu'il a reçus. Dans mon hypothèse, il se les serait donnés tout seul avant de se trancher la gorge. C'est bien trop ridicule.

Et s'il avait demandé à Éric ou à Léa de le frapper ? Dans ce cas, les flics n'auraient-ils pas trouvé des marques sur les mains de l'un ou de l'autre, ou des traces de leur ADN sur le visage de Brice ? Je suis sûre qu'ils ont bien cherché. Même s'il est un gendarme médiocre, Shen ne m'a pas paru pour autant incompétent.

Quelque part au fond de moi, une vilaine petite voix murmure :

Quid de cette autre théorie, Julie ? Celle que tu fais taire ? Celle dans laquelle Éric et Léa ont tué Brice ?

Furieuse de m'être permis cette pensée, je pousse la pile de factures de côté et me lève.

Tiens, je voulais appeler Véro hier ! Mais, avec le coup de fil de Flo et le voyage à la plage, je ne l'ai pas fait. C'est le moment idéal d'y remédier.

Déterminée dans ma démarche, je traverse la devanture du magasin pour attraper mon téléphone laissé sur le comptoir, et j'appelle Véro.

– Comment va ma princesse préférée ? lui demandé-je gaiement quand elle décroche.

– Elle va très bien, merci !

– Son anniversaire n'est pas si loin. Que suggérerais-tu que je lui offre ?

– J'sais pas...

– T'inquiète, je vais lui demander à elle.

– Non, fais pas ça ! s'écrie Véro.

– Pourquoi ?

– Elle te demandera de lui acheter une poupée aux cheveux longs.

– En quoi ça pose problème ? Tu ne penses quand même pas qu'elle est trop vieille pour jouer à la poupée ?

– C'est pas ça, soupire Véro.

– Alors c'est quoi ?

Elle ne répond pas immédiatement.

Quand j'avais l'âge de Rania, j'aimais aussi les poupées, même si j'étais un garçon manqué. Je passais environ la moitié de mon temps libre à grimper aux arbres, à faire du vélo ou du roller et à jouer au foot avec les gamins du quartier. Mais l'autre moitié de mon temps libre était consacrée à l'organisation de goûters pour mes poupées. Rose et maman y étaient toujours invitées, n'était-ce que parce qu'elles apportaient des pâtisseries. Mes sœurs ne recevaient une invitation qu'occasionnellement, en fonction de mon humeur et de leurs antécédents.

Je souris en me souvenant de ces délicieux moments. Le bonheur d'asseoir mes poupées autour de la table basse, de distribuer les friandises, d'avoir maman à moi toute seule pendant quelques minutes...

Il y a cette idée reçue concernant les jeunes filles que même les femmes adultes partagent en raison de leur mémoire sélective. On attend d'une fille qu'elle soit coquette ou garçonne, qu'elle aime les poupées ou le sport, qu'elle soit douce ou vive, qu'elle ramène des bonnes notes ou adore la couleur rose. Mais la vérité est que les petites filles sont des êtres humains complexes, aux multiples facettes et contradictions. Et il n'est pas rare qu'elles prennent autant de plaisir à taper dans un ballon de foot qu'à boire du thé imaginaire avec leurs poupées.

– T'est toujours là ? demandé-je en rompant le silence prolongé de Véro. Si tu penses que Rania a déjà assez de poupées, alors tu te trompes. On n'a jamais trop de poupées.

– Je ne suis pas d'accord, proteste Véro. C'est du gaspillage. Elle n'a pas besoin de tant de poupées.

– Oh, s'il te plaît...

Véro m'interrompt :

– Rania... Elle n'en prend pas soin.

Quoi ?

Une image effrayante de ma petite nièce angélique arrachant les bras et les jambes de ses Barbies me plonge dans un silence ahuri.

L'image me fait peur, mais je ne peux pas arrêter le film d'horreur qui défile dans ma tête. Les grands yeux bleus de Rania deviennent rouges, injectés de sang. Quand elle en a fini avec sa dernière Barbie, elle empoigne Ken et le détaille avec avidité. Puis elle jette sa tête en arrière, étend les bras au-dessus de sa tête et rit sadiquement : *Mouahahaha !*

– Elle leur fait des coupes de cheveux affreuses, précise Véro.

Cette fois-ci, un mélange de soulagement et de honte immobilise ma langue.

– Ça démarre généralement par la frange, poursuit Véro. Puis, elle affirme que l'ensemble est irrégulier et qu'elle doit égaliser. Le rattrapage ne fait qu'empirer les choses, alors elle n'a d'autre choix que de re-rattraper.

– Évidemment, arrivé-je à enfin sortir.

– La semaine dernière, je suis rentrée à la maison et j'ai trouvé sa nouvelle poupée presque chauve. Sa belle chevelure blonde... Pouf, disparue, pour ne plus jamais repousser. Et tu sais quoi ? Rania a eu le culot de me demander une nouvelle poupée avec de beaux cheveux longs ! Tu vois le problème ?

– Il y a pire dans la vie.

– Je sais, mais... Tant d'argent gaspillé, tant de plastique, se lamente Véro. Quand je pense aux océans...

Toujours aussi économe et consciencieuse, notre Véro !

– Je me demande s'il existe des poupées avec des têtes rechargeables, poursuit-elle. Rania pourrait toujours jouer aux coiffeuses, mais on n'aurait pas à lui acheter une nouvelle poupée à chaque fois. Juste une nouvelle tête à visser sur l'ancien corps.

– T'es sérieuse ?

– Bah oui. Pourquoi ne le serais-je pas ?

Nan, c'est pas possible...

– Tu te fous de moi.

– Je te jure que non, affirme-t-elle.

– Tu ne vois réellement pas le problème ?

– Quel problème ?

Il est vrai que Véro est la plus équilibrée et la plus pragmatique des filles Cavallo. Mais même elle devrait se rendre compte à quel point son idée de têtes interchangeables est effrayante. Il s'agit de poupées, pas de vélos !

J'essaie à nouveau :

– Tu parlais à tes poupées quand tu étais petite, non ?

– Peut-être... Je ne m'en souviens pas.

– Moi, je le faisais tout le temps. Et je suis sûre que Rania leur parle aussi.

– C'est le cas, et c'est très mignon.

– Eh bah, voilà !

Je prends une profonde respiration et continue d'une voix plus calme :

– Dans un monde d'enfant, les poupées remplacent les humains. Veux-tu vraiment transformer Rania en Frankenstein ?

– Je n'avais pas pensé à cet aspect-là...

Véro se tait quelques instants, puis reprend :

– Mais quand même, tout ce plastique ! C'est hyper mauvais pour l'environnement...

– On se fiche de l'environnement ! La santé mentale de Rania est plus importante.

Silence à l'autre bout de la ligne.

Hum... J'ai le drôle de sentiment que je viens de blasphémer.

Ai-je blasphémé ? Je jette un coup d'œil à la porte en m'attendant à ce qu'une équipe de Greenpeace fasse irruption dans mon salon et me passe les menottes. Ou pire, que le plafond se fende et que l'ange scandinave de l'apocalypse en surgisse, se jette sur moi et me morde en guise de châtiment divin.

Une chaise grince du côté de Véro. Elle n'approuve pas ouvertement ma scandaleuse déclaration, mais je pense que ça la fait réfléchir.

Pour vérifier, je lance :

– Bon bah, Rania aura une nouvelle poupée aux cheveux longs !

Véro fait un bruit inintelligible. Elle doit craquer de partout, la pauvre, déchirée entre son désir de sauver la planète et sa peur d'endommager la psyché de son enfant.

Son désarroi m'adoucit.

– Hé, tu sais quoi ? Je vais l'acheter d'occasion.

– Oh, mon Dieu, oui, oui ! s'exclame Véro, sa voix tremblant de joie. Quelle merveilleuse idée !

Sur cette note consensuelle, nous passons à d'autres sujets. Je lui pose des questions sur son travail et sur celui de Paul, et je lui parle du mien. Elle s'enquiert de Rose et de Flo. Nous ne parlons pas de Cat ni de Papa cette fois-ci.

Quinze minutes plus tard, nous raccrochons, en promettant de nous reparler la semaine prochaine.

Je replace mon smartphone blanc sur le comptoir poli. Comme hypnotisée, je le fixe, alors qu'un autre téléphone me vient à l'esprit. Un petit portable noir.

Celui de Léa.

Ce portable la relie à la scène de crime. Et si elle y avait été seule avec Brice ? Dans sa hâte de s'enfuir, elle aurait pu le faire tomber. Le lendemain matin, quand les voisins ont alerté Éric, il l'a vu dans l'herbe, l'aura reconnu et ramassé.

Les Olabiyi n'ont-ils pas mentionné que lui et les gendarmes avaient débarqué en même temps ? Et si Éric était arrivé quelques secondes avant les flics ? Il aurait pu remarquer le portable de Léa dans l'herbe. Il aurait pu le reconnaître. Et le ramasser.

Dans quel but ? Pour la protéger, bien sûr.

Mettons que la mort de Brice n'était pas un suicide, mais bien un meurtre. Dans ce cas, Léa serait le tueur. Éric le sait. Il la couvre depuis le début, risquant son propre avenir en se sacrifiant pour elle.

Encore une fois, pourquoi ?

Je pense que je connais la réponse à cette question. Il se sent coupable.

Éric est lié à Brice par les liens du sang. Peut-être croit-il à une sorte de karma familial qui le rendrait responsable de la mort d'Audrey Gilly.... Un karma qui voudrait qu'il paie pour le crime de son père.

CHAPITRE QUATORZE

J'arrive à la pâtisserie avec un sac marin contenant des vêtements de rechange. Rose viendra me chercher à cinq heures et nous passerons la soirée au spa Plénitude à nous faire dorloter.

Comme il sied à une capitaliste qui exploite ses travailleurs, je n'ai pas l'intention de fermer plus tôt, malgré les lourdes allusions de Flo. Au lieu de cela, mes deux employés bosseront ce soir. Leur patronne, en revanche, ira s'allonger confortablement pendant que des employés du spa lui appliqueront des huiles parfumées sur la peau.

La vie est trop injuste !

À dix heures et demie du matin, un homme d'une cinquantaine d'années entre et demande à parler à Éric Dol.

Ses cheveux poivre et sel sont coupés net, et son visage est rasé de près. Il porte des vêtements coûteux. Bien qu'ils ne soient pas sur-mesure comme ceux de Denis, ils sont définitivement haut de gamme.

J'observe Éric qui regarde l'homme avec intérêt.

– Je suis Éric Dol. À qui j'ai l'honneur ?

– Oh, Manuel Favier, se présente l'homme en étudiant le visage d'Éric. Mes sincères condoléances !

Éric hoche la tête une fois, sans sourire.

– Si vous êtes journaliste, j'ai déjà donné une interview au *Beldoc Live*. Il n'y en aura pas d'autre.

– Je ne suis pas journaliste, je suis le patron de Brice, au garage.

À petits pas, je me rapproche des deux hommes.

Éric croise ses bras sur sa poitrine.

– Brice était très fier de toi, tu sais ? lui dit Manuel avant de se tourner vers moi. Vous devez être la propriétaire de ce magasin… Julie, c'est ça ?

– C'est exact.

– Brice a parlé de vous en termes élogieux.

Mes sourcils se haussent.

Il sourit.

– Brice m'a dit que vous traitiez bien son fils. En son nom, je vous remercie !

Éric louche avec suspicion.

– Je ne lui ai jamais parlé de mon travail. Je lui ai à peine adressé dix mots après sa libération.

Manuel fait un signe de tête, avec un mélange de sympathie et de tristesse dans ses yeux bleus.

– Je sais. Ça lui brisait le cœur.

Il y a un silence gêné, puis Manuel reprend :

– Brice savait que ce ne serait pas facile, vu que tu ne l'as jamais appelé ni lui as écrit quand il était en prison. Mais il espérait que vous finiriez par vous réconcilier.

– Vous semblez bien le connaître, remarque Éric.

Manuel sourit d'un air penaud.

– Je l'avais embauché parce que je crois que tout le monde mérite une seconde chance. Alors je lui en avais offert une. C'est une des raisons pour lesquelles il se confiait à moi.

– C'était très gentil de votre part de lui offrir à la fois du travail et le soutien moral dont il avait besoin ! m'exclamé-je.

C'est ce que font les bons patrons.

Me remerciant d'une voix émue, Manuel désigne du doigt le bistrot d'en face.

– Brice m'a dit qu'il y allait tous les samedis pour déjeuner. Il arrivait tôt pour s'asseoir à la table près de la fenêtre derrière le demi-rideau et regarder Éric travailler.

Mon sous-chef grimace.

– Quoi ? Il m'espionnait ?

– C'était un homme désespéré, justifie Manuel.

La bouche d'Éric se tord de dégoût.

– C'était un salaud violent. Vous a-t-il dit pourquoi il a passé huit ans en prison ?

Sans attendre la réponse de Manuel, il poursuit :

– Un jour, Brice s'est saoulé et a battu une femme à mort.

– Si seulement tu savais à quel point il le regrettait !

Manuel secoue la tête avec chagrin avant de se tourner vers moi :

– Vous connaissez l'histoire ? Brice et la femme en question...

– Audrey, intervient Éric. Elle s'appelait Audrey. C'était sa petite amie. Mère de deux enfants.

Manuel porte son regard d'Éric vers moi.

– Oui, Audrey. Ils s'étaient disputés. Brice était jaloux et, comme Éric l'a dit, ivre. Il l'a traitée de salope. Elle l'a giflé...

– N'essayez pas de justifier ses actions, l'interrompt Éric.

– Ce n'est pas ce que je fais, lui dit Manuel avant de se tourner à nouveau vers moi, je ne fais que relater les faits. Donc, Brice a perdu la tête et l'a frappée, fort. Puis il a appelé les pompiers. Mais elle est morte d'une hémorragie cérébrale avant qu'ils n'atteignent l'hôpital le plus proche.

Je le fixe, sans savoir que dire.

Pourquoi me raconte-il tout ça ? C'est clair qu'il avait beaucoup de sympathie pour le père d'Éric. Essaie-t-il de me faire voir sa version des faits dans l'espoir que je puisse influencer Éric ? Mais même si cela fonctionnait, quelle importance cela aurait-il maintenant ?

– Je connaissais Brice depuis longtemps, dit Manuel en s'adressant à Éric cette fois-ci. Crois-moi, c'était un homme changé depuis sa sortie de prison. Il voulait se racheter. Il espérait qu'un jour, tu lui pardonnes. Et, peut-être, les enfants d'Audrey aussi.

Éric grogne en guise de réponse.

Poussant un soupir de défaite, Manuel sort une enveloppe de sa poche et la remet à Éric.

– Quoi qu'il en soit, je suis venu pour te donner la paie de

Brice pour le mois où il a travaillé au garage. Ce n'est pas beaucoup, mais il a gagné cet argent, alors il est à toi.

Éric pose l'enveloppe sur le comptoir et la pousse vers Manuel.

– Je n'en veux pas.

– C'est à toi, fiston. Si tu ne veux pas dépenser cet argent, alors brûle-le ou donne-le à une œuvre de charité. Ne compte pas sur moi pour le reprendre.

Serait-il trop insensible de demander à Manuel son avis sur la personne qui aurait pu tuer Brice ? Sans doute, mais... L'homme connaissait assez bien Brice, apparemment. Et il veut aider Éric. Il pourrait apporter une nouvelle perspective sur cette affaire.

Je prends une inspiration.

– Monsieur Favier, avez-vous une idée de qui aurait pu vouloir la mort de Brice ?

Ses yeux se posent sur Éric puis se détournent rapidement.

– Aucune idée. Mais je ne serais pas surpris si son assassin s'avérait être un autre ex-taulard. Ou alors un tueur à gages engagé par quelqu'un qui se trouve toujours derrière les barreaux.

– Ma théorie, mot pour mot ! s'écrie Éric, pour la première fois en accord avec Manuel.

– Madame, monsieur, je vous souhaite une bonne journée.

Manuel incline la tête et sort, laissant l'enveloppe sur le comptoir.

Quand Flo arrive à la pâtisserie, elle est tellement en colère que j'aille au spa alors qu'elle doit travailler, qu'elle ne m'adresse même pas la parole.

Pendant l'heure qui suit, nous travaillons dans un silence total. Je fais des allers-retours à la cuisine pour faire de la pâte à choux, puis des chouquettes. Le silence ne me dérange pas.

Mais Flo reste muette, même lorsqu'un grand groupe de touristes japonais débarque et décide d'acheter tous les macarons et chocolats pour offrir en souvenirs à leur retour. Pendant que nous préparons et emballons les petites boîtes, Flo et moi communiquons entre nous par l'intermédiaire d'Éric.

J'espère que nos clients japonais ne pensent pas que c'est encore une tradition française bizarre !

Une fois partis, j'informe Flo que c'est elle que je vais emmener avec moi à la fête d'anniversaire de Denis au bord de la piscine. Son humeur s'améliore visiblement, même si elle ne veut toujours pas me parler. En guise de coup de grâce, je lui fais un compte rendu détaillé de la visite de Manuel ce matin.

Quand j'ai fini, elle m'indique que je suis tirée d'affaire. *Pour l'instant.*

Éric demande s'il peut se rendre au bureau de poste pour envoyer l'enveloppe de Manuel aux Restos du cœur. Il affirme, l'air grave, que ses yeux saignent à chaque fois qu'il la voit. Les tendances à dramatiser de Flo doivent être contagieuses ! Entre deux gloussements, je lui dis de filer.

Je suis à travailler dans la cuisine quand Flo s'écrie :

– Hé, Julie, il y a quelqu'un ici pour toi, je pense.

Elle *pense* ? Intriguée, je m'essuie les mains sur mon tablier et me précipite vers la salle principale. Une moto noire familière est garée dehors. Un gendarme que je connais en descend, enlève son casque, et se dirige vers ma boutique.

Nous échangeons des salutations polies.

Flo lui sort notre baratin habituel :

– Quel délice ferait plaisir à mon capitaine en ce bel après-midi ? Une boîte de macarons ? Une part de notre incomparable tarte aux myrtilles ? Un flan à la vanille ?

– Je prendrai une douzaine de macarons, s'il vous plaît, dit-il.

Il est peu probable qu'il soit venu ici pour acheter des pâtisseries sans gluten, étant donné qu'il « tient à son gluten », mais Flo l'a piégé comme une pro. On dirait qu'elle en a appris plus que moi sur les techniques de vente de cette ceinture noire de Magda !

Une fois la transaction terminée, Adinian traîne les pieds en regardant autour de lui.

Je me rends compte qu'il ne parlera pas en présence de Flo, alors je lui tends une perche.

– Pourrions-nous parler des prochaines étapes du procès de

Berthe ? Voulez-vous me suivre dans la cuisine ? J'ai un truc dans le four qui pourrait brûler...

Flo arque un sourcil mais n'offre aucun commentaire.

Adinian me suit.

En ouvrant l'un des fours, je jette à peine un œil à mon gâteau au citron qui, je le sais, a besoin d'au moins d'un quart d'heure de cuisson de plus.

– Je suis toute ouïe, capitaine.

– La deuxième audience a été repoussée à septembre pour une raison qui n'a rien à voir avec l'affaire, m'informe-t-il.

En me redressant, je le dévisage.

– Quelle est cette raison ?

– Une réforme qui fâche les avocats.

Je pouffe.

– Ne me dites pas qu'ils ont troqué leurs robes contre des gilets jaunes et qu'ils font la grève !

– C'est un peu ça, en fait.

Ses sourcils se rassemblent en une expression de regret et d'excuse, comme s'il était personnellement responsable de la décision des avocats qui privilégient leur avenir au procès de Berthe Millon.

– Madame Cavallo, je vous en prie, ne laissez pas ce report gâcher votre été, dit-il. Vu la gravité des accusations, Berthe restera en état d'arrestation. Et puis, avec toutes les preuves que nous avons, elle ira en prison pour un bon bout de temps. Vous n'avez rien à craindre.

Son empathie prononcée tranche avec sa psychorigidité habituelle, lui conférant un air trop chou. Ça me donne envie de lui dire un truc gentil.

Je lisse mon tablier.

– L'autre jour, vous avez plutôt bien géré Basile l'antispéciste, je trouve.

– Oui, bon, il m'a fallu beaucoup de retenue pour rester civilisé. Étant donné le calvaire de nos agriculteurs et de nos éleveurs, il ne manquait plus que « l'agri-bashing » de gamins malavisés.

– Quel calvaire ? Vous parlez de la récession économique qui les rend particulièrement vulnérables ?

– Oui, mais pas uniquement. Depuis quelque temps, des bandes organisées font des razzias dans les exploitations de la région, dit-il. C'est un vrai fléau.

– Ça me fait penser aux pirates d'antan...

– On a affaire à des maraudeurs des temps modernes. Ils embarquent tout ce qu'ils trouvent : du gasoil et du foin, jusqu'au bétail.

– Jusqu'au bétail ? Vous êtes sérieux ?

– Oh que oui. Un troupeau entier de moutons s'est volatilisé récemment. Plus de 300 têtes.

– Ça alors !

J'attrape une petite chouquette que j'offre à Adinian.

– C'est encore chaud. Je les ai faites il y a juste une heure.

Il la prend et la met dans sa bouche.

Mais au lieu de s'extasier sur le goût de ma chouquette sans gluten, évidemment meilleure que sa cousine traditionnelle, il secoue la tête, l'air frustré.

– Certains équipements dérobés, comme les systèmes GPS qui permettent des traitements de précision, valent des dizaines de milliers d'euros pièce. Les agriculteurs s'endettent pour pouvoir les acheter.

– J'ai de la peine pour eux, dis-je.

Et j'en ai, bien que de façon détachée. Ce qui me chagrine beaucoup plus profondément, c'est qu'il se soucie plus de ces maraudages que de mes chouquettes.

Honte à toi, Julie !

Choquée par mon manque de compassion, je déglutis, sentant ma gorge et mes joues rougir.

Tout à coup, il sourit.

– C'était une excellente chouquette, madame Cavallo !

– Merci, marmonné-je.

Vite, un seau d'eau glacée !

Si mon visage était chaud avant, maintenant j'ai l'impression d'avoir mis ma tête dans un four à 200°. D'ailleurs, en parlant de four... Je me précipite vers le mien pour vérifier à nouveau mon gâteau.

Cette fois, la pâte a commencé à se détacher des parois du moule. Je le sors et le laisse refroidir.

– Comment avance votre enquête ? demandé-je à Adinian sans le regarder. Le double homicide qui vous empêche d'enquêter sur l'affaire Dol ?

– Mon hypothèse de travail est que c'était un règlement de comptes entre deux gangs, répond-il. Mais les victimes – toutes deux dans leur vingtaine – n'avaient pas de lien avec le crime organisé.

– C'étaient des jeunes du coin ?

– Oui, de petits délinquants pris en flagrant délit de vol à l'étalage à plusieurs reprises. Mais jusqu'à présent, je n'ai pas pu les relier à un clan mafieux sudiste. Je devrais peut-être étendre mes recherches à l'Italie.

– Pourquoi recherchez-vous des liens avec le crime organisé en premier lieu ?

– À cause de la façon dont ils ont été tués et dont on s'est débarrassé de leurs corps. C'était une exécution.

– Et s'il s'agissait d'un meurtre ordinaire qu'on aurait fait ressembler à une exécution mafieuse ?

– Mon instinct me dit que c'est peu probable, mais je ne l'exclus pas. Nous enquêtons sur leurs familles et leurs amis, et sur toutes les personnes avec qui ils avaient traîné.

Je commence à tamiser du sucre glace sur ma génoise au citron

– Quid de Justin Gilly ?

– C'est à dire ?

– Y a-t-il une chance qu'il soit l'assassin de Brice Dol ?

– Vous n'abandonnez jamais, hein ?

Sans lever les yeux de mon travail, je tourne lentement la tête de gauche à droite puis de droite à gauche.

– Eh bien, vous devriez, madame Cavallo.

Je continue à tamiser.

– L'alibi de Justin est solide, dit Adinian. Shen a interrogé ses collègues, il a visionné des photos et même des vidéos. Justin n'a pas menti sur ce qu'il faisait le soir du meurtre.

Je lève les yeux en haut à droite, comme si j'essayais de me souvenir de quelque chose que je savais.

– C'était quoi déjà, son alibi ?

Les yeux d'Adinian se plissent sous mon tour de passe-passe.

– Il était à Aix-en-Provence pour un séminaire suivi d'un cocktail auquel il a également assisté. Il ne pouvait pas être à Beldoc au moment de la mort de Brice.

Quelqu'un pousse la porte de la cuisine.

– Bonjour, Gabriel !

– Bonjour, Rose, dit Adinian pour saluer mamie.

– Je t'attends dans la voiture, me dit-elle avant de lui souhaiter une bonne soirée.

– J'arrive ! m'exclamé-je avant de me tourner vers lui. Désolé, il faut que j'y aille. Rose et moi passons une soirée entre filles au spa Plénitude.

Je prends la génoise et sors de la cuisine.

Il me suit.

– Amusez-vous bien ! C'est un endroit très chic.

– Vous êtes un habitué ? demandé-je, surprise.

Je ne sais pas pourquoi, mais j'ai du mal à l'imaginer fréquentant un spa de luxe.

Il me lance un regard horrifié.

– Non, j'ai juste contribué à une carte-cadeau le mois dernier. C'était pour l'anniversaire de mariage de notre commandant.

Je me demande ce qu'il sait de la situation financière de Rose et de la mienne, alors juste au cas où, j'ajoute :

– Nous aussi, c'est un cadeau.

– Laissez-moi deviner, rigole-t-il en se pinçant le menton, visiblement diverti. C'est de la part d'un ami de Rose... Un certain notaire, à tout hasard ?

– Non, c'était de la part de...

Je prends tout mon temps pour placer le gâteau dans la vitrine avant de terminer ma phrase :

– De l'un de mes amis, Denis Noble.

Le regard qu'il me lance avant de partir est aussi noir que ses cheveux. Ce regard me fait regretter de ne pas avoir menti sur le sponsor de notre soirée spa. Mais il fait aussi battre mon cœur plus fort, avec un soupçon de douceur. Un soupçon que j'ose enfin articuler :

Je lui plais.

CHAPITRE QUINZE

Alors que Rose manœuvre sa petite Nissan tape-à-l'œil sur une place de parking, une nouvelle théorie qui expliquerait parfaitement le regard noir d'Adinian prend forme dans mon esprit. Et si ça n'avait rien à voir avec moi ? Et si ce n'était pas de la jalousie mais du dégoût ? Il pourrait tout simplement détester Denis Noble.

Julie Cavallo, tu es la pire rabat-joie !

Parfois, je déteste la façon dont mon cerveau fonctionne.

Rose et moi sortons de la voiture, prenons nos sacs et franchissons le seuil du temple du bien-être.

Je ne suis jamais allée dans un spa avant, mais cet endroit correspond si bien à l'image mentale que je m'en étais formée que je suis frappée par un puissant déjà-vu.

Marbre et bois poli ? Présents !

Moquettes épaisses ? Dès le vestibule et à perte de vue !

Couleurs laiteuses et lignes sobres ? Partout !

Le seul détail qui ressort, ce sont les pots de lavande, assez rustiques, placés ici et là dans le hall pour donner à l'endroit une saveur locale, bien qu'ils soient dépassés en nombre par les orchidées blanches dont le but est d'incarner le raffinement, la pureté et le zen de l'endroit.

Nous nous dirigeons vers la réception et indiquons nos noms à la jolie jeune femme derrière le comptoir. La lumière apaisante et les sons préenregistrés de la nature commencent à me réconforter avant même que je n'aie reçu des soins corporels. La réceptionniste tapote sur son clavier et fixe son écran.

– Madame Tassy, madame Cavallo, nous nous réjouissons de votre présence ce soir, murmure-t-elle d'une voix douce et suave qui ressemble à celle des publicités pour lubrifiants.

– Votre plaisir est partagée, ma chère, répond Rose de sa voix la sensuelle.

Je pince mes lèvres pour étouffer un rire.

Il semble que le pastiche de Rose n'ait pas échappé à la réceptionniste, qui pouffe avant de se reprendre, tout en luttant pour garder une expression professionnelle.

Ajustant ses lunettes, elle fait le tour du comptoir.

– Suivez-moi, je vous prie.

– Si on nous propose un massage des pieds, ce sera sans moi, chuchoté-je à Rose.

– Ils ne vont pas te chatouiller, je te le promets !

– Je sais, mais je serai tellement stressée qu'ils pourraient le faire par inadvertance et je n'en profiterai pas.

– Tant pis pour toi, dit Rose en haussant à peine les épaules. Personnellement, je vais faire tous les soins couverts par la carte cadeau de Denis.

Et ainsi, on commence.

Nous revêtons des robes blanches duveteuses et nous nous adonnons aux plaisirs épidermiques, capillaires et musculaires comme le Grand Confinement était demain. Pendant les deux heures qui suivent, nous recevons des soins du visage et des cheveux, des massages, des traitements à la boue et des enveloppements corporels.

Rose raffole tellement de cette relaxation intense qu'elle me fait penser à un animal sauvage relâché dans son habitat naturel après des années passées dans la cage d'un zoo. Elle rayonne et gémit, discute avec le personnel qui s'occupe de nous et donne de généreux pourboires à tout le monde.

Quand arrive le moment de nous plonger dans le jacuzzi, elle connaît déjà les prénoms de tout le monde, leur situation familiale et leurs opinions politiques. Ce dernier point me surprend un peu. Rose ne s'est jamais intéressée à la politique.

La porte se referme doucement et on nous laisse sans surveillance pour la première fois depuis notre arrivée ici.

– J'ai détesté le drainage lymphatique, dis-je, mais le reste était super.

– J'ai adoré absolument tout.

– Alors, tu sors avec Serge ? demandé-je.

– Tu sors avec Denis ? esquive-t-elle.

– Non.

Elle me regarde en louchant, comme si elle essayait de déterminer si je dis la vérité.

– Bon, tu serais probablement ici avec Denis et non moi si tu sortais avec lui, dit-elle. Il est parfait, Julie ! Beau. Riche. Bien élevé. Tu devrais lui donner une chance.

– On verra bien.

En fermant les yeux, j'écoute l'ambiance sonore et l'eau qui bruisse autour de moi. Est-ce que je passe un bon moment ? Affirmatif. Est-ce que je ferais ça souvent si j'en avais les moyens ? Négatif.

Pourquoi ?

Pour la même raison que je suis incapable de méditer : l'ennui. Je m'ennuie désespérément quand mes mains ou mon esprit ne sont pas occupés de manière productive – et oui, regarder *La Fazenda* compte comme une occupation productive ! Mais quand je ne fais rien, un sentiment de léthargie m'envahit. Il infecte tous les fichiers de mon disque dur et annule toutes les ondes positives que je ressens.

– Fais gaffe, prévient Rose. Il pourrait se lasser si tu attends trop.

Par « il », mamie sous-entend Denis. Sauf que dans ma tête, je vois le capitaine Adinian me tourner le dos et s'éloigner. J'ouvre les yeux, déstabilisée.

Rose me scrute.

– Pourquoi hésites-tu ? Est-ce à cause de ton récent divorce, ou parce que tu es éprise de quelqu'un d'autre ?

– Pourquoi me demandes-tu ça ?

– Je ne suis pas née de la dernière pluie, ma chérie.

Elle change de position alors qu'un sourire taquin apparaît sur son visage.

– La façon dont tu regardes Gabriel... Je pense que tu l'aimes bien.

– N'importe quoi !

– N'oublie pas que c'est un gendarme.

Je cligne des yeux.

– Et alors ?

– Il met sa vie en danger tous les jours, explique-t-elle avant d'ajouter : et il ne gagne pas assez pour t'offrir le style de vie que tu mérites.

– Mamie, s'il te plaît ! Je n'aime pas les yachts ni les manoirs. Je n'aime pas non plus Adinian, mais c'est à cause de ses mauvaises manières, pas de son argent.

– Son manque d'argent, tu veux dire, me corrige-t-elle.

Vraiment ? C'est comme ça que tu vas la jouer, mamie ? Très bien, alors ! C'est toi qui as commencé.

– À propos de manque d'argent, attaqué-je, comment va ton découvert ?

Elle ramasse une jolie petite bouteille sur le rebord à sa droite.

– Très bien, merci. Il t'envoie ses amitiés.

Ha-ha. Très drôle. Tu crois que tu pourras t'en sortir par une mignonne petite pirouette ? Pas cette fois-ci !

– Devine qui était à la boutique l'autre jour pour acheter des macarons ?

– Qui ?

– Ta conseillère à la banque, Madame Benali.

J'observe sa réaction avant de poursuivre :

– Veux-tu savoir ce qu'elle m'a dit ?

Rose évite mes yeux.

– Pas vraiment, non.

– Madame Benali a dit que tu es charmante et adorable, et qu'elle t'aime beaucoup, mais que ta situation est critique. Elle ne pourra bientôt plus t'aider. Elle a dit que si tu ne trouves pas de solutions dans les prochains mois, tu seras obligée de vendre la maison.

– Jamais !

– Mamie !

– Mes parents ont construit cette maison. J'y ai vécu toute ma vie et j'ai l'intention d'y mourir. Après ça, toi et tes sœurs en hériterez à condition de ne jamais la vendre.

C'est à mon tour de m'intéresser aux huiles et lotions parfumées exposées tout autour de nous. Rose a un tel culte de la jeunesse et du bien-être que c'est la première fois que je l'entends évoquer la possibilité qu'elle meure un jour. Je trouve ça profondément troublant.

– De toute façon, dit-elle sur un ton plus léger, j'ai une idée. Deux idées, en fait.

– Dois-je m'inquiéter ?

– Je vais devenir la Reine de Beldoc.

J'ausculte son visage, essayant de deviner si elle me fait marcher. Ça doit être une blague, non ? La reine de Beldoc, tout comme la reine d'Arles, est le titre donné à la gagnante du concours de beauté qui a lieu tous les deux ans. Élue parmi des candidates célibataires, la reine a, en règle générale, une vingtaine d'années. Toutes les reines que j'ai vues étaient plus jeunes que moi aujourd'hui.

– Les choses ont évolué, déclare Rose en réponse à ma question tacite. Les reines doivent participer à trop d'événements, souvent ennuyeux, contre une indemnité trop faible. Le concours n'attire plus les jeunes.

– Quoi, elles ne pensent pas que ça en vaut la peine ? Et le prestige ?

– À Arles et dans d'autres grandes villes, l'attrait du prestige fonctionne toujours. Mais à Beldoc, après quatre années consécutives sans aucune candidate, le comité d'organisation a ouvert le concours aux femmes plus âgées.

– Eh bah, je ne le savais pas, avoué-je en lui donnant un petit coup de coude. Quelque chose me dit que tu as postulé.

– En effet, avec trois autres retraitées.

– Tu penses avoir une chance ?

– J'ai gagné le concours, annonce-t-elle, rayonnante. Ils m'ont appelée hier.

– Quoi ? Oh mon Dieu ! Félicitations, mamie, m'écrié-je en la serrant dans une étreinte mouillée. Pourquoi n'as-tu rien dit à Flo ou à moi immédiatement ? Il faut qu'on fête ça !

Elle lève la main en signe de dédain.

– C'était une victoire trop facile. Ce qui compte, c'est que j'aurai cent euros de plus chaque mois.

– C'est génial ! m'enthousiasmé-je avant que mon cerveau n'ait traité le montant de son indemnité. Mais ça ne sauvera pas la maison.

À ma grande surprise, elle est d'accord.

– C'est là qu'intervient ma deuxième idée.

– Raconte.

– Hum, c'est un peu... Ça sort un peu du commun.

Je repousse une mèche humide de mon front.

– Ah bon ? Parce que devenir la Reine de Beldoc c'est une démarche parfaitement commune, ça ?

– Celle-ci sera beaucoup plus difficile à réaliser. Je vais devoir faire preuve de... créativité.

Oh-oh.

– Ce que tu veux faire est légal, n'est-ce pas ?

– Oui.

Ouf.

Elle fixe ses ongles.

– Mais je ne peux pas te promettre que c'est éthique.

– Tu commences à m'inquiéter, là, mamie.

Lentement, elle lève ses yeux.

– J'envisage de me présenter aux élections municipales pour être maire de Beldoc.

Je laisse à mon cerveau déjà mis à rude épreuve un long moment pour assimiler cette information. Quand elle est enfin actée, mon inquiétude ne fait qu'augmenter.

– Les élections, c'est demain, dis-je.

– Pas tout à fait demain. Il est encore temps, proteste-elle avant de me faire un clin d'œil. Tu sais, mon amie Clothilde, l'adjointe au maire, est prête à changer de camp et devenir ma directrice de campagne.

Waouh, Rose a fait plus « qu'envisager » ce scénario.

– Mais tu as toujours été indifférente à la politique, objecté-je, espérant faire comprendre à mamie que je n'aime pas la direction qu'elle souhaite prendre. Tu regardes *La Fazenda,* c'est même toi qui m'as rendue accro à ce feuilleton !

– Tout ça va changer.

Elle pousse les bonnets de son bikini vers le haut avant de déclarer :

– Beldoc a besoin d'un maire compétent.

– Je ne sais pas quoi dire, mamie.

Elle claque la langue.

– Où est le soutien, l'encouragement qu'une grand-mère aimée est en droit d'attendre d'une petite-fille aimante ?

– Je suis désolée, j'ai juste... J'ai peur que tu te lances dans cette aventure pour de mauvaises raisons.

– Lesquelles ?

Veut-elle vraiment que je les nomme ? Très bien !

Je fais remonter mes propres seins.

– Si tu espères, en tant que maire, pouvoir emprunter à la ville de quoi payer tes dettes, ça ne marchera pas. Les élus sont beaucoup plus surveillés de nos jours. Nous vivons à une époque de transparence.

Elle hausse les épaules.

– Alors, je ne le ferai pas.

– Et au cas où tu aurais l'intention, en tant que maire, demander des faveurs à ta banque et à tes autres créanciers s'appelle de l'abus de pouvoir. Il y a des lois contre ça.

Elle me tapote la main de façon rassurante.

– Je n'avais pas prévu ce genre d'initiatives. Tu n'as pas à t'inquiéter.

Au moment où la tension dans mes épaules commence à s'atténuer, elle ajoute :

– Si je suis élue, les faveurs me viendront naturellement, sans que j'aie à les demander.

Mon menton tombe sur ma poitrine.

Elle s'esclaffe, trouvant clairement ma réaction hilarante.

– Je me suis renseignée, dit-elle en s'essuyant les yeux. Un maire d'une ville de la taille de Beldoc gagne environ trente mille euros par an.

– C'est déjà pas mal.

– En outre, le conseil municipal peut voter une augmentation du salaire du maire, ce qui se fait souvent dans les villes touristiques comme Beldoc. Ajoute à cela l'indemnité de Reine et ma pension, et je devrais pouvoir garder la maison sans les faveurs.

Sa déclaration me rassure un peu.

Encore quelques minutes de trempage, puis nous revêtons nos robes de bain et sortons du jacuzzi. Alors que nous nous dirigeons vers le vestiaire, je profite de la douceur du tissu sur ma peau et de l'épaisseur spongieuse de la moquette sous mes pieds.

C'est peut-être ennuyeux, mais je pense que je pourrais m'y habituer !

Nous quittons le spa et montons dans la voiture de Rose.

Elle me lance un drôle de regard lorsqu'on démarre.

– Je n'ai pas suivi l'actualité ces derniers temps, je dois avouer. À quel point est-ce devenu sérieux, cette histoire de transparence ?

– Très sérieux, répondis-je. Tu ferais mieux de ne pas avoir de sales petits secrets si tu veux faire de la politique.

Ses yeux se déplacent vers le tableau de bord. Elle a l'air inquiète. Ce qui me fait m'interroger sur les secrets qu'elle garde et leur degré de saleté.

Alors que nous accélérons sur la D570, je partage ce que j'ai appris jusqu'à présent sur l'affaire Dol.

– Je n'aime pas ça, dit-elle.

– Moi non plus. Le capitaine Shen traite Éric comme son suspect principal.

Il y a un bref silence avant qu'elle ne m'adresse un regard anxieux.

– Tu mènes une enquête, Julie, n'est-ce pas ?

– Oui.

Après un autre silence, elle me demande :

– Flo est-elle dans le coup ?

– Oui.

De manière très inhabituelle, elle cède le passage à une voiture.

– Puis-je te rappeler que ta précédente enquête a failli te coûter la vie ?

– Et pourtant, je suis toujours là, non ? dis-je avec une bravade exagérée. Mon enquête a rendu justice à Maurice Sauve et au jeune Kévin.

Elle laisse une autre voiture nous dépasser.

– Tu ne retiens jamais ta leçon, hein ?

Je décide que c'est juste une question rhétorique.

Quelques minutes plus tard, Rose s'arrête devant mon immeuble.

– Puisque je ne peux pas t'en dissuader, je vais t'aider.

Je commence à objecter qu'elle a assez à faire, mais elle m'interrompt :

– Il se trouve que je peux t'aider là, tout de suite.

Je fronce mes sourcils.

– Comment ?

– J'ai l'adresse et le numéro de téléphone professionnel de Justin Gilly, au cas où tu voudrais lui parler.

Je cligne des yeux, sans voix.

Elle fouille dans son sac à main et en sort un morceau de papier.

– Tiens. Tu pourras l'appeler demain matin.

– Où as-tu trouvé cette information ?

– Dans les pages blanches, croisées avec les pages jaunes, dit-elle.

– L'annuaire ?

– Je sais que cela peut paraître trop facile et trop vieux jeu pour être vrai, mais que veux-tu que je dise ? Il n'y a qu'un seul Justin Gilly, écrit de cette façon, dans la région. Il y a de fortes chances que ce soit le fils d'Audrey Gilly.

Note à moi-même : toujours tenter la solution la plus évidente en premier !

Je prends le bout de papier de Rose et le déplie.

– Il vend des lunettes ?

– Il est cogérant d'un petit magasin de lunettes au centre d'Arles.

Je lève les yeux vers elle.

– J'avais peur qu'il habite loin, mais c'est juste à côté ! Merci, mamie !

Je l'embrasse sur les deux joues et sors de la voiture.

– Fais attention, d'accord ? me dit-elle. Je sais qu'il a un alibi pour la nuit du meurtre, mais il pourrait être dangereux.

– Pas de problème. J'ai un spray au poivre maintenant !

Pour illustrer mon état de préparation, je sors la petite bombe lacrymogène de mon sac en faisant mine d'asperger son visage.

Elle me toise aigrement et se met en route en secouant la tête.

Est-ce moi ou mon petit sketch a fait un gros flop ?

CHAPITRE SEIZE

Ce matin, j'avais prévu d'appeler Justin, mais j'étais trop occupée à pâtisser pour le faire.

Il est trois heures de l'après-midi à présent, et je dois vraiment passer ce coup de fil. Seule dans la cuisine, je compose son numéro, mais juste avant d'appuyer sur le bouton vert, mon doigt se fige.

Que pourrais-je lui dire pour l'empêcher de raccrocher ? Je me pose cette question depuis hier soir, depuis que Rose m'a donné son adresse et son numéro. Si j'avais appelé sa sœur Léa au lieu d'aller chez elle, elle m'aurait probablement raccroché au nez. Je n'aurais rien appris, et je n'aurais pas vu le petit téléphone noir dans ses mains.

Décision prise, je me dirige vers la salle principale et j'attends qu'Éric ait terminé avec son client.

– J'ai une course à faire à Arles, lui dis-je quand il se tourne vers moi. Ça ne devrait pas prendre plus de deux heures.

Son regard sous-entend une question, et je me demande si je dois lui dire que je me rends sur le lieu de travail de Justin. Cependant, Éric a nié avoir été en contact avec Léa. Quand nous avons croisé la jeune femme à la plage, il a fait semblant de ne pas la reconnaître. Plus tard, quand je l'ai confronté, il m'a dit que je devrais laisser les Gilly tranquilles. Il ne veut pas que je creuse, que j'en apprenne plus sur eux. Le message est clair.

Ce qui l'est moins, c'est pourquoi.

– Tu tiendras le fort jusqu'à l'arrivée de Flo ?

– Pas de problème, Chef ! Ça me dérange pas de rester plus longtemps si besoin, affirme-t-il en me lançant un petit sourire. Les potes que je vois ce soir ne seront pas dispos avant 20h30, et je préfère attendre ici plutôt qu'à la maison.

– Merci, Éric !

Laissant mon vélo devant la boutique, je prends le bus et je descends dans le centre d'Arles vingt-cinq minutes plus tard.

Située juste derrière le Théâtre antique rue de la Calade, la boutique de Justin est facile à trouver. Sans même m'arrêter pour rassembler mes pensées, j'entre. Un homme bien habillé, d'environ 25 ans, me sourit de derrière le comptoir, puis s'avance vers moi. Alors qu'il se rapproche, je remarque qu'il ne ressemble en rien à Léa, bien que l'âge corresponde. Ça doit être Justin.

Nous nous saluons.

Je n'ai pas préparé de questions, comptant improviser comme je le fais souvent. Seulement là, je me sens incapable d'aligner deux mots.

– Vous cherchez quelque chose en particulier ou juste de l'inspiration ? me demande-t-il.

Je lui fais un sourire penaud.

– En fait, je cherche Justin Gilly.

Il tapote anxieusement du pied.

– Je ne l'ai pas vu depuis hier.

– Oh... Vous n'êtes pas Justin.

– Je suis le cogérant de cette boutique, Patrice de Crécy.

– Je suis Julie, une amie de sa sœur, dis-je, en espérant que Patrice ne soit pas assez proche de Justin pour connaître toutes les copines de Léa.

– Ça tombe bien ! J'allais l'appeler, s'exclame-t-il en désignant le téléphone sur le comptoir. Cela ne ressemble pas Justin de prendre une journée sans prévenir. La seule fois où il l'a fait, c'est quand il a attrapé une grippe fulgurante. Et même là, il m'a envoyé un texto.

Patrice décroche son téléphone.

– Allez, on va appeler Léa. Elle saura ce qui se passe.

Je suis tiraillée entre l'envie de m'enfuir, m'épargnant ainsi la honte d'être démasquée, et l'envie encore plus grande de découvrir ce que Léa aura à dire sur l'absence de Justin. Comme toujours, ma curiosité l'emporte sur ma dignité.

Léa décroche. Patrice ne la met pas sur haut-parleur, alors je m'approche, en bonne petite fouineuse.

D'après ce qu'il me semble comprendre, Léa n'a aucune idée de l'endroit où Justin se trouve. En fait, elle ne savait même pas qu'il n'était pas au travail et qu'il ne répondait pas aux messages de Patrice. Du coup, elle s'inquiète. Je l'entends à sa voix.

Elle dit à Patrice qu'elle va se rendre chez Justin et qu'elle le rappellera par la suite.

– Ton amie est dans la boutique, au fait, l'informe Patrice. Tu veux lui parler avant qu'on raccroche ?

– Laquelle ?

– Julie.

– Je n'ai pas d'amie qui s'appelle Julie, indique Léa.

Lentement, Patrice porte ses yeux sur moi.

Je remonte les épaules.

– Ça fait des siècles qu'on ne s'est pas vues. Elle m'a oubliée.

Je lui tourne le dos et file dehors.

Toujours en courant, je passe le Théâtre antique, contourne les arènes, me faufile dans une clinique dentaire et en traverse le hall. Je ne m'arrête que quand je suis aux toilettes pour dames, abritée derrière la porte fermée d'une cabine. Si je pouvais me jeter dans la cuvette et tirer la chasse, je le ferais probablement.

C'est dire à quel point je suis mortifiée.

Je reste dans la cabine pendant un long moment à prendre de grandes respirations et rationaliser. Ce n'est pas la fin du monde. Patrice va conclure que je suis une impostrice et une menteuse. Mais les chances que nos chemins se croisent à nouveau sont plutôt minces, alors c'est pas grave.

Le problème, c'est que Léa n'appréciera pas non plus mon tour de passe-passe.

Pourquoi, mais pourquoi, ai-je donné mon vrai prénom ? Je mens comme un pied ! Était-ce si difficile de choisir un autre prénom aussi commun que le mien ? Celui de ma sœur jumelle, Catherine, par exemple. Ou alors quelque chose de plus original, comme... j'sais pas... Castafiore ?

Tonnerre de Brest !

Cela m'apprendra à la jouer à l'instinct. La planification et la préparation sont les clés du succès. En tant que chef pâtissier, je devrais le savoir.

Dès que mon malaise est suffisamment dissipé, je quitte la clinique et me dirige vers le boulevard des Lices. Mon esprit tourne désormais autour la disparition de Justin et des éventuelles implications qui en découlent. Est-il chez lui, malade ? Quelque chose lui est-il arrivé ? Ou s'est-il enfui ?

Comment pourrais-je le savoir ?

Une idée germe dans mon esprit, mais quand j'emprunte le boulevard des Lices, le changement d'ambiance me fait perdre le fil de mes pensées. Il n'y a ni voitures, ni scooters, ni même de bus sur cet axe habituellement très fréquenté. Une foule se dirige vers moi, tranquillement, en musardant. Ce sont surtout des femmes en costumes d'époque.

Et pas n'importe quel type de costume ! Leurs longues jupes satinées enserrent leurs tailles et leurs hanches, puis s'évasent avant de s'arrêter juste au-dessus de leurs chevilles. De légers châles aux motifs éclatants moulent le haut de leur corps.

Leurs cheveux sont coiffés d'un chignon haut en pointe, orné d'un fichu en dentelle noire. C'est la légendaire coiffure arlésienne immortalisée par de nombreux artistes, dont Van Gogh. Je me souviens que maman m'avait expliqué qu'il faut au moins une dizaine de leçons pour apprendre à la réaliser. Une grande partie de la foule marche, mais pas tout le monde.

Certaines femmes sont à cheval en amazone, bien que la plupart des cavaliers sont des hommes. Je reconnais tout de suite les *gardians,* ces cowboys éleveurs camarguais. Parés de pantalons en moleskine, de chemises blanches et de vestes en velours noir, ils portent des chapeaux feutres à larges bords et des ceintures de soie écarlate.

Beaucoup de gens prennent des photos. Une équipe de télévision locale filme le défilé.

Même si des dizaines d'évènements festifs sont organisés à Arles tout au long de l'année, je ne pense pas que ce soit un défilé ordinaire. On dirait bien que celui-ci est le plus grand et le plus populaire de tous, la Fête du Costume.

Sincèrement, je ne vois pas ce que cela pourrait être d'autre.

Alors que je contemple la foule joyeuse, une superstition liée à ce festival me revient de je ne sais d'où.

Si une jeune femme rencontre le jeune homme qui lui plaît pendant la Fête du Costume, ils s'embrasseront avant la fin de l'été.

CHAPITRE DIX-SEPT

Cette superstition « 100 % fiable » m'a été transmise en sixième par Marion, ma meilleure amie de l'époque.

Ainsi que je l'ai découvert plus tard, elle n'était même pas authentique : Marion l'avait inventée. Mais je ne l'ai pas su pendant plusieurs années, et chaque fois que j'assistais à la Fête du Costume, j'étais à la fois surexcitée et nerveuse en pensant au garçon dont j'étais éprise cette année-là.

Il va sans dire que je n'ai jamais rencontré aucun d'eux au festival.

Rose nous emmenait, mes sœurs et moi, à la Fête du Costume d'Arles presque tous les ans. Nous n'avions pas le droit de circuler avec les participants parce que nous n'avions pas de costumes. Mais ce n'était pas plus mal. On s'amusait comme des folles à observer, commenter et repérer les différences entre les magnifiques robes, les éventails flamboyants et les ombrelles blanches des Arlésiennes.

Si ma mémoire est bonne, le festival a toujours eu lieu un dimanche de juillet. Depuis lors, la ville célèbre-t-elle la fête le samedi, ou est-ce une exception ? Quelle qu'en soit la cause, ça se passe aujourd'hui. Et je suis plein dedans.

Mon portable sonne.

– Madame Cavallo, dit Adinian d'un ton réprobateur. Il est de mon devoir de vous informer que les Arlésiens prennent leur Fête du Costume très au sérieux.

Je ne sais pas où il va avec ça, mais j'entends clairement l'amusement qu'il s'efforce de dissimuler derrière son numéro de « méchant flic ».

– Madame devrait être au courant, poursuit-il, qu'il est interdit de défiler à la Fête du Costume vêtue d'un t-shirt « Keep Calm et Mange un Cookie » !

– Monsieur n'aime pas mon t-shirt ? Qu'il vienne me chercher ! répliqué-je, gagnée par sa bonne humeur.

– J'arrive, et je vais vous coller une amende pour outrage à la pudeur.

En riant, je regarde autour de moi mais ne le vois pas.

– Vous me pistez ?

– Non.

– M'auriez-vous repérée à la télé régionale depuis votre canapé ? J'ai vu une équipe de tournage...

– Je suis en service aujourd'hui, dit-il.

– Vous êtes au bureau alors, et vous m'avez vue grâce à une caméra de surveillance.

– Je ne suis pas devant un écran.

– Alors, vous avez mis la main sur l'Œil de Sauron.

– Encore raté. Je vous ai aperçue grâce à mon œil à moi. Je suis à Arles pour aider les collègues à maintenir l'ordre public.

– Pouvez-vous m'accorder une demi-heure ? m'entends-je lui demander. J'ai une info pour le capitaine Shen.

Une minute ! Serais-je en train d'essayer de provoquer une rencontre physique avec Adinian pour qu'elle déclenche un baiser « 100 % garanti » par Marion ? C'est un peu con, non ? Très con, même.

Mais ce n'est pas du tout ce qui se passe. Je fais juste mon devoir de citoyenne, point barre. En outre, je ne crois pas aux superstitions.

– Attendez-moi au bout de la rue Emile Barrère devant le Théâtre antique, dit-il. J'y serai dans vingt minutes.

Je raccroche et me dirige vers le lieu de rendez-vous.

En exactement dix-huit minutes et trente secondes, il se présente. S'ensuit un moment gênant où l'on hésite entre la bise, une poignée de main et un hochement de tête sans contact. À la fin, j'incline la tête. Il fait de même.

Alors que nous longeons le Théâtre antique, je l'informe du suspect silence radio de Justin.

Il me lance un regard fatigué.

– Vous n'avez aucune intention de suivre mon conseil de rester en dehors de cette affaire, n'est-ce pas ?

– Je ne peux pas, capitane. L'avenir de mon sous-chef est en jeu.

– Je transmettrai votre renseignement à Shen.

Un groupe de beaux *gardians* et jolies dames à cheval trottinent vers le Théâtre antique pour une représentation ou une cérémonie. Parmi les dames se trouve une jeune beauté vêtue d'une somptueuse robe blanche. Le chignon au sommet de sa tête est coiffé d'un petit bonnet en dentelle. Montée sur un magnifique cheval blanc et entourée d'une dizaine d'Arlésiennes, elle sourit et salue le public.

Adinian pointe du menton vers elle.

– C'est la reine d'Arles fraîchement élue.

– En route pour son couronnement ?

Il hoche la tête, avant d'ajouter :

– Elle est un chouïa plus jeune que Rose, mais à part cela, la reine de Beldoc la surpasse sur tous les plans.

Je souris.

– Enfin nous voilà d'accord sur quelque chose !

Juste avant de défiler dans le Théâtre antique, la reine d'Arles s'arrête une dernière fois et pose pour la foule. Je sors mon smartphone et prends une photo.

– Ma sœur Flo s'est lancée en tant que guide touristique. Cette photo lui sera peut-être utile pour son site et ses prospectus, murmuré-je pour justifier mon honteux acte de conformisme.

Quel provincialisme ! Quelle plouquitude !

Mes amis parisiens m'ostraciseraient pour beaucoup moins que ça. De nos jours, on trouve vulgaire de prendre des photos de jolies choses. Il est de bon ton de ne photographier que ce qui est laid ou bizarre – de préférence les deux à la fois – puis de poster le cliché sur les réseaux sociaux avec un commentaire plein d'esprit.

Adinian déverrouille son téléphone et me montre quelques belles photos de festivaliers qu'il a prises plus tôt.

– Si elles vous plaisent, je peux vous les envoyer par e-mail ; je donne à Florence ma permission de les utiliser.

J'en choisis trois puis je le remercie en croisant ses yeux marron foncé. Emplis de joie, ils semblent me dire : « Hé, on est tous humains. » Soudain, je me sens beaucoup moins gênée par mon manque de savoir-vivre.

Il soutient mon regard.

Mes lèvres se séparent.

Pin-pon ! Pin-pon ! Une alarme se déclenche dans ma tête.

Il faut impérativement que j'arrête de fixer le capitaine Adinian et que je commence à œuvrer pour aider mon sous-chef.

– Je me demande si l'alibi de Justin Gilly est aussi solide que Shen le pense, remarqué-je, alors qu'Adinian adopte l'expression d'un parent épuisé. Aurait-il pu se trouver dans le jardin des Dol la nuit où Brice a été tué ?

Dans mon *cinémagraphe,* hormis Brice, je n'ai entendu et aperçu qu'une seule personne. Dans l'état actuel de mes connaissances, je suis presque sûre que cette personne était un Gilly. Ce que j'aimerais savoir, c'est lequel.

Et si le petit téléphone noir que Murielle Olabiyi avait vu dans l'herbe était celui de Justin et non celui de Léa ? Il est parfaitement envisageable que le frère et la sœur possèdent la même marque et le même modèle de téléphone. Dans le fond, tous les frères et sœurs ne nourrissent pas autant l'obsession d'affirmer leurs différences que ma jumelle et moi. Aussi étrange que cela puisse paraître à une fille Cavallo, beaucoup sont contents de se ressembler.

Étant donné que Léa est une fort peu convaincante meurtrière, et que j'exclus Éric, Justin aurait-il pu tuer Brice ? Et s'il ne l'avait pas fait, pourquoi s'enfuir ?

Adinian me scrute avec attention.

– Il se peut que Justin Gilly passe son week-end dans le lit de quelqu'un, en amoureux, ou un truc banal dans ce genre... Mais s'il a vraiment disparu, je ne doute pas une seconde que Shen vérifiera à nouveau son alibi. Et encore plus minutieusement que la première fois.

Mon cerveau n'enregistre presque rien de ce qu'il dit après avoir qualifié de banal le fait de passer un week-end entier au lit, « en amoureux ». Ce n’est pas banal dans mon monde, ça c'est sûr ! Le serait-ce dans le sien ?

Depuis l’intérieur du Théâtre antique, sous les applaudissements de la foule, une jeune femme – sans doute la reine d'Arles – se lance dans un discours enthousiaste.

Réalisant que je suis bouche bée devant Adinian, je détourne les yeux.

– Je devrais retourner à Beldoc.

– Je vous dépose ?

– En avez-vous fini ici ?

Il secoue la tête.

– Je vous emmène puis je reviens.

– Ne vous embêtez pas ! Je vais prendre le bus.

Il n'insiste pas.

– Laissez-moi au moins vous accompagner jusqu'à l'arrêt.

Alors que nous nous dirigeons vers l'arrêt de bus, je lui demande s'il a fait des progrès avec son double homicide.

– Je n'ai trouvé aucune preuve qu'il s'agisse d'une exécution perpétrée par une famille mafieuse connue, ou d'une vendetta personnelle, ou d'une bagarre qui aurait mal tourné, dit-il.

– Alors, qu'est-ce que c'était ? Qui a tué ces deux types, à votre avis ?

Nous nous arrêtons au feu rouge avant de traverser la rue Jean Jaurès.

– L'un d'entre eux s'était vanté auprès d'un ami d'une nouvelle affaire très rentable dans laquelle il s’était lancé, répond Adinian. Il avait prétendu que ce n''avait rien à voir avec la drogue.

– Vous avez une idée de ce que pouvait être cette affaire ?

– Mon petit doigt me dit que cela pourrait avoir un rapport avec le nouveau gang albanais qui fait du bruit ces derniers temps.

– Dans quel domaine sont-ils... euh… spécialisés ?

– On n’en est pas encore sûr, mais on a constaté une

augmentation importante des vols de GPS d'engins agricoles, dit-il.

– Vous pensez que c'est lié à l'apparition de ce gang ?

– Le taux de larcins signalés a monté en flèche à peu près au moment où le nouveau gang a fait son entrée sur la scène criminelle locale.

Nous arrivons à l'abribus, et je vérifie l'écran d'affichage. Encore quinze minutes avant mon bus. Parfait.

Adinian jette également un œil sur les horaires.

– Mes preuves sont encore circonstancielles, mais au moins je ne tâtonne plus dans le noir.

– Je suis sûre que vous trouverez des preuves solides maintenant que vous savez où chercher !

– Ma théorie est que ces gus travaillaient pour les Albanais ou en partenariat avec eux. Puis il se sont fait prendre à arnaquer, et on les a punis.

– C'est une bonne théorie.

– L'autre possibilité est que les victimes ont formé leur propre petit gang, pensant que ces kits GPS à quinze mille euros pièce en moyenne seraient des prises faciles, avance-t-il. Mais ils se sont retrouvés à marcher sur les plates-bandes des Albanais.

– Et une guerre de territoire jusqu'à la mort s'en serait suivie ?

– Plutôt une bataille perdue d'avance pour mes victimes, mais en gros, oui.

De nulle part, une image ridicule surgit dans ma tête. Mon ennemie jurée Magda fait irruption dans la pâtisserie en tenue de cowboy du Far West. Elle crache sa cigarette, dégaine deux pistolets à la fois, les fait tourner telle Calamity Jane, et les braque sur moi.

Aïe !

Je vérifie à nouveau l'affichage. Cinq minutes.

– Comment était le spa ? demande Adinian.

– Rose et moi avons passé un très bon moment.

Il garde une expression neutre, mais quelque chose m'indique qu'il aurait préféré une autre réponse.

– Je vous conseille d'éviter Denis Noble, dit-il.

– Pourquoi ? Vous savez quelque chose sur lui que j'ignore ?

Il ouvre la bouche mais, avant que le moindre mot ne

s'échappe, il la referme, comme s'il rechignait à partager son scoop avec moi.

– Pourquoi, capitaine ? demandé-je à nouveau.

– Parce que je l'ai dit.

Parce que tu l'as dit ?

Me prend-il pour l'un de ses subordonnés ? Ou est-ce parce que je suis une femme ? Il se trouve que je ne supporte pas le machisme. Cela réveille la rebelle endormie en moi et me transforme en taureau énervé digne des courses camarguaises.

En Provence, les taureaux ne sont pas blessés ni maltraités comme chez nos voisins espagnols. De ce côté des Pyrénées, c'est l'homme, et non l'animal, qui risque son intégrité physique. Des toreros non armés, appelés raseteurs, tentent d'arracher des ornements des cornes du taureau cocardier. Le taureau les pourchasse à travers l'arène dans le but de leur enfoncer lesdites cornes dans la chair.

C'est à peu près ce que le « parce que je l'ai dit » d'Adinian me donne envie de faire.

Avec froideur, je rétorque :

– Denis est un ami. Il est généreux, respectueux et attentionné. J'apprécie beaucoup sa compagnie et j'ai bien l'intention de continuer à en profiter.

Je m'attends à ce qu'Adinian réponde par une boutade, mais il se tait. Un regard tourmenté, empli d'un mélange d'exaspération et de défaite, passe dans ses yeux. Sur un au revoir sec, il s'en va.

Alors là, c'est mort. Je ne vois aucun scénario où j'embrasse ce phallocrate avant la fin de l'été.

Pardon, je corrige : avant la fin du siècle !

CHAPITRE DIX-HUIT

Il y a deux jours encore, j'adorais le dimanche.

Beaucoup de gens que je connais les détestent à cause du « blues du dimanche », cette profonde tristesse de devoir retourner à l'école ou au travail le lendemain matin. Cela empoisonne leurs dimanches dès le milieu de l'après-midi, parfois même à l'heure du déjeuner. À partir de là, leur moral baisse, et au moment où ils se couchent, ils sont au fond du trou noir du désespoir.

Mais pas moi !

Enfant, j'aimais suffisamment l'école pour ne pas redouter le lundi. En tant qu'adulte, j'ai choisi un métier que j'aime assez pour me réjouir des lundis à venir. D'autant plus que, comme je travaille le samedi, je me repose le lundi.

Bon, on ne va pas se mentir, les deux derniers mois de mon mariage, mes week-ends me paraissaient trop longs. Mais même là, j'avais un remède. Tout ce que j'avais à faire, c'était de passer plus de temps à l'extérieur avec mes amis qu'à la maison avec Bruno. Cela n'a pas aidé notre relation, mais cela a amélioré mes week-ends.

À Beldoc, mes dimanches et mes lundis sont généralement remplis de corvées, de brunchs avec Rose, d'administratif, et de *Passions dans la Fazenda.* Remarquez, ça me va très bien.

Mais mon dimanche et mon lundi derniers n'étaient pas

biens. Cela a été deux journées lambinâtes, pesantes, malgré tous les efforts de Rose et de Lady pour me divertir. J'étais agitée. Je mourais d'envie de savoir ce qui était arrivé à Justin. J'avais beau me creuser la tête, je ne trouvais aucun moyen de le découvrir.

Nous sommes mardi après-midi, et non seulement je suis toujours dans ce sombre corridor mental, mais il y a maintenant un monstre qui tapi dans l'ombre.

Éric m'a envoyé un texto ce matin :

Désolé, chef. Je ne sais pas si je pourrais me rendre au travail aujourd'hui. Ça dépend de quand les flics me laisseront partir.

Ça veut dire qu'on l'interroge à la gendarmerie. A-t-il été formellement inculpé ? Le capitaine Shen ne devrait-il pas plutôt se concentrer sur la recherche de Justin ?

Et si Justin était mort ?

Si j'appelle Léa, elle va sûrement raccrocher direct. Si je vais chez elle, elle me fermera la porte au nez. Quant à Adinian, compte tenu de la manière dont nous nous sommes séparés samedi, il n'a aucune raison de me fournir des infos.

Je parcours le fil d'actualités locales sur mon téléphone. Il n'y a rien sur la disparition de Justin.

Grr, ça me tue !

Mes pensées avancent un peu, se bloquent, reculent, et ainsi de suite tel un disque rayé. Ne sachant plus que faire, je prie pour une illumination dans mon raisonnement. Un bon tuyau serait également le bienvenu. Je me contenterais même d'un autre *cinémagraphe* alambiqué, si l'univers croit que c'est tout ce que je mérite.

À trois heures de l'après-midi, un homme entre dans la boutique. Je l'ai déjà vu et je lui ai même parlé, mais ailleurs, dans un contexte différent...

– Bonjour, madame Cavallo, me salue-t-il avant d'ajouter : Noam Toche, reporter principal de *Beldoc Live*.

Ah, c'est le « journaliste d'investigation » qui avait interviewé Éric avant de rédiger cet article dégueulasse et complètement biaisé !

Je me pince les lèvres.

– Puis-je parler à Éric Dol, s'il vous plaît ?

– Éric n'est pas là.

Je sais que je ne devrais pas en dire plus, mais l'envie de mettre mon grain de sel l'emporte.

– Et même s'il était là, indiqué-je, je ne le laisserais pas vous dire un mot de plus !

Il lève ses mains puis les laisse retomber.

– Ce papier était une erreur. Si vous voulez vraiment savoir, je le regrette sincèrement.

– Vos regrets n'effaceront pas les dégâts que vous avez causés.

– C'est vrai, mais un nouvel article plus objectif sur l'affaire le ferait peut-être ?

Je m'interdis de répondre.

Ses yeux brillent lorsqu'il reprend :

– Je suis au courant de la disparition de Justin Gilly. D'après ma source, la gendarmerie a publié un avis de recherche.

Enfin des nouvelles ! Mes prières ont été entendues.

– Cette disparition est très suspecte, ajoute-t-il. Je crois qu'elle est liée à l'affaire Dol. J'en suis aussi venu à croire que cette affaire n'est pas aussi simple que je le pensais.

– Vous soupçonnez Justin Gilly désormais ?

– Peut-être.

– Apparemment, il a un alibi convaincant pour la nuit du meurtre, indiqué-je.

– Son mobile pour venger la mort de sa mère est aussi très convaincant.

Nous nous regardons, et je me rends compte que malgré mon aversion pour cet homme, il est animé par la même curiosité insatiable, la même ténacité et la même obsession de connaître la vérité que moi.

C'est toujours déstabilisant de réaliser tout ce qu'on a en commun avec la personne qu'on ne supporte pas.

– Il y a une autre explication à la disparition de monsieur Gilly, dit Noam. Il est possible qu'il ait été éliminé parce qu'il connaissait l'identité du véritable tueur.

Je ricane.

– Et hop, cela nous ramène à Éric, hein ?

– Pas forcément, dit-il en se rapprochant. Ainsi que je l'ai annoncé, je repars de zéro sur cette affaire.

Nous nous dévisageons. J'entends presque nos cerveaux bourdonner, crépiter et s'embraser avec des scénarios plus farfelus les uns que les autres.

Son esprit tordu serait-il en train de se demander si j'ai tué Brice ? Je ne serais pas surprise. Et moi, suis-je en train de l'ajouter à ma liste de suspects ? Non, je ne le crois pas.

Le devrais-je ?

Lorsque Flo tousse pour attirer mon attention, je me rends compte que je n'ai même pas remarqué son arrivée. Je m'attends presque à ce qu'elle renifle l'air et déclare que le magasin sent le cerveau brûlé.

– Je peux prendre la relève derrière le comptoir, dit-elle à la place. Au cas où tu aurais des choses à faire dans la cuisine.

Noam laisse un mot pour Éric et sort.

Je mets Flo au parfum avant de me retirer dans la cuisine, heureuse de pouvoir m'occuper les mains et de remplacer dans mon esprit les meurtriers par des éclairs au chocolat.

Éric n'arrive qu'après six heures.

– On va devoir se débrouiller sans la fourgonnette pendant un certain temps, répond-il, après que Flo et moi lui avons posé mille questions. C'est quand la prochaine livraison ?

Je vérifie mon agenda.

– Samedi.

Il se tourne vers Flo.

– Au cas où je n'aurais pas récupéré le mini-van d'ici là, tu crois qu'on pourrait emprunter celui de Tino ? À moins que vous n'ayez un tour de prévu ?

Flo étend ses mains en guise d'excuse.

– J'ai bien peur que oui.

– Dans ce cas, je demanderai à un de mes potes de me prêter sa voiture, dit Éric en déplaçant son regard vers moi. Ne vous inquiétez pas, Chef, je trouverai une solution.

– Qu'est-il arrivé à ta fourgonnette ? demandé-je.

– Les gendarmes l'ont saisie. Ils sont en train de fouiller l'intérieur et l'extérieur à la recherche de preuves.

Flo maugrée un juron avant d'élever la voix :

– Ils ne réalisent pas qu'ils se trompent de cible ?

– De leur point de vue, dit Éric, ils font simplement leur travail.

– J'espère qu'ils vérifieront l'alibi de Justin Gilly de manière aussi méticuleuse, lâché-je.

Éric se dirige vers l'évier et ouvre le robinet pour se laver les mains.

– Concentre-toi sur le côté positif, lancé-je en espérant lui remonter le moral. Ta fourgonnette sera dépoussiérée et récurée aux frais du contribuable !

Il coupe l'eau.

– Sauf que les flics ne font pas que brosser ; ils la dissèquent. Je doute qu'ils nous la rendent dans son état d'origine, agencée pour la livraison de gâteaux.

– T'inquiète, on va arranger ça.

– Ce n'est pas que le mini-van, dit-il. Ils aussi ont fouillé le jardin et la maison, de la cave au grenier.

– Encore ?

– Oui, encore.

Il prend une grande inspiration pour se calmer avant de poursuivre :

– Ils ont retourné la cuisine, ma chambre, toutes les pièces, sols, plafonds, matelas et moquettes compris. Ils ont fouillé toutes les poubelles de la maison et les bennes à ordures de la rue. Ils ont démonté les siphons, les canalisations et les bouches d'aération. Ils ont pulvérisé des produits puants partout pour repérer des traces de sang. Ils ont emporté mon smartphone et mon ordi...

La voix d'Éric craque à la mention de cette dernière violation de sa vie privée.

Il sort de sa poche un petit téléphone à clapet bon marché.

– Je l'ai acheté en chemin. Je vais vous appeler pour que vous puissiez enregistrer le numéro.

Son désarroi est palpable. Ça me fend le cœur.

– Mais pourquoi fouiller la maison encore une fois ? demande Flo après avoir ajouté le nouveau numéro d'Éric à nos contacts. Et pourquoi *maintenant* ?

Il hausse les épaules.

– Je suppose qu'ils espèrent trouver l'arme du crime, ou au moins du sang.

– N'importe quoi ! m'exclamé-je. Tout ce que Shen a sur toi est une théorie sans aucun fondement.

– Il ne s'arrêtera pas avant d'avoir trouvé quelque chose, ou de placer quelque fausse preuve chez moi si aucune preuve réelle ne se matérialise, lâche Éric, renonçant à son stoïcisme. Il est déterminé à ce point, Chef !

Pour la première fois, il laisse apparaître combien cette situation l'affecte.

– Éric, écoute-moi, dis-je en forçant un sourire. Personne ne va dissimuler de fausses preuves chez toi. Le capitaine Shen n'est pas le genre de flic ripou qu'on voit dans les films. Il ne ferait jamais une chose pareille.

Du moins, je l'espère.

Certes, Rose a dit qu'il n'était pas le meilleur, mais de là à placer des preuves sur les scènes de crime... Non, je refuse de le croire !

Éric prend une tasse pour se faire un café. Sa main tremble.

– Je n'en serais pas si sûr, à en juger par la façon dont il m'a interrogé cette fois-ci.

– Et pourtant la logique voudrait qu'ils se concentrent sur Justin en ce moment, s'indigne Flo, se faisant l'écho de mes pensées.

– Peut-être qu'ils se penchent sur son cas également, dit Éric. Mais dans l'esprit de Shen, je suis coupable. Il affirme que le tueur de Brice n'était ni un autre taulard ni un inconnu. Il est convaincu que je suis soit le tueur, soit son complice.

Mes yeux s'écarquillent.

– Il t'a dit ça ?

– Indirectement. Il a affirmé avec insistance qu'il sait que je mens. Il ne peut juste pas encore le prouver.

Je murmure un « Quel con ! » en soutien et m'enfuis vers la cuisine, soudainement impatiente de vérifier la cuisson de la tarte aux cerises dans le four. En vérité, c'est pour éviter de croiser le regard d'Éric : il pourrait y lire de mon manque de conviction.

Soyons clairs, je reste absolument certaine qu'il n'a pas tué son père ni aidé quelqu'un à le faire. L'avantage d'être détective amateur plutôt que flic, c'est que je ne suis pas pieds et poings liée par des protocoles professionnels. Je n'ai pas de code de déontologie qui m'oblige à suivre toutes les pistes, et je ne suis pas tenue d'être objective. Je peux choisir mes suspects. Je peux aussi détourner les yeux.

L'ennui, c'est que je ne peux pas oublier qu'Éric a probablement piqué le portable de Léa sur la scène du crime quelques secondes avant l'arrivée des gendarmes, et qu'il lui a ensuite rendu. Je ne peux pas non plus ignorer le fait que, lorsque nous avons croisé Léa à la plage, il a agi comme s'il ne la connaissait pas.

Si seulement il me donnait une explication ! Si seulement mon *cinémagraphe* s'avérait plus utile !

Celui que j'avais eu pendant l'affaire Sauve ne m'avait pas permis de voir l'empoisonneur, mais au moins j'avais pu l'entendre parler. Dans celui-ci, je suis à moitié enterrée dans le sol boueux, et n'ayant compris qu'une petite phrase, la seule chose que je sais est que le tueur détestait Brice.

Ça me désole de l'admettre, mais l'instinct de Shen ne ment pas sur ce coup-là.

Le meurtre de Brice Dol était, effectivement, personnel.

Et son fils cache bien quelque chose.

CHAPITRE DIX-NEUF

Ce soir, Flo, Rose et moi nous réunissons pour marquer, en privé, le sacre de Rose comme Reine de Beldoc. Elle fêtera ça dignement avec ses amis après la cérémonie officielle. Notre soirée n'est donc qu'un prétexte pour nous trois d'ouvrir une bouteille du dernier vin local que Flo a déniché lors d'un récent tour.

Quand ma sœur et moi arrivons chez Rose, son cours de Doga est déjà terminé. Tous les élèves sont partis, sauf un. Gracieuse telle une ballerine fraîchement retraitée, Rose se pavane sur sa terrasse flambant neuve en réorganisant son mobilier de jardin.

Maître Serge Guichard, vêtu d'un T-shirt et d'un survêtement, l'aide.

Je lance à Flo un regard plein de sous-entendus.

Elle remue les sourcils et murmure d'une voix chantante :

– Ils sortent en-sem-ble !

S'élançant vers nous, Lady nous déroule la version canine du tapis rouge. Flo et moi avons droit à des bonds enthousiastes, des battements de queue joyeux, et à des léchouilles d'orteils. C'est magique. L'accueil de Lady génère une bulle enchantée qui scintille autour de nous tandis que nous nous accroupissons pour la caresser.

Attention, attention !

J'ai une vraie question pour tous ceux qui prétendent ne pas apprécier les chiens. Avez-vous déjà été aimé par un chien ? Avez-vous déjà été accueilli par un chien qui vous aime ?

Si la réponse est non, je vous conseille d'essayer. On en reparle ensuite.

Flo et moi rejoignons les amoureux sur la terrasse. Serge nous salue chaleureusement, embrasse Rose sur les lèvres, murmure « À demain, ma chérie » puis s'en va.

Dès qu'il est assez loin, Flo se met à couiner comme une attardée. Je fais exactement pareil.

– Serge et toi !

– Je le savais !

– C'est le grand amour !

– Tout d'abord, il est tout petit, nous corrige Rose. Deuxièmement, ce n'est même pas de l'amour. Pas encore, en tout cas. Mais oui, on se fréquente.

Flo pose sa bouteille sur la table basse.

– Si j'avais su, j'aurais apporté du champagne !

Je pointe un index sur Rose.

– Pas un mot avant mon retour !

Elle mime une bouche cousue.

Je me précipite dans la cuisine et reviens avec trois verres à vin, un tire-bouchon et du fromage que j'ai trouvé dans le frigo.

– Qu'est-ce que j'ai raté ?

– Rien du tout, ma chérie, dit Rose en m'ébouriffant les cheveux. J'allais vous demander à toutes les deux pourquoi vous n'avez pas encore rejoint mon cours de Doga.

J'ouvre la bouteille.

– Ne change pas de sujet, mamie ! Nous, on veut tout savoir sur Serge et toi.

– Mais moi, j'ai besoin de savoir ce que vous avez contre le Doga.

– Ni Julie ni moi n'avons de chien, déclare Flo.

– Depuis quand est-ce une exigence ? demande Rose en soulève un sourcil. Serge n'a pas de chien. Le jeune couple qui vient une fois par semaine n'en a pas non plus. La seule exigence est d'*aimer les* chiens.

Je jette un œil à Flo.

– On est toutes les deux fauchées, mamie, retente Flo.

Rose lève les yeux au ciel.

– Qui ne l'est pas ?

– Papa, par exemple, marmonné-je, en lui versant du vin.

Elle penche sa tête de côté.

– Sa solvabilité le rend-elle heureux ?

Je remplis le dernier verre.

– Non.

En vérité, je ne sais pas ce qui le rend heureux. Il est toujours stressé et toujours mécontent. Il était comme ça, même avant la mort de maman. Ça a empiré par la suite. Se remarier n'a pas arrangé les choses.

– De toute façon, dit Rose, je ne ferais jamais payer mes petites-filles, quelle que soit leur situation financière. Vous me prenez pour quel genre de monstre ?

Très bien, alors, je vais être honnête.

– Je n'aime pas le Doga, avoué-je.

– Pardon ?

Rose me regarde comme si une verrue monumentale venait de pousser entre mes yeux.

– Pas uniquement le Doga, m'empressé-je de préciser. Je n'aime pas le yoga non plus. Je n'aime pas le Pilates, la gym, le jogging, le footing, le crossfit, ni aucune autre méthode d'exercice physique.

La confusion de Rose s'approfondit.

– Mais pourquoi ?

– Je le vis comme une perte de temps, admets-je avec une grimace d'excuse. Je n'y peux rien.

– Mais l'exercice est l'une des meilleures choses que l'on puisse faire pour sa santé, tant physique que mentale, s'emporte Rose. Tu le sais, non ?

Je montre du doigt mon vélo.

– Voilà mon exercice. C'est à la fois un moyen de transport et un entraînement quotidien. Pas de temps perdu. Gagnant-gagnant.

Son expression toujours sceptique, Rose se tourne vers Flo.

– Et toi ?

– Je suis pareille que Julie, dit Flo. Je déteste perdre du temps à faire de l'exercice. Je déteste même perdre du temps à dormir. Quel passe-temps inutile et improductif ! Un tiers de chaque jour à ne rien faire. C'est complètement débile.

Rose pose sur Flo le même regard stupéfait auquel j'ai eu droit il y a un instant.

– Mais le sommeil est vital ! Surtout, le sommeil avant minuit, qui est essentiel pour préserver la beauté. À quelle heure tu te couches, jeune fille ?

Flo tire sur son oreille.

– Vers minuit...

Je sais pertinemment qu'elle n'est jamais au lit avant une heure du matin. Je sais aussi que la vraie raison pour laquelle elle déteste autant dormir, ce sont ses cauchemars. Elle en fait régulièrement depuis que notre vie a été bouleversée il y a quinze ans. Mais Rose ne le sait pas.

– Minuit, c'est bien trop tard, l'avertit Rose en remuant l'index. C'est le sommeil d'avant minuit qui protège ta peau, tes articulations et ton cerveau.

Flo se tourne vers moi et me fait un clin d'œil.

– Note bien l'ordre dans lequel mamie a énuméré les organes : la peau en premier, les articulations en second et le cerveau en dernier.

– Ha-ha, fait Rose, l'air pas franchement amusée. Très drôle. Mais attends d'avoir mon âge, ma chérie. Tes priorités changeront aussi.

Je secoue la tête.

– Tu es en pleine forme, mamie. Tu viens d'être élue Reine de Beldoc, je te rappelle !

– Les reines de Provence, explique Flo sur son ton de guide touristique, telles que Frédéric Mistral les a conçues il y a un siècle, ne sont pas issues d'un concours de beauté. Leur but est de préserver et de transmettre la culture et les traditions locales.

Rose mange un morceau de fromage.

– En effet. Le comité n'a pas mesuré ma taille, ni mes hanches. Ils m'ont posé beaucoup de questions sur l'histoire de Beldoc et de la Provence, et ils ont testé mes connaissances en langue d'oc.

Flo écarquille les yeux.

– Tu parles l'occitan ?

– Assez pour passer le test, apparemment.

Je lève mon verre.

– À la reine de Beldoc ! Hip, hip, hip, hourra !

Flo fait tinter son verre contre celui de Rose, puis contre le mien.

– Tchin-tchin ! Portons aussi un toast au jeune couple ! Raconte-nous tout, mamie !

Je bois. D'après mon expérience, les vins vantés par mes amis ou ma famille me déçoivent toujours. Mais ce rosé est aussi bon que Flo l'avait promis. Il est frais, sec et fruité comme un excellent Côtes-de-Provence.

Je fais des bruits appréciatifs et j'en rebois une gorgée.

Flo gonfle sa poitrine.

– Qu'est-ce que je t'avais dit ? Florence Cavallo ne recommande pas n'importe quel vin de pays. Seulement les exceptionnels.

Rose déguste son vin, les paupières baissées.

– Où en sommes-nous avec l'affaire Dol ?

– Encore une tentative d'esquive ? demandé-je en claquant la langue. Très bien, alors, ne nous dis rien sur Serge et toi ! Empêche tes petites-filles de se prélasser par procuration dans la gloire de votre bonheur !

Rose m'adresse un sourire espiègle.

– Qui esquive maintenant ?

Je pose mon verre.

– D'accord, je vais te dire où nous en sommes. Nous sommes dans les bois par une nuit sans étoiles. C'est à dire complètement déboussolées.

– À ce point ?

– J'ai bien peur que oui.

Ma métaphore est peut-être un peu exagérée, mais elle exprime ce que je ressens. Cette enquête est solidement et désespérément coincée.

Comme si elle pouvait sentir ma détresse, Lady choisit ce moment précis pour arrêter ce qu'elle faisait derrière les buissons de romarin et venir s'asseoir à mes pieds. Son museau tendu vers mes orteils nus, elle s'étire sur le ventre. Puis elle s'applique à lécher lesdits orteils avec un zèle inouï et un accompagnement sonore à la limite de l'obscénité. Espèce de fétichiste !

Flo informe Rose de la disparition de Justin et de l'interrogatoire d'Éric.

– On a dû louper quelque chose, affirme Rose. Il y a forcément un truc.

Flo caresse le dos de Lady.

– Je ne vois pas quoi.

Une vague idée germe dans mon esprit. Je me raidis de peur de la perdre avant qu'elle n'ait eu le temps de prendre forme.

– Peut-être...

Je m'arrête pour laisser le brouillard autour de mon idée s'éclaircir afin que je puisse l'attraper par la queue, puis je reprends :

– Peut-être que nous avons abordé cette affaire sous le mauvais angle.

– Qu'entends-tu par là ? demande Flo.

Je ne sais pas si c'est le vin de Flo ou le travail acharné de Lady, mais je parviens enfin à saisir et à m'accrocher à cette pensée glissante dans mon esprit.

– Nous nous sommes intéressées aux suspects, dis-je. Au lieu de cela, nous aurions peut-être dû disséquer Brice.

– Tu proposes qu'on vole son cadavre à la morgue ? halète Rose en simulant le choc. Je suis sûre que le médecin légiste a fait une autopsie dans les règles de l'art.

Je roule des yeux.

– Ce que je veux dire, c'est qu'on devrait essayer d'en apprendre le plus possible sur la vie de Brice avant la prison, sur son séjour là-bas et sur le mois qu'il a passé à Beldoc après sa libération.

Flo claque la langue contre son palais.

– C'est vrai que nous ne savons pas grand-chose du dernier mois de sa vie.

– Juste qu'il travaillait dans un garage et qu'il espionnait Éric le samedi, dis-je. Mais comment passait-il son temps libre ? Avec qui traînait-il ? Quels projets d'avenir avait-il ?

– Nous pourrions demander à Éric, suggère Rose.

– Il n'en a aucune idée, répliqué-je. Il faisait tout pour éviter son père.

Flo se frotte le menton.

– Comment s'y prendre pour connaître les noms des codétenus de Brice ?

– Demain, j'irai rendre visite à Manuel Favier, l'employeur de Brice, annoncé-je. Quand il est venu à la pâtisserie avec sa paie, il a dit que Brice se confiait à lui.

Les yeux de Flo s'illuminent.

– J'aime ta façon de penser !

– Impliquerez-vous Éric dans vos démarches ? demande Rose.

– Non ! m'exclamé-je.

Rose et Flo sursautent devant ma réponse sans équivoque.

Dois-je leur parler du petit téléphone noir ou de mes soupçons sur le fait qu'Éric garde des secrets ? Ce serait une bonne idée. Mais je ne peux pas, pour la même raison que je n'en ai pas parlé à Adinian. Ce qui me retient est une forme de loyauté, une sorte d'instinct protecteur en tant que patronne. Et en tant qu'amie.

– Il est partie prenante dans cette affaire, dis-je pour justifier mon refus. Son jugement serait altéré.

À ma grande surprise, Rose et Flo n'y trouvent rien à redire.

CHAPITRE VINGT

Mon incapacité à conduire signifie que je n'ai jamais possédé ou loué de voiture. Par conséquent, la visite du garage de Manuel Favier est une toute nouvelle expérience pour moi. Lorsque je traverse cet espace fascinant délimité par de grands portails en métal, j'ai l'impression d'être Alice émergeant de l'autre côté du miroir. J'admire les véhicules, les rampes, les moteurs, les pièces détachées et les autres... euh... trucs.

Les puissantes odeurs d'huile et de graisse l'emportent sur l'air frais qui entre par les portes ouvertes. Dans le vacarme et l'agitation qui m'entourent, je ne reconnais qu'une petite partie des bruits : ceux de forage, de liquides qui coulent et de mots qu'échangent les mécaniciens.

Eh bah ! Je n'arrive même pas à nommer la plupart des objets que je perçois dans ce nouveau monde. C'est un peu déconcertant.

Un homme en salopette tachée émerge de sous une voiture posée sur un monte-charge, et s'adresse à moi :

– Puis-je vous aider, mademoiselle ?

– Bonjour monsieur ! Où pourrais-je trouver Manuel Favier ?

Le mécanicien, toujours allongé, me fait un sourire inversé et me montre sa gauche.

– Vous voyez cette verrière avec des stores vénitiens ? Le

bureau du patron est là-dedans. Il suffit de suivre la bande peinte au sol.

En le remerciant, je me fraye un chemin à travers le vaste espace au milieu des équipements, voitures, pneus empilés et chariots à outils, tout en prenant soin de ne pas marcher sur un tuyau qui dépasse.

L'espace vitré comporte une salle d'attente avec une machine à café, quelques chaises, et une table basse, ainsi que deux bureaux. À l'entrée de l'un d'entre eux, une plaque indique : « Manuel Favier, propriétaire gérant ». Derrière la porte, je distingue deux voix : une masculine et une féminine. Ils parlent trop doucement pour comprendre de quoi il retourne.

Plutôt que de frapper pour signaler ma présence, je décide de prendre un café et d'attendre. Après tout, Manuel est en pleine journée de travail et je suis là pour lui demander son aide. Le moins que je puisse faire est de lui témoigner du respect.

Pour passer le temps, je prends une gorgée de mon gobelet, puis le laisse en paix. S'il est vrai que je suis physiquement incapable de vomir, ce café risque de changer la donne. Je feuillette des magazines auto-moto et regarde des clips musicaux sans son sur la télé accrochée au mur. J'envoie un SMS à Flo. Elle me répond que la boutique est sous contrôle, et m'invite à me concentrer sur ma mission.

C'est ce que je compte faire... dès que Manuel aura décidé de conclure son interminable réunion. À bout de patience, je finis par m'interroger sur l'étendue du respect que je dois à Manuel en tant que confrère chef d'entreprise.

Ai-je assez attendu ? Puis-je frapper à la porte à présent ? Ou devrais-je lui donner cinq minutes de plus ? Dix ? Arrondir mon attente à une heure ?

Derrière la porte de Manuel, des chaises grattent le sol dur et les voix se font plus fortes. Une femme promet que quelque chose sera prêt pour demain et un homme approuve : « Excellent, excellent ». La porte s'ouvre.

Du coin de l'œil, je vois une belle femme bien habillée d'une quarantaine d'années sortir du bureau de Manuel avec un bloc-notes à la main. Elle déverrouille la porte adjacente dont la plaque m'informe qu'elle est la comptable de l'établissement.

Manuel ouvre sa porte et s'appuie sur le cadre.

– Anne-Claire, pourriez-vous me faire un café, s'il vous plaît ?

– Bien sûr ! répond-elle derrière sa porte.

– Avec un peu de lait cette fois-ci, précise Manuel. Vous êtes un ange !

Une cafetière se met à ronronner dans le bureau d'Anne-Claire. Si je comprends parfaitement pourquoi Manuel évite le jus de chaussettes du distributeur, ne serait-il pas plus simple d'avoir une petite machine à expresso et des capsules dans son propre bureau ? Et le temps d'une comptable n'est-il pas trop cher pour être gaspillé à préparer du café pour le patron ?

Ah, les hommes !

En me levant, je lui souris.

– Bonjour, monsieur Favier !

Il me salue en retour. Son ton est à la fois amical et hésitant, de cette façon maladroite dont on salue une personne qu'on sait avoir déjà rencontrée, mais qu'on n'arrive pas à identifier une fois dans un environnement et des vêtements différents.

Je pose ma main sur la poitrine.

– Julie Cavallo. Vous êtes passé à ma pâtisserie l'autre jour. Je portais une toque et une veste de chef.

– Mais oui, bien sûr ! s'exclame-t-il en faisant un pas vers moi. Je suis désolé, la journée a été longue.

Remarquant mon gobelet plein sur la table basse, il a un petit sourire fautif.

– Je demande à Anne-Claire de vous préparer un café également ?

– Non, merci, ça ira.

– C'est au sujet d'Éric Dol ? me demande-t-il. Il va bien ?

– Il est suspecté du meurtre de son père, mais il fait de son mieux pour garder le moral.

– Pauvre gosse ! s'émeut Manuel avant de me faire signe d'entrer dans son bureau. S'il vous plaît, asseyez-vous.

Alors que je m'installe dans l'un des deux fauteuils du coin détente de son bureau, Manuel va chercher son café puis ferme la porte.

– En quoi pourrais-je vous être utile, madame Cavallo ?

– Appelez-moi Julie, s'il vous plaît.

– Alors vous devez m'appeler Manuel ! Que puis-je faire pour vous, Julie, ou pour le jeune Éric ?

– Je pensais que peut-être... marmonné-je avant de reprendre : le capitaine Shen, le gendarme qui enquête sur l'affaire, est tellement concentré sur Éric que je crains qu'il ne néglige des indices qui pourraient le mener au véritable tueur.

– Je vois.

– Brice vous avait-il parlé de son séjour en prison ? Avait-il mentionné quelqu'un en particulier ? Quelqu'un qui pourrait lui en vouloir ?

– Il ne parlait pas de ses années derrière les barreaux. Si quelqu'un avait une dent contre lui, autre que les jeunes Gilly évidemment, je ne suis pas au courant.

– Les gendarmes enquêtent sur les Gilly aussi, l'informé-je.

Il penche la tête de côté.

– Pensez-vous qu'ils seraient capables de tuer ?

– Sincèrement, je ne sais plus quoi penser.

Je me demande si je dois lui parler de la disparition de Justin. Elle n'a pas encore été rendue publique, alors je décide de me taire.

J'essaie de contourner d'une autre manière.

– Vous avez dit un jour que vous connaissiez Brice depuis longtemps. Étiez-vous proches ?

– Nous nous étions rencontrés à quelques reprises chez des connaissances communes, mais nous n'étions pas amis.

Manuel soulève sa tasse et boit son café.

Dans un silence gêné, j'observe les jolis motifs orientaux sculptés sur le plateau en bois de la table basse, puis mes mains et mes ongles. Cette visite ressemble de plus en plus à une impasse. Devrais-je le remercier et me dépêcher de filer vers l'arrêt de bus pour m'en retourner à la pâtisserie ? De toute évidence, il n'a aucune info qui pourrait aider Éric.

Mais avant de jeter l'éponge, je me dois de poser une dernière question.

– Pendant le mois où Brice a travaillé pour vous, s'était-il bien entendu avec tout le monde ? S'était-il disputé avec quelqu'un, un collègue peut-être ?

– Pas avec un collègue, dit rapidement Manuel.

Ah ?

Je sens mes oreilles se tendre, comme celles de Lady quand on ouvre le frigo.

– Avec qui, alors ?

Il cligne des yeux, se mordille la lèvre et pose sa tasse sur la table. Ses lèvres restent scellées.

Je le fixe.

– Avec qui s'était-il disputé, Manuel ?

– Il y avait ce type, Filek, soupire Manuel. Un ex-détenu. Quand il a appris la libération de Brice, il est sorti du trou où il vit pour passer le voir et l'emmener boire un verre après le travail.

– Ce « verre » aurait-il fini en bagarre ?

– Je ne sais pas exactement ce qui s'est passé entre eux, et Brice ne m'a pas dit grand-chose, à part que Filek l'avait provoqué.

– Et ?

– Et, avec les trois ou quatre bières qu'il avait descendues, Brice a perdu le contrôle et a frappé Filek.

– Pourquoi ne m'en avez-vous pas parlé plus tôt ?

– Je voulais le faire mais...

Il gigote dans son fauteuil avant de reprendre :

– Écoutez, je crois que les anciens détenus méritent une seconde chance. Ils ont payé leur dette envers la société et ils ont besoin de notre soutien pour remettre leur vie sur les rails. C'est pourquoi j'hésite toujours avant de faire ou dire quelque chose qui pourrait nuire à leur nouveau départ.

– Votre attitude est très noble, Manuel, et je l'admire beaucoup ! Mais si Filek n'a pas tué Brice, il ne retournera pas en prison.

– Ouais... Vous savez comment c'est. Même si cette bagarre n'avait porté sur un rien et qu'ils s'étaient réconciliés le lendemain, Filek aurait beaucoup plus de mal à prouver son innocence que quelqu'un sans antécédent. Avec les ex-détenus, c'est toujours « présumé coupable ».

Il n'a pas tort. Mais c'est pour Éric que je suis là. Son avenir m'importe plus que les préjugés que nourrirait notre système judiciaire à l'encontre des personnes ayant un casier judiciaire.

– Sauriez-vous par hasard dans quel bar Brice et Filek s'étaient rendus ?

– Aucune idée, désolé. Je vous ai dit tout ce que je savais à ce sujet.

– Ne soyez pas désolé ! Vous m'avez beaucoup aidé.

Je me lève.

Toujours assis, il fixe sa tasse vide.

– J'espère que je ne le regretterai pas. Balancer un homme comme ça...

– Balancer ? Non, ce n'est pas ce que vous avez fait ! Vous aidez Éric. Et d'une certaine manière, Brice aussi, en faisant la lumière sur ses dernières semaines. Il vous en aurait été reconnaissant.

– Hum, je suppose.

Avec un bref signe de tête, Manuel se lève.

Il m'accompagne jusqu'aux portes du garage où nous prenons congé en nous promettant de nous tenir au courant de cette affaire.

CHAPITRE VINGT-ET-UN

Le jour du couronnement est arrivé.

Flo, Éric, Tino et moi arrivons à la place de la mairie vingt minutes avant le début officiel pour découvrir qu'il y a déjà une petite foule au pied du majestueux escalier de l'hôtel de ville. Nous réussissons à nous faufiler au premier rang, mais loin sur le côté. Je repère Maître Guichard – Serge – au milieu de la rangée. Nous nous saluons.

C'est un magnifique dimanche après-midi, avec assez de vent pour rendre la chaleur de juillet supportable.

C'est si différent de la moiteur d'hier ! Éric et moi avions un gâteau d'anniversaire à livrer. Son mini-van étant toujours confisqué et celui de Tino indisponible, nous avons dû composer avec une petite Twingo prêtée par un ami d'Éric. Une petite Twingo sans clim pour parcourir deux cents kilomètres avec un gâteau à bord.

Dieu soit loué pour l'invention des poches réfrigérantes !

Sans elles, ni le gâteau ni moi n'aurions survécu à ce voyage. Et ce n'est pas fini ! Demain midi, je vais livrer une boîte de pâtisseries à vélo, car Éric doit se rendre à la gendarmerie pour « quelques questions supplémentaires ». Il y est convoqué presque tous les jours.

Justin n'a pas encore refait surface. Je n'ai pas parlé à Adinian depuis la Fête du Costume d'Arles. Comment sais-je donc que

Justin est toujours porté disparu ? Je le déduis des rapports d'Éric et des questions que lui posent les hommes de Shen.

J'suis trop forte !

Mais je ne veux pas y penser maintenant. Aujourd'hui, je suis déterminée à célébrer Rose et à m'amuser. C'est dans cet esprit-là que j'admire mes alentours. La place de l'hôtel de ville n'est ni trop grande ni trop petite, ni trop anguleuse ni trop ronde. Bref, elle est parfaite. Et ce n'est pas moi qui dis ça, mais Flo, qui s'y connait en art et architecture.

La taille et la forme idéales sont une chose. Mais, toujours selon Flo, la place de l'hôtel de ville de Beldoc marie superbement bien le faste de sa fonction cérémoniale avec la douceur de vivre de la Provence.

L'immeuble néoclassique de la mairie a le monopole du faste et laisse la douceur aux trois boutiques spécialisées : un bar-brasserie, deux bistros, deux restaurants et un glacier. L'ensemble des bâtiments « doux » présente de belles façades Art nouveau, tout comme ma pâtisserie.

Les restaurants empiètent sur la place piétonne, avec leurs tables chromées et leurs chaises en osier qui évoquent le charme intérieur-extérieur tant recherché par les décorateurs. Au milieu de la place trône un grand marronnier d'Inde en forme de coupole. Ajoutons à cela la touche méridionale apportée par la fine pierre de taille, les toits gris escarpés et les fenêtres cintrées, et un véritable joyau architectural se tient devant nous.

Et oui, Flo sait vendre sa ville, et pas qu'aux touristes !

Je me recentre sur le haut de l'escalier de la mairie et je zoome sur Lady. Toilettée et coiffée pour l'occasion, affublée d'un joli nœud de soie rose ornant son col, elle contemple le public avec la majesté d'un sphinx.

Trois femmes d'un certain âge se tiennent autour d'elle en demi-cercle – Rose, vêtue d'un costume traditionnel arlésien, Clothilde Valle, son amie et adjointe au maire, et une représentante du comité organisateur de la reine de Beldoc.

– Te voilà ! s'écrie une voix masculine familière derrière moi.

Je me retourne.

– Denis ! Que fais-tu là ?

– Je ne pouvais pas manquer le couronnement de Rose, quand-même.

Tout le monde salue Denis, qui s'insère entre Flo et moi.

Il porte un costume sur mesure et un parfum à la fois chic et discret, du genre de ceux que privilégiait Bruno. Ces parfums coûtent quelques centaines d'euros pour un flacon riquiqui et clament bien fort : « Cet homme est aussi riche que séduisant », au cas où les chaussures et la coupe de cheveux n'auraient pas réussi à faire passer le message.

– Qu'est-ce que j'ai manqué ? demande-t-il.

– La cérémonie n'a pas encore débuté, je réponds. On attend le maire.

Notre maire est d'ordinaire toujours ponctuel, mais il avait peut-être quelque chose d'urgent à faire avant. Au moins, son adjointe est là.

Flo regarde autour d'elle.

– Je suis dégoûtée qu'il n'y ait pas plus de monde.

– Beldoc est beaucoup plus petit qu'Arles, remarque Éric. Et plus pauvre aussi, avec un budget moindre pour les événements.

– Je ne m'attendais pas à des chevaux blancs ni à une escorte de *gardians*, mais c'est...

Je m'arrête, en cherchant une façon diplomatique de le dire « décevant par rapport aux honneurs que la reine d'Arles a reçus il y a une semaine ».

– Tu as vu la nouvelle reine d'Arles ? demande Flo. Est-elle jolie ?

– Très jolie.

– Saviez-vous que Van Gogh, Henry James et bien d'autres ont trouvé la beauté des Arlésiennes époustouflante ? poursuit ma sœur.

– Ça ne me surprend pas, affirme Denis en me lançant un regard lourd de sens. Arles est juste à côté de Beldoc. Même patrimoine génétique.

– Avant la Révolution, continue Flo, l'Église ne ménageait ses efforts pour faire porter des jupes plus longues aux Arlésiennes. Les prêtres voulaient cacher les gracieuses chevilles de ces dames aux regards lascifs des messieurs.

– Ont-ils réussi ? demande Tino, les yeux rivés sur les belles gambettes de Flo.

Elle sourit.

– Bien sûr que non ! Exiger des Françaises que nous cachions notre beauté, que ce soit au nom de la religion, de la modestie, ou de je ne sais pas quoi, c'est peu nous connaître ! La beauté libérée est l'âme même de ce pays.

Je souris à l'hyperbole, mais je ne suis pas en désaccord.

Les dames en haut de l'escalier échangent quelques mots discrets en jetant des coups d'œil à leur montre.

Clothilde Valle prend le micro et annonce la représentante du comité dont j'oublie le nom à l'instant même où je l'entends. Cette dernière se lance alors dans un long discours sur l'histoire de l'institution des reines en Provence.

– Saviez-vous que chaque élément de la robe de notre nouvelle reine est exactement comme il l'était à la fin du XIXe siècle ? demande-t-elle au public.

C'est notre signal pour répondre par des « c'est vrai ? » et des « incroyable ! » – ce que nous faisons consciencieusement.

La dame du comité poursuit :

– La coiffe, le collier avec la croix de Provence, le plastron en dentelle appelé « la chapelle », le châle, les bijoux, la ceinture avec des crochets en argent pour les clés de maison, et l'absence notable de boucles d'oreilles... Tout est codifié.

Elle sonde le public avant de poursuivre :

– Vous vous demandez peut-être pourquoi Rose ne porte pas de boucles d'oreilles...

Le public fait « hum » et « pourquoi ? ».

– Les boucles d'oreilles sont réservées aux femmes mariées, explique-t-elle. Rose est veuve de longue date. Nous avons assimilé son état civil à celui de célibataire afin qu'elle puisse se qualifier pour le concours. D'où l'absence de boucles d'oreilles.

Des « ah, ouaaaais ! » s'ensuivent.

– Alors, souhaitons *longo maï* à notre nouvelle reine, conclut-elle par une expression provençale.

Flo, Éric, Tino, Denis et moi nous mettons à applaudir et à crier *longo maï*, *brava* et *òsca*. Les autres font de même.

Une fois les acclamations apaisées, Rose prend le micro.

– Mes chers compatriotes beldociens !

Notre petit groupe l'acclame avec un grand enthousiasme.

Rose reprend son discours.

– Je voudrais commencer par saluer la précédente reine de Beldoc. Je voudrais aussi féliciter la nouvelle reine d'Arles et ses demoiselles d'honneur.

– Juste pour expliquer, l'interrompt Clothilde en se penchant vers le micro. Chez nous, à Beldoc, la reine n'a pas de demoiselles d'honneur, malheureusement.

– Pourquoi pas ? s'insurge Denis. Son statut l'exige, non ?

– Parce que demoiselle d'honneur est une fonction non rémunérée, et que personne n'a postulé, répond Rose. En fait, non, une personne l'a fait ! Mon amie Sarah était prête à se sacrifier. Mais sa candidature a été rejetée.

La foule grogne.

Clothilde parle à nouveau dans le micro.

– Sarah est anglaise. Elle réside depuis longtemps à Beldoc, mais les règles sont claires. Notre reine et ses demoiselles doivent être natives de la ville.

Rose désigne du doigt Lady, qui est toujours aussi digne qu'en début de cérémonie.

–Afin que je ne règne pas sur Beldoc en autocrate, Lady a eu la gentillesse d'accepter d'être ma demoiselle d'honneur.

Tout le monde scande :

– *Longo maï,* Lady !

Lady reste imperturbable.

– Je vous promets d'être une bonne reine, jure Rose, et de représenter la ville au mieux de mes capacités.

– Vive la reine de Beldoc ! s'écrie Clothilde à laquelle la foule fait écho.

Rose ouvre ses bras dans une étreinte symbolique.

– Vive la Provence ! Je vous aime !

Elle forme un cœur avec ses mains, puis fait un signe de tête à Sarah, qui prend Lady dans ses bras. Droite est souriante, Rose descend les escaliers pour s'offrir un bain de foule revigorant.

Nous attendons patiemment.

Une demi-heure plus tard, elle a salué tous les Beldociens

présents et se dirige enfin vers nous avec Serge, Sarah, Clothilde et la dame du comité à ses côtés.

Nous l'embrassons et la félicitons à tour de rôle.

Serge désigne le restaurant le plus cher de la place.

– Ce sera un honneur pour moi d'inviter tout le monde à dîner au *Grand Comptoir.* On ferait mieux de se dépêcher si on ne veut pas perdre la table que j'ai réservée.

Éric dit avoir rendez-vous avec un copain.

Tino, lui, est attendu pour un dîner de famille, tout comme la dame du comité.

Les yeux pleins de contrition, Denis avoue qu'il doit y aller aussi. Il a une réunion d'affaires ce soir qu'il ne peut pas reprogrammer.

Rose lui touche le bras.

– C'est pas grave, mon garçon ! Tu reverras Julie dans moins d'une semaine.

Comment ça ? Je cligne des yeux, puis ça me revient : la fête d'anniversaire de Denis ! Je l'avais complètement oubliée.

Au final, il n'y a que nous six, plus Lady.

Avec Serge et Rose à la tête du convoi, nous traversons la place de la mairie pour rejoindre le *Grand Comptoir.*

CHAPITRE VINGT-DEUX

Nous nous arrêtons à l'entrée. Serge s'avance pour trouver le maître d'hôtel et s'assurer qu'il nous reste une table.

Pendant que nous attendons, nous reluquons le jeune homme qui se tient à quelques mètres de nous sur la droite. Ce n'est pas n'importe quel jeune homme. C'est un pompier d'une vingtaine d'années, grand et musclé, sa peau noire aussi lisse que les fesses d'un bébé. Il fait ce que font les plus beaux pompiers de toutes les villes françaises à cette époque de l'année : il vend des billets de tombola pour le bal du 14 juillet.

Parfaitement synchronisées, nous ouvrons toutes les cinq nos sacs à main. Sarah, Clothilde, Flo et moi achetons chacune un billet de deux euros.

Peu importe qu'on aille au bal des pompiers ou pas, ou que l'on gagne le prix : l'achat de ces billets n'a rien à voir avec la tombola. Il s'agit de dire merci aux véritables héros de notre époque, ces hommes et ces femmes qui risquent leur vie pour sauver celles d'autrui.

Rose fouille dans son sac à main tandis que le beau pompier resplendit d'un sourire contagieux, content de ses ventes.

On sourit à notre tour, contentes qu'il soit content.

Rose lui met un billet de vingt euros dans la main.

– Dix billets, s'il vous plaît.

– Mamie, qu'est-ce que tu fais ? murmuré-je à son oreille alors que mon sourire se fige. T'es fauchée !

Elle m'ignore, trop occupée à profiter de la reconnaissance du jeune pompier pour une telle générosité.

Serge réapparaît de l'embouchure du bistrot.

– C'est bon ! Ils nous ont trouvé une autre table.

À l'intérieur de l'établissement, nous sommes accueillis par le maître d'hôtel qui félicite Rose pour son élection et complimente son costume. Il nous conduit à une table ronde au fond de la salle du deuxième étage. Deux serveurs s'empressent d'essuyer la table et de la dresser. Nous nous asseyons.

Tandis que tout le monde étudie les plats alléchants du menu, Rose offre à Lady des petits biscuits au poulet, sa friandise préférée lorsqu'elle l'accompagne au resto. Elle en avale un, deux, trois ! Et puis, dans une séquence d'action-réaction désespérément pavlovienne, elle s'effondre aux pieds de Rose et se met à ronfler.

Nous passons commande. Serge rajoute une bouteille de champagne.

– Ma chérie, s'adresse-t-il à Rose une fois le serveur parti. Es-tu sûre de vouloir te présenter à la mairie de Beldoc ? Être reine ne représente-t-il pas déjà assez de boulot ?

– Le travail ne me fait pas peur, rétorque-t-elle.

J'ai besoin d'argent, c'est ce qu'elle veut dire, mais elle ne l'avouera jamais à son nouveau petit ami.

Le champagne arrive. Tout le monde porte un toast à Rose la magnifique, reine de Beldoc.

Elle tapote sur le côté de son verre avec un couteau.

– Merci, merci ! Mais ne nous attardons pas sur mes réalisations passées. Profitons de l'occasion pour préparer celles à venir !

Clothilde se tourne vers Rose.

– Je propose qu'on lance un mouvement politique et qu'on l'appelle *En Promenade* !

– Il vous reste trop peu de temps avant les municipales... commence Serge.

– Bonne idée ! l'interrompt Rose. En fait, Sarah et moi avons eu la même.

Elle fait un grand sourire à sa meilleure amie avant d'ajouter :

– Elle a trouvé un nom génial.

Flo s'appuie sur le dos sa chaise.

– On est tout ouïe.

Sarah, rayonnante, lisse ses cheveux en arrière.

– Je propose *La Vie en Rose.*

Je consulte Clothilde, la seule personne autour de la table qui s'y connaisse en politique.

– Ça marcherait ?

– À coup sûr, dit-elle.

Tout le monde applaudit.

Nos entrées arrivent.

– Avec un tel nom, ce sera un mouvement de gauche, non ? demande Flo.

Rose se frotte le menton.

– J'avais plutôt songé à un parti écolo-souverainiste. Qu'en dites-vous ?

– Excellente idée ! valide Clothilde une fois de plus. Très tendance !

– Mais à part verts, serons-nous des souverainistes européens, nationaux ou occitans ? demande Serge.

Rose lève les yeux au ciel.

– Quel est le poste que je brigue, chéri ?

– Maire de Beldoc.

– Eh bah voilà : nous serons des écolo-souverainistes municipaux.

Je ne savais pas mamie capable d'un tel degré d'opportunisme... Elle finira par se faire élire !

Sarah frappe dans ses mains.

– J'ai un bon pressentiment !

– Je peux dessiner un logo, prendre des photos et fabriquer des dépliants pour vous, dès que vous aurez trouvé une phrase d'accroche, propose Flo.

Serge sourit.

– Vous voulez dire un slogan ?

– Ouais, ch'est cha, confirme Flo la bouche pleine.

– Je vais quitter le parti du maire pour gérer la campagne de

Rose, annonce Clothilde. Sa côte de popularité chute de toute façon.

– Dès que nous aurons des tracts, j'irai les distribuer, propose Sarah.

Serge se tourne vers Rose.

– M'autoriseras-tu à financer ta campagne, ma chérie ?

– Oui, merci beaucoup, Serge ! répond Clothilde pour mamie.

Tout le monde a les yeux tournés vers moi maintenant. Je suis la seule personne qui n'ait pas encore proposé son aide. La pression de se conformer augmente avec chaque seconde qui passe.

– Et moi... entamé-je toujours sans savoir quel pourrait être mon rôle, eh bien, moi... Euh... Je vais faire... des cookies ?

– Elle veut dire qu'elle fera le traiteur pour tous vos meetings gratuitement, reformule Flo, nettement plus éloquente que moi.

Voilà ce que dirait un vrai professionnel !

Attendez... quoi ? *Tous* les meetings ? Gratuitement ?

La panique dans mes yeux fait glousser Rose.

– Ce ne sera pas nécessaire, ma chérie ! On trouvera une autre tâche pour toi, moins chronophage.

Et surtout, moins ruineuse, s'te plaît, mamie !

Les serveurs apportent nos plats principaux.

Pendant que nous mangeons, Clothilde gribouille quelque chose dans son carnet. Au cours du dessert, elle demande des retours sur les trois slogans qu'elle vient d'inventer. Elle envoie une feuille de papier circuler autour de la table sur laquelle sont écrits :

Tout le monde mérite une Vie en Rose !

Oubliez Jupiter. Le salut viendra de Vénus !

Faites de votre reine votre reine-maire !

Je suis bouche bée. Cette femme est née pour faire de la politique.

Sarah enlève ses lunettes et les pose sur la table.

– Je préfère le numéro trois. Peut-être pourrions-nous le

changer en « Faites de votre reine votre guide » pour être plus subtils ?

– La subtilité, c'est pour les mauviettes, rétorque Clothilde. Ça ne marche pas en politique. Mais je suis d'accord : nous devrions nous concentrer sur le numéro trois. Le couronnement a été une vraie aubaine. Ça offre un avantage compétitif à Rose qu'on se doit d'utiliser.

Tout le monde exprime son accord.

– Les slogans sont importants, mais qu'en est-il de votre vision pour Beldoc ? demande Serge, en passant de Clothilde à Rose. Il vous faut une mesure phare, un grand projet dont tout le monde parlera.

Rose, Clothilde et Sarah échangent des regards.

– On fera un brainstorming ce soir, déclare Rose.

Serge cligne des yeux.

– Ce soir ? Je croyais qu'on avait des projets ?

La bouche de Rose articule un « oups » silencieux.

Pauvre Serge !

Cela étant dit, il ferait mieux d'ajuster ses attentes s'il veut que sa relation avec Rose dure. Mamie l'aime beaucoup et elle est prête à lui faire une place dans sa vie, je n'en doute pas. Mais la pièce qu'il aura chez elle ressemblera plus à un cagibi qu'à un grand salon.

J'espère qu'il pourra s'en accommoder.

Flo lèche sa cuillère.

– À propos de grands projets, Rose pourrait promettre aux Beldociens un parc : le Central Park du Grand Beldoc. Un candidat à Paris avait fait une proposition dans ce genre.

– Et les Parisiens l'avaient tourné en ridicule, indique Clothilde.

Je n'en avais aucune idée...

Je suis frappée de réaliser à quel point j'étais déconnectée de ce qui se passait dans la ville que j'ai appelée mienne la moitié de ma vie. Flo a quitté Paris avant moi, mais elle semble mieux informée.

Beaucoup de choses se sont passées dans ma vie durant ces quinze années dans la capitale. Le lycée, l'école de cuisine, mon travail à la Maison Folette, et mon mariage avec Bruno... Mais après deux mois à Beldoc, j'ai l'impression que ce vécu appartient à une époque lointaine dans un univers parallèle.

Cette vie ne me manque pas.

Hum... Non, ce n'est pas tout à fait vrai. Paris me manque un peu. Du moins, son énergie. Et sa beauté.

Heureusement, il y a une solution facile à ce problème.

C'est décidé ! Les prochaines vacances que je pourrais me permettre, je les passerai à Paris. Cat et moi aurons cette discussion en tête à tête que nous nous sommes promises. Je verrai tous les amis que j'ai laissés derrière moi et je ferai un coucou à Notre Dame.

Je dois avouer que mes horaires de fou à la Maison Folette m'avaient empêché de rendre hommage à la cathédrale à la suite de l'incendie qui a détruit son toit millénaire. Je me suis rendue sur l'Île de la Cité deux semaines plus tard et j'ai pleuré à la vue des décombres. Mais j'avais quand-même l'impression d'être une tricheuse, car je n'avais pas été là dans la foulée.

Un constat me déprime. On n'a plus besoin de grands méchants manipulateurs pour fausser nos boussoles, altérer nos priorités, et nous insensibiliser aux choses qui comptent. Les chichis et froufrous de la vie quotidienne nous font exactement le même effet.

CHAPITRE VINGT-TROIS

– Non madame, j'ai pas d'habitués dénommés Filek ici, dit le barman.

– En êtes-vous sûr ?

– Je connais mes clients, ma petite dame.

En le remerciant pour son temps, je quitte l'établissement.

Et maintenant ?

Il est sept heures et demie un mercredi soir. Depuis hier soir, j'ai visité tous les bars de Beldoc. Aucun barman ou serveur ne se rappelle avoir servi un client nommé Filek. Deux d'entre eux connaissaient un Brice, mais pas Brice Dol. Aucun ne se souvient d'une récente bagarre entre deux hommes d'une cinquantaine d'années.

Bien sûr, cela ne veut pas dire que la bagarre n'a jamais eu lieu. Brice et Filek auraient pu se retrouver dans un bar à Arles ou dans n'importe quel village de la région. Ou ils auraient pu se rencontrer à Beldoc, rester courtois dans le bar, puis se taper dessus dans une ruelle sombre.

Est-il temps d'admettre que je ne peux pas faire cette enquête seule et d'appeler Adinian ?

J'allais de toute façon lui relayer le tuyau concernant Filek, j'espérais juste localiser ce dernier d'abord et lui parler avant de prévenir les gendarmes.

D'abord, quelles sont les chances que le capitaine Shen me

fasse un compte rendu détaillé après avoir questionné Filek ? Et, surtout, peut-on être sûr qu'il n'écartera ni ne minimisera cette piste comme il minimise la disparition de Justin ?

De toute façon, ce n'est pas comme si j'avais le choix.

Je décide d'aller à la gendarmerie et d'essayer de choper Adinian là-bas. Je préfère parler aux gens face-à-face plutôt que de leur téléphoner ou de leur écrire. C'est probablement lié au contact visuel, aux gestes et autres signaux non verbaux qui me permettent de mieux interpréter leurs dires.

De là où je me trouve, il faut dix minutes pour se rendre à la gendarmerie.

La réceptionniste appelle le bureau d'Adinian. Il est sur place ce soir. J'ai de la chance ! J'attends que son entretien en cours soit terminé, puis je monte à son bureau.

Il me fait signe de m'asseoir sans quitter son écran d'ordinateur des yeux. J'étais préparée à une certaine froideur au départ, donc je gère. Espérons que le changement climatique dans ce bureau vogue en direction d'un réchauffement et non d'une glaciation !

La chaise des visiteurs a été déplacée, ce qui fait que j'ai devant mes yeux le postérieur noir de son ordinateur. En soulevant mon propre postérieur de la chaise, je saisis les côtés du siège et me déplace vers la gauche.

Ah, c'est mieux.

Adinian lève les yeux sur moi.

– Vous avez quelque chose à me dire, madame Cavallo ?

Je lui parle de Filek et de la façon dont j'ai essayé, sans succès, de le localiser.

Il scrute mon visage.

– Ce renseignement, si j'ai bien compris, vous vous êtes assise dessus pendant des jours.

– On ne peut pas dire que j'étais *assise*, capitaine ! Comme je viens de vous expliquer...

– Vous auriez dû m'appeler immédiatement.

Je laisse échapper un soupir.

Il me fixe toujours.

– Que pouvez-vous dire pour votre défense ?

– Je craignais que le capitaine Shen ne me mette sur la touche.

– Vous mettre sur la touche ? Je ne savais pas que vous étiez membre de son équipe.

– Tout ce que je veux, c'est aider, capitaine ! m'exclamé-je en étouffant ma propension naturelle à le contrarier. Pensez-vous que vous pourriez chercher Filek dans une de ces bases de données secrètes auxquelles seuls les flics ont accès ?

– Je pourrais.

– Allez-vous le faire ?

– Absolument.

Ses yeux se portent sur son écran et il se met à tapoter.

Je patiente.

– Trouvé ! annonce-t-il avec une pointe de triomphe dans la voix.

– C'est vrai ?

– C'était facile, avec son prénom. Il n'y a qu'un seul ancien détenu du nom de Filek – Filek Camous – dans la région.

Je me penche en avant, attendant d'autres détails.

Il se penche en arrière, accrochant ses pouces dans les boucles de sa ceinture.

Ah, d'accord, je vois. C'est sa façon de me dire de rentrer chez moi et de laisser les professionnels s'en charger.

Avec un grognement, je me lève, passe mon sac à main sur l'épaule et quitte son bureau en maugréant « au revoir » du bout des lèvres. Lorsque je traverse la cour, je l'aperçois se diriger vers l'une des voitures garées devant l'immeuble. Il a dû terminer sa journée.

À ma grande surprise, au lieu de monter côté conducteur, Adinian ouvre la portière avant côté passager.

– Vous venez ?

Hein ? Je regarde autour de moi. C'est à moi qu'il parle ? *Pardi, oui !*

En tournant sur mes talons, je me précipite vers sa Renault Mégane et monte dedans.

– Je vais le regretter, remarque-t-il, en manœuvrant dans la rue.

J'attache ma ceinture de sécurité, comme une bonne citoyenne respectueuse de la loi, je pose mes mains sur mes genoux et essaie de ne pas avoir l'air trop suffisant.

Nous roulons en silence pendant quelques minutes.

– Où allons-nous ? demandé-je enfin. Le suspense me tue.

– À Moirac, à trente minutes au nord-est. Vous connaissez ?

– Jamais entendu parler.

– C'en en dehors de la Camargue touristique, dit-il en prenant l'autoroute. C'est là où habite Filek.

J'ajuste ma ceinture de sécurité et me tourne vers la fenêtre. Il fait nuit maintenant, il n'y a pas grand-chose à voir.

Adinian parle à nouveau.

– S'il est chez lui et d'humeur bavarde, vous me laisserez poser les questions, c'est compris ?

Je me raidis le dos à la façon des militaires.

– Affirmatif, mon capitaine !

Malheureusement, mon effort ne me vaut pas un sourire ni même un roulement d'yeux. Juste un regard fatigué.

Au bout de cinq minutes de conduite en silence, je jette un coup d'œil furtif à l'épaule musclée d'Adinian. Puis un autre à sa mâchoire ferme. Soudain, il n'y a plus assez d'air dans la voiture.

Quand il me déposera chez moi, je pourrais lui demander s'il a envie d'un café...

Choquée par les implications de cette pensée, je la bannis immédiatement et la frappe d'interdiction de séjour dans ma tête.

– Le capitaine Shen a-t-il pu retrouver Justin ? demandé-je

– Non. La sœur de Justin et sa petite amie ont maintenant signalé sa disparition. Les forces de l'ordre de tout le pays ont été alertées.

– La disparition de Justin a un lien avec l'affaire Dol, j'en suis certaine ! J'espère que le capitaine Shen n'écarte pas cette hypothèse !

– Bien sûr que non.

Adinian se tourne brièvement vers moi.

Va-t-il m'en dire plus ?

Comme s'il lisait dans mes pensées, il ajoute :

– Franchement, il n'y a pas grand-chose d'autre à dire.

– Et votre double homicide, ça avance ?

– Je suis maintenant convaincue que les victimes travaillaient avec le gang albanais, dit-il. Ce qui réduit considérablement le nombre de mes suspects.

– *Avec* ou pour le gang ?

Il bifurque sur une route plus étroite.

– Je ne l'ai pas encore établi.

– Avez-vous la possibilité de convoquer les membres du gang pour les interroger ?

– Je l'ai fait, du moins certains.

J'attends qu'il continue mais il n'en dit pas plus.

– Et ?

– Ceux que j'ai interrogés ne m'ont rien appris, sans surprise. Les gangsters, tant français qu'étrangers, ont tendance à craindre davantage la punition de leurs boss que de notre système judiciaire.

– Pourquoi ?

Il me lance un regard étonné.

Suis-je censé connaître la réponse ? Est-ce de notoriété publique ?

Dans la foulée, je me souviens d'un long article bien fouillé que j'ai lu il y a quelques semaines dans le *Beldoc Live*.

– Selon les flics, nos magistrats seraient trop indulgents à l'égard des délinquants, déduis-je en résumant l'article. Vous estimez que cette attitude aboutit à une mascarade judiciaire.

– Bingo !

De la chaleur rayonne dans tout mon corps, comme quand ma prof préférée me félicitait pour une rédaction bien tournée.

Des sillons se creusent le front d'Adinian.

– Vous savez quoi ? Je retire mon « bingo ». Je suis allé un peu trop vite en besogne dans mon jugement des magistrats.

– En même temps, je vous comprends. Les gendarmes risquent leur vie pour arrêter un malfrat, alors qu'un juge le laisse filer parce qu'il n'aime pas le concept de justice punitive.

– C'est plus compliqué que ça, dit-il. Notre système ne protège pas assez les juges. Des magistrats se font menacer, tabasser et tirer dessus régulièrement.

– Vous exagérez !

– Pas du tout, proteste-il en ralentissant. Il n'y a pas d'anonymat pour eux, et à la différence des flics, ils ne portent pas d'arme. Même les juges anti-terroristes doivent quémander pour qu'on leur accorde une protection policière. C'est pas dingue, ça ?

– Complètement dingue.

Il tourne à gauche sur une route de campagne cahoteuse.

Je dégage une mèche rebelle de mes yeux.

– En tout cas, je vois qu'interroger des gangsters est une perte de temps pour vous.

– Pas toujours, dit-il. Parfois, si l'on demande les bonnes choses et qu'on les fait suivre d'autres bonnes questions, on arrive à glaner quelques infos précieuses, même auprès du suspect le moins coopératif.

Surexcitée, je tourne mon corps vers lui aussi loin que ma ceinture de sécurité le permet.

– C'est tellement vrai ce que vous venez de dire, capitaine ! D'après mon expérience...

– En tant que pâtissière, vous voulez dire ? m'interrompt-il avec une fausse naïveté.

Je ferme la bouche et me détourne de lui.

Pourquoi doit-il toujours tout gâcher ?

Mais ma curiosité est trop piquée pour que je le boude trop longtemps.

– Qu'avez-vous glané auprès des Albanais ? demandé-je sans me tourner vers lui.

– Que leur apparition sur la scène criminelle locale n'était pas due au hasard. Quelqu'un les a invités.

– Qui ?

– Je crois que c'était mes deux victimes de meurtre. Je crois qu'elles avaient préparé le terrain pour leur « projet » en recrutant des petites frappes dans la région. Mais ils avaient besoin de complices internationaux pour transporter les systèmes GPS volés à l'étranger et les revendre.

– Pas mal pour quelques bribes d'information glanées, commenté-je.

Un sourire satisfait se répand sur son visage.

Eh merde !

Je ne voulais pas le complimenter. Il ne le méritait pas. Ma langue est ma pire ennemie.

– Il manque tout de même quelques pièces à ce puzzle, et pas des moindres, poursuit-il. Mes gus étaient culottés, mais trop insignifiants dans le monde du crime pour avoir été pris au sérieux par les Albanais. Il y a un chaînon manquant dans cette histoire.

– Quelqu'un de la région qui aurait facilité le premier contact ?

Il hoche la tête puis s'arrête devant une petite maison blanchie à la chaux au large toit. Un de ses côtés, sans fenêtre, a une forme arrondie pour la protéger du Mistral. Même dans l'obscurité, je reconnais ce type d'habitation : c'est une cabane traditionnelle d'éleveur de taureaux camarguais.

Sauf que l'occupant actuel de cette maison de *gardian* n'est pas un cowboy.

Nous sortons de la voiture et sonnons à la porte.

Un homme d'une quarantaine d'années ouvre.

Si les tribunaux faisaient du délit de sale gueule, ce type passerait le reste de sa vie en prison.

CHAPITRE VINGT-QUATRE

Filek a le cou épais, les épaules larges et le ventre bedonnant.

Mais c'est son visage qui lui nuit le plus. Affublé d'un menton charnu, de cicatrices visibles et d'un nez déformé, probablement cassé à plusieurs reprises, je me dis que sa réinsertion doit être un combat de tous les jours.

Il nous scrute avec méfiance.

J'observe ses petits yeux plissés, pris en sandwich entre des sourcils broussailleux et une barbe envahissante, puis je jette un œil à ses bras et ses mains. Il reste à déterminer si son caractère reflète son apparence, mais je constate d'ores et déjà qu'il n'a ni bleus, ni coupures récentes. Évidemment, Brice aurait pu le frapper au ventre ou à la poitrine, ce qui cacherait les contusions sous ses vêtements. Il est également possible qu'elles aient guéri.

– Filek Camous ? demande Adinian.

– Oui, confirme Filek tandis que ses yeux se rétrécissent en de minuscules fentes. Qui êtes-vous ?

– Capitaine Gabriel Adinian, de la gendarmerie de Beldoc.

– Ah, c'est pour ça que vous m'avez l'air familier, constate Filek avant de porter son attention sur moi.

– Voici ma collègue, indique Adinian sans révéler mon nom.

Il fait ça pour me protéger, je suppose. Si je lis bien son

expression, on peut aussi supposer qu'il regrette déjà de m'avoir amenée ici.

– Que puis-je faire pour vous, capitaine ? demande Filek avec une pointe d'ironie délibérée dans la voix.

– Nous avons entendu dire que vous vous êtes battu avec Brice Dol peu avant sa mort, dit Adinian.

Filek recule.

– Ah ça, non, je ne vous laisserai pas me mettre ce meurtre sur le dos, capitaine ! Ça fait un an que je suis sorti, et je commence à me plaire de ce côté des barbelés. Je n'y retournerai pas !

– Ce ne sont pas vos sentiments qui détermineront si vous y retournez ou non, dit Adinian. Ce sont vos actions.

– Mes actions ont été irréprochables.

Adinian fait un pas en avant.

– Nous savons que vous vous êtes battu avec Brice : nous avons un témoin.

Un témoin ? Les on-dit comptent-ils comme témoignage ? Ou bien bluffe-t-il pour inciter Filek à s'incriminer lui-même ?

Filek prend un air renfrogné.

– Je parie que c'est mon voisin qui m'a dénoncé. Oui ou non ?

Adinian le regarde, impassible.

Filek secoue les poings dans l'air.

– Cette ordure me déteste, depuis le premier jour où j'ai emménagé ici. Il m'a dit qu'il ferait en sorte que je dégage de son village et de son bar, comme s'ils lui appartenaient !

Je baisse les yeux, de peur de trahir mon engouement. Filek vient-il d'avouer à demi-mot avoir rencontré Brice dans un bar du coin ? Est-ce que nous avançons vraiment ?

– Et si vous nous donniez votre version des faits ? propose Adinian sur un ton plus amical qu'auparavant. Je ne cherche pas à vous accuser de meurtre, monsieur Camous. Je cherche la vérité.

Filek hésite brièvement, puis baisse les poings.

– Ça s'est passé environ une semaine après la libération de Brice. On s'est rencontrés, et j'ai insisté pour qu'on aille boire un coup au bar du village. Le propriétaire est un vieil ami.

Filek se frotte le front en soupirant.

– Continuez, l'encourage Adinian.

– Brice avait déjà trouvé un emploi. Et pas n'importe quel boulot de merde, mais un poste de mécanicien. Il en était très fier.

– Qu'a-t-il dit d'autre ? demande Adinian.

– Il était contrarié que son fils ne veuille pas lui parler.

– Quoi d'autre encore ?

Filek plisse ses lèvres et les remue de droite à gauche en réfléchissant.

– Ah oui, il a dit qu'il avait peur que les gamins fassent une bêtise.

– Les gamins ? Au pluriel ? Adinian me lance un regard. Quels gamins ?

– Aucune idée.

Je tripote le bracelet de ma montre ; j'ai du mal à rester inactive. Mon esprit est en ébullition.

S'agit-il de Léa et Justin Gilly ? Seraient-ils les coupables ?

Ou bien Filek essaie-t-il de déjouer Adinian en nous mettant délibérément sur une fausse piste ?

– Lequel d'entre vous a provoqué la bagarre ? demande Adinian sur un ton calme et factuel, comme si Filek avait déjà admis qu'ils s'étaient battus.

– On a quitté le bar assez saouls, dit Filek. Brice n'arrêtait pas de se plaindre qu'il était sobre depuis la mort d'Audrey et qu'ils se détestaient. Et moi avec, à cause de ce dérapage. Il m'a dit : « Je ne veux plus jamais te voir. »

Adinian sort un petit carnet de sa poche et y griffonne quelque chose.

– C'est là que vous l'avez frappé ?

– Il m'a frappé le premier ! proteste Filek. Je lui ai dit : « C'est trop facile de blâmer l'alcool pour ce que t'as fait à Audrey ». C'est là qu'il m'a donné un coup de poing dans les côtes.

– Et ensuite ? demande Adinian, tout en gribouillant.

– J'ai essayé de riposter, mais il a paré. Puis on s'est fixés dans le blanc des yeux, et il m'a tourné le dos et s'est dirigé vers la route. Il a dû faire du stop pour rentrer à Beldoc, parce qu'il sa voiture est restée garée dans ma rue.

Adinian consulte ses notes.

– L'avez-vous vu ou l'avez-vous appelé après cet incident ?

– Non. Il a dû récupérer sa caisse à l'aube le lendemain matin, parce qu'au moment où je me suis réveillé, elle avait disparu.

En tournant une page de son carnet, Adinian dévisage Filek.

– Où étiez-vous le soir du meurtre ?

– Au bar, comme tous les autres soirs, puis chez moi.

– Quand avez-vous quitté le bar ?

– Juste avant neuf heures, pour assister au match. Il n'y a pas de télé dans ce bar.

– Très bien. Récapitulons, l'invite Adinian en parcourant ses notes. Vous aviez un mobile pour tuer Brice, bien que faible, je vous l'accorde. Et votre alibi ne couvre pas l'heure de sa mort.

– Écoutez-moi, capitaine, grogne Filek en pointant son index vers la poitrine d'Adinian. Je ne suis pas un meurtrier. Je suis un cambrioleur – enfin, je l'étais – mais je n'ai jamais tué personne. Cette bagarre avec Brice ne voulait rien dire. Rien du tout ! Je me bagarre tout le temps mais j'suis pas du genre rancunier.

Les yeux sombres d'Adinian percent ceux de Filek.

– Si ce que vous dites est vrai et que vous n'avez pas tué Brice, alors vous n'avez rien à craindre.

Filek fait un pas en arrière et nous ferme la porte au nez.

Alors que nous nous dirigeons vers la voiture, Adinian brandit son carnet de notes.

– Avec ça, Shen devrait pouvoir obtenir un mandat.

– Bien, dis-je.

Nous montons dans la voiture.

Adinian démarre le moteur.

– Madame Cavallo, croyez-moi, le capitaine Shen ne laissera rien au hasard. Il va fouiller la maison de Filek, parler à ses voisins et à tout le monde dans le bar du coin. Exactement comme il le fait avec tous ceux qui pourraient avoir un mobile ! Si Éric est innocent, Shen le retirera de sa liste des suspects bien assez tôt.

– Je n'en doute pas, dis-je sans conviction.

Nous traversons le village mal éclairé.

– Madame Cavallo, il faut que vous arrêtiez de vous mêler de cette enquête, lance Adinian en sortant sur une route plus large. Les gens comme Filek sont beaucoup trop dangereux.

M'en mêler ?!

– Je viens de vous donner une nouvelle piste sur un plateau d'argent !

J'attends qu'il se tourne vers moi, mais il ne le fait pas. Alors j'abandonne et ajoute :

– Je vous livre un suspect plausible et au lieu de me remercier, vous me faites la morale ?

Enfin, Adinian se tourne vers moi.

– Pourquoi ai-je ce drôle de sentiment qu'on a déjà eu cette conversation par le passé ? Vous avez une idée ?

– Non, aucune.

Il se tape le front de façon théâtrale.

– Je sais ! C'était le mois dernier. Juste avant que cette vieille chauve-souris grassouillette de Berthe Million ne soit à deux doigts de vous tuer !

Comprenez : « *Là où Berthe a échoué, quelqu'un du genre de Filek réussira.* »

Adinian accélère sur l'autoroute et aucun de nous ne prononce un mot de plus avant que je ne sorte de la voiture au pied de mon immeuble en marmonnant un « merci ».

Il va de soi que je ne lui demande pas s'il aimerait monter pour un petit café.

CHAPITRE VINGT-CINQ

Quand je me réveille jeudi matin, une pensée persistante mais imprécise rôde dans mon esprit.

Est-ce le regret qu'Adinian et moi trouvons toujours le moyen de ruiner nos bons moments ? Il y a un peu de ça, sans doute. Mais l'appréhension que je ressens porte sur autre chose. Quelque chose qui a un rapport avec l'affaire Dol.

La pensée prend finalement forme une heure plus tard, lorsque je tends son croissant et son café à Marie-Jo.

Hier soir, Filek a dit qu'il avait peur que « les gamins ne fassent une bêtise ». Il n'a pas développé, mais je sais qu'il parlait de Léa et Justin. Peut-être que sa remarque s'appliquait aussi à Éric. En tout cas aux jeunes Gilly, c'est sûr et certain.

Pourquoi Brice a-t-il dit cela ? Qu'est-ce qui lui faisait craindre une telle éventualité ? Avait-il reçu des menaces ou se croyait-il espionné ?

Il faut absolument que je reparle à Léa Gilly !

À l'instar de Flo, je passe au crible les comptes de Léa sur les réseaux sociaux. Comme beaucoup de post-millénaires hyper-connectés, la jeune Léa est sur un tas de plateformes, d'Instagram à Twitter. Et elle poste souvent la même photo sur deux ou trois applis différentes, ce qui est une aubaine pour identifier ses autres comptes, même anonymes.

Je suis déjà prudente sur le plan numérique – pas au point de me revêtir d'alu pour me protéger des ondes, mais pas loin, selon Flo – et pourtant, mes recherches sur Léa m'atterrent. C'est impressionnant tout ce qu'on peut recueillir sur la vie d'une personne quand on prend le temps d'éplucher toutes les photos qu'elle partage et de lire tous les commentaires qu'elle écrit, y compris ceux laissés sous les posts de ses amis.

L'autre révélation a été que l'ennuyeuse page Facebook de ma pâtisserie a besoin d'un sérieux relooking. À la Maison Folette, la gestion des réseaux sociaux était confiée à une société spécialisée. L'état de mon compte en banque ne me permet pas de sous-traiter. *Hum...* Que pourrais-je bien offrir à Flo pour qu'elle gère la page de la pâtisserie à ma place ?

Mais revenons à nos moutons.

Après avoir honteusement espionné Léa, j'appris qu'elle avait réussi son CRPE, le concours de recrutement de professeurs des écoles. J'ai découvert également qu'elle se destinait à devenir maîtresse de maternelle et qu'elle avait décroché son premier job dans l'une des garderies de Beldoc. Tout ce que j'ai à faire, c'est de m'installer à l'extérieur de la garderie, d'attendre qu'elle finisse sa journée, et d'essayer de lui parler.

Fastoche !

Pourquoi quelqu'un que je traite à la légère refuserait de discuter avec moi ? Pourquoi quelqu'un dont je soupçonne le frère de meurtre m'enverrait-elle sèchement sur les roses ?

Aucune raison !

La journée s'éternise. Éric rentre chez lui. Flo prend la relève. Je la mets au courant et lui fais part de mon idée folle de guetter Léa, attendant que ma sœur me dissuade d'essayer.

– Vas-y, dit-elle.

– Mais je ne sais même pas quoi lui dire ni par où commencer.

– T'inquiète, tu vas t'en sortir.

– Je me suis promise de ne plus jamais improviser pendant ces discussions. Ça s'est mal passé la dernière fois.

Elle tape des doigts sur le comptoir pour réfléchir.

– Commence par t'excuser.

– OK, et après ?

– Partage une info, suggère Flo. Dis-lui ce que tu sais d'Adinian.

– Mais je ne peux pas ! Le frère de Léa reste suspect malgré son alibi. Il est probablement parti se planquer, et on ne sait pas si Léa va coopérer avec les flics ou protéger son frère.

– Probablement la deuxième option, reconnaît Flo. Ils n'ont qu'eux-mêmes au monde.

– T'as tout compris. Je ne sais pas ce que Shen lui a dit, mais je n'ai pas l'intention de torpiller son travail. Sans compter que si Justin est le tueur, il pourrait utiliser mes infos relayées par Léa pour tenter de piéger Éric.

Flo se gratte la tête.

– OK, tu m'as convaincue. Laisse tomber.

Pas si vite...

Si je suis maligne, je peux quand même utiliser l'idée de Flo d'offrir un tuyau à Léa dans l'espoir qu'elle s'ouvre à moi. Bien que je ne puisse pas divulguer ce que savent les gendarmes, je peux lui parler en toute sécurité de ce que personne, à part Éric, elle et moi, ne sait. *Pas encore.*

– Bon bah, je vais improviser, me lamenté-je en sortant de la boutique.

Pendant que je guette Léa, je me dis que mon plan, bâti autour d'une menace à peine voilée frisant le chantage, n'est pas si moche que ça. Tout en étant très moche. Je comprends maintenant pourquoi les politiciens sont si doués pour édulcorer les faits : quand on n'a pas de meilleure solution et que l'on doit adopter une mesure que les gens vont détester, alors on édulcore le nom de ladite mesure. Par exemple, on baptise « un levier » ce qui est en réalité du chantage.

Quand Léa sort, je me mets à marcher à côté d'elle.

– Laissez-moi tranquille, ou j'appelle les flics, m'assène-t-elle sans un regard.

– Léa, je suis vraiment désolée de m'être fait passer pour une de tes amies la semaine dernière ! C'était minable.

Elle continue à avancer en direction de l'arrêt de bus.

– Tu dois être folle d'inquiétude pour ton frère, tenté-je de nouveau. Y a-t-il quelque chose que je puisse faire pour t'aider ?

Elle renifle avec dédain. Si elle n'était pas si gentille, elle aurait pu me cracher dessus.

Très bien. Elle ne me laisse pas d'autre choix que de recourir à mon « levier ».

– Je suis au courant pour le téléphone que tu as fait tomber le soir du meurtre, dis-je. Je sais qu'Éric l'a ramassé et te l'a rendu.

Elle s'arrête net et me fait face.

Je scrute son visage paniqué.

– Mais je n'en ai pas parlé aux flics.

Mon estomac se retourne devant l'ignominie de ce que je suis en train de faire. Quel genre d'individu suis-je devenue ? J'étais une gentille fille il n'y a pas si longtemps, tout comme Léa. *Comment ai-je pu tomber si bas ?*

Je le fais pour Éric. Seul son avenir compte en cet instant. Il ne faut pas que je perde ça de vue. L'introspection et l'auto-flagellation attendront.

Le visage de Léa se crispe.

– Que voulez-vous de moi ?

– La vérité.

Elle fixe ses pieds.

– Je ne suis pas ton ennemie, dis-je. Ni celle de Justin, d'ailleurs. Tout ce que je veux, c'est aider Éric.

Ses épaules s'affaissent.

– Il dit beaucoup de bien de vous.

– On se tutoie ?

Elle hoche la tête.

– Vous avez parlé récemment, suggéré-je.

Elle acquiesce de nouveau.

Prudemment, je poursuis :

– Il t'a dit qu'il avait de gros soucis ?

Elle lève ses yeux.

– Non. Il n'aime pas parler de lui. D'habitude, c'est moi qui parle, et lui qui écoute.

D'habitude.

Ils se sont donc parlés plusieurs fois, et sur la durée. Et s'ils n'avaient jamais cessé de se côtoyer, bien que Brice ait tué Audrey il y a huit ans ?

– Éric et toi, vous n'avez jamais perdu contact, n'est-ce pas ?

– Si, en fait. On ne s'était pas vus depuis... depuis...

– La mort de ta mère, dis-je, énonçant les mots qu'elle a peine à sortir.

Elle déglutit.

– Je ne l'ai jamais blâmé, mais il me faisait penser à son père, alors je ne pouvais pas supporter de le voir... Puis, quand j'ai appris que Brice avait été libéré plus tôt, je suis devenue obsédée.

– Par quoi ?

– Par Brice. Par mon incapacité à faire le deuil. J'avais besoin de savoir s'il ressentait des remords ou de la culpabilité, ou s'il avait tourné la page et était prêt à débuter une nouvelle vie, comme si...

Le regard de Léa glisse sur moi, sans me voir, lorsqu'elle reprend :

– Comme si Justin et moi n'étions pas brisés à jamais.

– Cherchais-tu à confronter Brice ?

– Dans un futur lointain, oui, avoue-t-elle. Mais au départ, je... Eh bien, je le talonnais. Je me cachais derrière des arbres et je l'observais dans son jardin ou derrière la fenêtre de sa cuisine.

– C'est ainsi que tu es tombée sur Éric.

Je le dis au hasard, mais sur un air serein, comme si c'était une évidence. Tout comme Adinian l'avait fait avec Filek.

À mon grand étonnement, Léa hoche la tête.

– Un soir, Éric m'a surprise dans le jardin. Il m'a dit que je ferais mieux d'arrêter parce que son père était un monstre, et qu'il ne supportait pas l'idée que je me mette en danger.

Je me frotte la clavicule. J'ai de la peine pour elle, pour Éric, et pour Justin. Même pour Brice.

– Au début, je ne faisais pas confiance à Éric, dit Léa, mais ensuite il m'a convaincue qu'il était de mon côté et celui de mon frère, et qu'il méprisait Brice autant que nous.

– Justin traquait-il aussi Brice ?

– Non, répond-elle immédiatement. J'étais seule à le faire. Toute seule. Justin n'était au courant de rien.

En serrant mes mains pour qu'elles ne tremblent pas, je me force à poser la question la plus difficile :

– Que s'est-il passé le soir où Brice a été tué ?

– Je me cachais derrière des arbustes dans son jardin, à le

guetter de nouveau, malgré les avertissements d'Éric. Brice m'a vue. Il a été rapide.

Elle s'arrête et se ronge les ongles.

Instinctivement, je sais qu'elle me racontera le reste, à son rythme, quand elle sera prête.

Elle se tord les mains.

– Je l'ai vu dans l'allée qui mène à la maison, puis d'un seul coup, il était derrière les buissons, tout près de moi ! Je ne sais pas comment il a fait.

Elle enroule ses bras autour d'elle. Son corps tout entier grelotte.

Je montre le banc sous l'arbre de l'autre côté de la rue.

– Tu veux t'asseoir ?

– Oui, merci.

On traverse et on s'installe.

– J'ai cru qu'il allait me frapper ou me crier dessus, dit-elle. Mais au lieu de ça, il s'est mis à genoux.

– Quoi ?

– Il a dit qu'il était profondément désolé, il m'a supplié de lui pardonner, murmure-t-elle d'une voix étranglée. Il a dit qu'il ferait n'importe quoi, absolument n'importe quoi pour mériter mon pardon et celui de Justin.

– Comment as-tu réagi ?

Un éclair d'hésitation traverse ses yeux. Je ne saurais dire si c'est parce que je la pousse trop vers des souvenirs trop douloureux, ou parce qu'elle se demande ce qu'elle peut révéler.

– Je lui ai dit que je ne lui pardonnerais jamais, répond-elle finalement. Je lui ai dit que j'espérais que l'enfer existe parce qu'il y avait sa place.

Elle détourne le regard.

– Et ensuite ? demandé-je.

– Il n'arrêtait pas de dire qu'il n'était plus le même homme, qu'il espérait qu'un jour Justin et moi pourrions voir cela.

L'image de Brice à genoux, suppliant Léa de lui pardonner, se heurte à l'idée que je me faisais d'une brute violente prompte à cogner, que ce soit Audrey ou Filek.

Essayait-il de tromper Léa sur sa véritable nature ? Ou luttait-il sincèrement contre cette dernière ?

Léa fixe ses paumes moites et les essuie sur son jean.

– Il m'a dit : « Aussi longtemps que je vivrai, je ne cesserai de te supplier de me pardonner ».

Ma poitrine se serre de sympathie et d'un tas d'autres émotions impossibles à démêler.

– C'est là que je suis partie, conclue Léa. Je me suis simplement retournée et je me suis enfuie.

– Il était quelle heure ? Tu te souviens ?

– Je ne sais pas... Neuf heures ?

Nous restons silencieuses pendant un long moment.

– C'est tout ce qui s'est passé ? demandé-je.

Elle a un rictus.

– Ainsi que tu as pu le découvrir, dans ma hâte, j'ai fait tomber mon téléphone. Éric l'a reconnu et l'a récupéré le lendemain matin, quelques instants avant l'arrivée des gendarmes.

Elle serre son sac à main contre sa poitrine et glisse sur le banc en s'éloignant de moi. Il est clair qu'elle n'en dira pas plus. Elle souhaite à présent qu'on la laisse tranquille.

Je me lève.

– Je suis désolée de ce qui est arrivé à ta mère, de ce que tu as vécu à l'époque, et de ce que tu vis à présent.

Elle fait un petit signe, tête baissée.

– J'espère que Justin va bien, dis-je.

Un autre signe de tête, à peine perceptible. Elle refuse toujours de me regarder.

En marmonnant un au revoir, je m'en vais.

De retour à la pâtisserie, je me demande si je crois à son histoire.

Plutôt, oui. Pourquoi n'y croirais-je pas ? Il n'y a rien dedans qui contredise ce que j'ai appris des autres jusqu'à présent, ou ce que j'ai vu dans mon *cinémagraphe*, qui a dû capturer l'instant juste après le départ précipité de Léa.

De plus, je n'ai pas l'intention de partager son histoire avec Adinian ou Shen. Ni avec qui que ce soit, d'ailleurs. Éric tient à elle, et je tiens à lui. Je ne peux pas le laisser tomber comme ça.

Mais alors, qu'est-ce qui me dérange ?

Quelqu'un a tué Brice ce soir-là. Je sais que ce n'est pas Éric, et je ne crois pas que ce soit Léa.

Alors qui ? Justin ? Filek ? Quelqu'un d'autre ?

Il faisait nuit et Léa s'enfuyait, elle n'a donc rien vu. C'est logique. Mais le meurtre a dû se produire immédiatement après son départ, car Brice était encore à genoux. Je le sais grâce à mon *cinémagraphe*. Le mystérieux tueur se sera jeté sur lui et l'aura frappé au visage avant de lui trancher la gorge. Pourtant, Léa n'a rien entendu.

Ce scénario n'est pas impossible, bien sûr. Mais est-il probable ?

Et, surtout, est-ce que j'y crois ?

CHAPITRE VINGT-SIX

C'est un vendredi matin pluvieux. Ce soir, Flo et moi allons à la fête d'anniversaire de Denis. Franchement, je ne suis pas du tout d'humeur à écouter de la musique ni à danser, mais je n'aime pas annuler à la dernière minute.

La bonne nouvelle est qu'Éric n'est plus le principal suspect de Shen. *Youpi !*

Sur le plan pratique, il sera autorisé à récupérer sa fourgonnette cet après-midi. Elle m'a tellement manqué ! Je promets solennellement de ne plus jamais la prendre pour acquise ou de l'appeler « vieux tacot ». Si je dois absolument lui trouver un petit nom, je l'appellerai « trésor ».

Les gendarmes n'ont rien trouvé d'incriminant ni dans le mini-van, ni dans la maison d'Éric, ni dans le jardin. Shen a dit à Éric que, même si leurs mobiles sont plus minces, il se concentrerait dorénavant sur Filek et Justin, dont les comportements ont été plus suspects que celui d'Éric. Éric est convaincu que c'est Filek qui a tué Brice.

Comme toujours lorsqu'il pleut, les clients sont peu nombreux ce matin. Je ferme la porte d'entrée sans accrocher le panneau « fermé » et fais du café pour nous deux.

Pendant que nous buvons, je raconte à Éric ma conversation avec Léa.

Il me regarde, les yeux écarquillés.

– Allez, dis quelque chose, le supplié-je, mal à l'aise. Tu peux me disputer si tu veux. Je le mérite probablement.

– J'ai besoin d'y réfléchir... Vous êtes allée trop loin, Chef ! C'est à moi que vous auriez dû parler du téléphone, pas à Léa.

– Eh bien, ce n'est pas comme si je n'avais pas essayé. Je t'avais posé des questions...

Ses yeux retrouvent enfin leur forme normale.

– Je me sentais mal de vous avoir menti, croyez-moi ! Mais c'était pas mon secret à moi... J'avais peur de faire du tort à Léa en le révélant.

– C'est pourquoi je suis allée la voir directement, expliqué-je. Dis, tu gardes aussi des secrets pour Justin ? Est-ce une sorte de dette de sang que tu crois devoir payer pour ton père ?

Éric fait une grimace rigolote.

– Nan, je ne suis qu'un pâtissier, pas un héros de tragédie grecque.

– Ravie de l'entendre ! Alors, tu ne te sacrifieras pas pour épargner à l'un ou à l'autre une peine de prison, n'est-ce pas ?

Il pâlit.

– Que comptez-vous faire, Chef ? S'il vous plait, ne dites rien à Shen ou à votre pote Adinian à propos du téléphone de Léa !

– Mentir aux agents de la loi est mal, mais...

Il m'interrompt :

– Si vous leurs racontez pour le téléphone, je leur dirai que j'étais dans le jardin avec Léa. Je leur dirai qu'on a affronté Brice ensemble.

Je me tais et je le fixe.

Son expression est solennelle, et il y a un feu qui ne trompe pas dans ses yeux.

– Léa ne voulait même pas m'adresser la parole au début, dit-il. Mais elle me fait confiance maintenant. Je ferais n'importe quoi pour elle.

Eh beh !

Avant que je puisse lui demander s'il est amoureux de Léa, la porte s'ouvre sur Shen et un gendarme.

Nous échangeons des salutations polies.

– Ma réunion a été annulée ce matin, explique Shen, alors je me suis dit que je pouvais aussi bien vous ramener votre fourgonnette.

– Elle est garée à vingt mètres d'ici, indique l'autre gendarme, en remettant les clés à Éric.

Éric le remercie.

– Il se trouve que j'ai une autre bonne nouvelle pour vous, dit Shen en fixant Éric. Je suppose que je peux la partager en présence de madame Cavallo, vu son implication dans cette affaire depuis le début…

Éric lui donne la permission de continuer, tandis que je décide de faire semblant de ne pas avoir entendu la note de sarcasme dans la voix de Shen.

– Justin Gilly a réapparu, dit Shen.

Ma bouche s'ouvre en même temps que celle d'Éric.

Shen prend son temps, observant nos réactions.

Éric louche à moitié en demandant à l'inspecteur :

– Réapparu ? Comme ça, spontanément ?

– Il a sûrement eu vent que son alibi s'était effondré, suppose Shen. J'imagine que son pote a relayé l'info par l'intermédiaire de son grand-père...

– Attendez, attendez, le coupé-je. Vous allez trop vite, je ne vous suis plus. L'alibi en béton de Justin s'est effondré ?

– Le capitaine Shen a fait un travail d'enquête remarquable, dit le gendarme en uniforme.

Shen le récompense d'un hochement reconnaissant avant de se tourner vers Éric et moi.

– Je me suis entretenu avec l'ensemble des collègues de Justin, y compris ceux des autres branches de la société qui avaient participé au séminaire à Aix ce soir-là. L'un d'entre eux se souvient avoir vu Justin sortir en douce avant la fin du séminaire et s'être dit que ce n'était pas étonnant car le séminaire était à mourir d'ennui.

Je fronce les sourcils.

– Mais un tas de gens ont vu Justin à la réception.

– C'est là que les choses deviennent intéressantes, sourit Shen. Personne ne se souvient lui avoir parlé, ni l'avoir vu discuter avec quelqu'un avant onze heures.

– Ce n'est pas comme si Aix était la porte à côté, avance Éric.

– C'est vrai, admet Shen. Mais s'il avait quitté le séminaire vers six heures, il aurait pu atteindre Beldoc vers sept heures et demie, même avec les bouchons.

– Que dites-vous, au juste ? demande Éric.

– Je dis qu'il aurait pu guetter ton père dans le jardin, le frapper, lui trancher la gorge, rentrer chez lui, se changer et réapparaitre à la réception à Aix à onze heures.

– Justin l'a-t-il avoué ? demande Éric avec une profonde ride du lion entre ses sourcils. A-t-il avoué s'être rendu à Beldoc ce soir-là et avoir confronté mon père ?

– Pas encore. Pour l'instant, il s'en tient à sa version initiale des faits.

– C'est parce que la vôtre est absurde, dit Éric.

– Vous croyez ? ironise Shen avant de se tourner vers moi. Qu'en pensez-vous, madame Cavallo ?

Je mâchouille mes lèvres, mon regard oscillant entre lui et Éric.

– Sincèrement, je ne sais pas quoi penser.

– Et vous, caporal ? Quel est votre avis ? demande Shen à son collègue.

Le caporal, visiblement flatté, prend de la hauteur.

– Je pense que votre théorie est non seulement possible, mon capitaine, mais hautement plausible.

– J'interrogerai à nouveau Justin demain, et sa sœur aussi, dit Shen à Éric avant de s'adresser à moi. Pour info, je n'oublie pas votre Filek Camous. Dans l'état actuel des choses, les deux sont suspects.

– Comment Justin explique-t-il sa disparition s'il nie avoir tué Brice ? demandé-je.

– Il prétend avoir pris peur, répond Shen avec un petit roulement d'yeux. Il s'était mis en tête qu'on allait lui coller le meurtre sur le dos, alors il est parti en Corse pour faire profil bas pendant quelques temps.

– Pourquoi en Corse ? demande Éric.

– Les grands-parents de son meilleur ami y possèdent une grande maison avec des dépendances dans la campagne profonde, explique Shen.

– Pourquoi est-il revenu à Beldoc ?

– Apparemment, répond le caporal, il devenait fou là-bas, coupé de tout. Il se refusait même de téléphoner à sa sœur de peur que l'appel ne soit intercepté.

– Moi, je pense qu'il avait senti le filet se resserrer autour de lui, dit Shen en mettant trois pièces d'un euro sur le comptoir. Deux expressos à emporter, s'il vous plaît. On allait le trouver tôt ou tard, alors il a décidé de venir vers nous et de nous convaincre de sa bonne foi.

Je vais à la machine à café. Il est évident que Shen ne croit pas à l'histoire de Justin. Il ne fait aucun doute qu'il pense que Justin a tué Brice. Se demande-t-il si Éric et Justin étaient de mèche ? Je ne saurais le dire.

Tandis que la machine opère sa magie, une image de mon *cinémagraphe* me revient à l'esprit. Le tueur avait lancé « Va te faire foutre, salaud ! » avant de s'enfuir, ce qui m'avait portée à croire que le meurtre était personnel, motivé par une haine profonde et un désir de vengeance. Léa n'avait-elle pas dit à Brice quelque chose dans le même genre ?

Si Filek était le tueur, aurait-il prononcé ces mots après avoir tranché la gorge de Brice ? C'est peu probable.

Qu'est-ce que cela signifie alors ? Cela signifie que mon *cinémagraphe* corrobore la théorie de Shen. Cela signifie que la personne dont j'ai vu les pieds depuis mon trou dans le sol était très probablement Justin. Il doit être l'assassin de Brice.

Je devrais être satisfaite de la tournure que prend cette affaire. Éric voit le bout du tunnel, le vrai tueur est dans le collimateur des gendarmes et la justice est sur le point d'être rendue. Sauf que... ce serait une justice aveugle et sans cœur.

Je dois admettre que je n'aime pas ce scénario. En fait, je le déteste.

– Avez-vous interrogé d'autres personnes dans la vie de Brice ? demandé-je à Shen en lui remettant un gobelet. Ses anciens codétenus, sa nouvelle clientèle au garage où il travaillait, les membres de la famille d'Audrey Gilly, en dehors de ses enfants ?

– Merci de m'avoir rappelé comment faire mon travail, lance Shen sur un ton aigre. Que ferais-je sans vous ?

– Nous avons interrogé tout le monde, et les seuls qui

n'avaient pas d'alibi étaient Éric, Filek et les jeunes Gilly, m'informe le caporal.

Je lui donne son gobelet de café.

Il incline la tête.

– Merci, madame !

L'expression de Shen s'adoucit un peu.

– Vous devriez être contente de l'avancement de cette enquête, non ?

– Je le suis, confirmé-je.

Il se tourne vers Éric.

– Entre Justin et Filek, nous détenons l'assassin de votre père. Cette affaire est pratiquement résolue. Donnez-moi une semaine et je ferai avouer l'un d'eux.

– La question est : lequel ? dit Éric avec un rictus, la voix emplie d'inquiétude. Je crains que le plus fragile des deux ne se brise plus facilement lors des interrogatoires.

– Ce sera le coupable, affirme Shen en sortant de la boutique.

CHAPITRE VINGT-SEPT

Ma petite sœur et moi sortons de la voiture de Rose, lui envoyons des baisers aériens, et nous dirigeons vers l'allée remplie de voitures de luxe. Devant nous, la villa minimaliste de Denis est spacieuse, sobre, blanche et moderne.

J'ai cru comprendre qu'il y vit seul, tandis que ses parents partagent leur temps entre leur manoir sur les hauteurs de Beldoc et leurs appartements à Paris et Barcelone. Je n'ai toujours aucune idée de la branche d'activité de la famille.

La pluie a cessé, la chaleur du milieu d'après-midi s'est dissipée, et l'air est à la bonne température. Ce sera sans doute l'une de ces nuits parfaites qui n'existent qu'en été. Leur magie a la capacité de me plonger dans une exaltation qu'aucune musique, aucune méditation, aucun massage, boisson, relation amoureuse, nourriture – pas même les macarons à la pistache – ne peut égaler. Ces nuits-là, j'ai l'impression que mon âme se dilate jusqu'à devenir un bateau cosmique qui navigue à travers l'univers tout en restant ancrée dans le moment présent.

Sauf que cela n'arrivera pas ce soir. Il y a trop de pollution sonore et lumineuse autour de la villa pour que la magie opère.

Alors que nous nous rapprochons, je regarde à travers les baies vitrées du rez-de-chaussée. La fête se déroule de l'autre côté de la maison, autour d'une piscine savamment éclairée. Je distingue la silhouette d'un DJ qui manipule des boutons sur sa table de mixage. La musique qu'il joue est tout aussi moderne, branchée et cool que la maison.

Un mélange d'odeurs m'assaille : des grillades, des parfums masculins et féminins, de la fumée de cigarettes et d'herbe, du chlore de la piscine.

– Ça sent la fête, résume Flo en se frottant les mains.

C'est exactement ce que j'aurais dit il y a huit ans et un divorce. Mais aujourd'hui, j'ai juste peur d'avoir mal au crâne.

Nous entrons dans la grande cuisine ouverte où les mixeurs tournent, les plats s'entrechoquent, et les serveurs s'affairent. Je ne peux m'empêcher de remarquer le logo apposé sur leurs uniformes pour savoir quel traiteur Denis a engagé pour sa fête. Il ne m'est pas familier ; ce doit être une boîte arlésienne.

Enfin, nous sortons sur la terrasse. Transformée en discothèque, une brume fluorescente fait disparaître les pieds des invités. Les volutes de fumée s'entortillent entre mes chevilles.

La jeunesse dorée de Beldoc et de ses environs se remue au rythme de la musique en faisant rouler un verre ou un joint entre ses doigts. Parmi les fêtards, il y a quelques beaux spécimens plus âgés accompagnés de leurs superbes épouses. Ces couples sont d'une élégance éblouissante. On dirait qu'ils sortent tout droit de la dernière page de *Madame Figaro,* celle où Patek Philippe leur annonce que leurs belles montres ne sont pas à eux mais à leurs bambins.

Je ne reconnais que deux personnes. L'une est un ancien camarade de classe, Arnaud. Denis et lui étaient très copains au collège. L'autre est Karine Prouttes, la fille cadette de notre nouveau riche local. J'ai réalisé le gâteau de mariage de sa sœur le mois dernier.

– Te voilà ! s'exclame Denis en se dirigeant vers Flo et moi.

Il fait signe à un serveur de le suivre.

Quand il est assez proche, Denis nous salue, et le serveur en gants blancs présente les boissons sur son plateau. J'opte pour un gin tonic. Flo choisit un cocktail fantaisie.

Karine se joint à notre petit cercle en attrapant un cocktail du plateau du serveur.

– Hé, je me souviens de toi ! Tu es le chef pâtissier sans gluten du mariage de ma sœur.

– Julie est la meilleure pâtissière sans gluten de Provence, proclame Denis en levant son verre.

– Il exagère, dis-je à Karine. Mais je peux affirmer que je suis la meilleure pâtissière sans gluten de Beldoc, puisqu'il n'y en a pas d'autres.

Denis glousse. Je lis de la satisfaction dans ses yeux, comme si je venais de passer un test d'aptitude. Qu'ai-je démontré à l'instant ? Que j'ai des bonnes manières ? Du répondant ? Que je maîtrise l'art d'éluder un compliment par une blague inoffensive ?

Karine sourit poliment, ses yeux se déplaçant de moi vers Denis. Quand elle me regarde à nouveau, sa bouche est pincée.

– Comment vous vous êtes connus ? me demande-t-elle.

– Nous étions camarades de classe en primaire et au collège.

– Ah, d'accord !

Quelque chose qui ressemble à du soulagement lui lisse le front. Elle montre du doigt Arnaud qui discute avec une femme au bord de la piscine.

– Avec lui aussi, alors ?

En me repérant, Arnaud se fraye un chemin jusqu'à nous avec un grand sourire sur le visage.

– La revoilà ! Julie Cavallo, « la Parisienne » en personne !

Je souris en retour.

– Ça me fait plaisir de te revoir !

– Vu toute la pub que Denis m'a faite de tes confections, je voulais passer à ta boutique. Mais le travail, tu sais...

– Pas de souci, je comprends, interviens-je pour lui épargner la peine de s'expliquer. Entre la mise sur pied de ma petite entreprise et les débuts difficiles, j'ai été moi-même submergée. Je n'ai même pas eu le temps de me renseigner pour savoir qui, de mes camarades de collège, était encore à Beldoc.

Le DJ gratte les disques sur ses platines, opérant la transition vers le tube de cet été.

Denis me tend la main.

– Ma chère Julie, m'accorderais-tu cette danse ?

N'ayant pas mangé depuis le déjeuner, j'étais sur le point de me rendre au buffet et déguster les délicieux hors-d'œuvres ; mais je suppose que ça peut attendre.

Souriante, je lui prends la main et le laisse me guider vers la piste de danse. Alors que nous commençons à bouger au rythme de la chanson, je l'observe discrètement.

Grand et sportif, Denis a des traits grecs et une mâchoire carrée impeccablement rasée. Sa chevelure souple et bien coupée offre un agréable contraste avec la fermeté de la moitié inférieure de son visage. Ce soir, il ne porte pas l'un de ses costumes sur mesure qu'il affectionne. Il est habillé d'un jean et polo « décontractés » qui rendent justice à tous ses atouts et cachent ses imperfections.

Non qu'il semble en avoir.

Je ne serais pas surprise s'il s'avérait qu'il a été mannequin pour des magazines de mode au début de la vingtaine, en parallèle de ses études dans une prestigieuse école de commerce. Le mannequinat, il ne l'aurait pas fait pour payer ses frais de scolarité. Je suis sûre que ses parents s'en sont chargés. Il l'aurait fait juste pour s'amuser.

Je me rends compte que Denis me reluque aussi, ouvertement.

– Merci encore pour ton cadeau, lui dis-je en me sentant mal à l'aise sous son regard. C'était très attentionné de ta part.

– Rose a-t-elle passé un bon moment ?

– Elle s'est amusée comme une folle.

– Et toi ? demande-t-il.

– Tu ne vas pas me croire, mais c'était ma première fois dans un spa.

Il se rapproche.

– Cela me ferait très plaisir de pouvoir t'y envoyer toutes les semaines. Qu'en dirais-tu ?

Le parfum qu'il porte est exquis et pourtant, je finis par me reculer et détourner mon visage de lui.

– Euh, c'est très gentil de ta part, mais je vais devoir décliner ta proposition.

Il proteste.

– Denis, c'est un non ferme, dis-je. Pas un non poli.

– Message reçu cinq sur cinq.

Son expression se serre derrière son sourire nonchalant.

Dès la chanson est terminée, Karine surgit à côté de nous.

– Julie, je peux te piquer Denis pour la prochaine danse ?

– Absolument, affirmé-je en montrant du doigt le buffet. Ces plateaux de fruits de mer m'appellent depuis un bon moment.

Avec un sourire fugace, Karine s'interpose entre Denis et moi, lui offrant une bonne vue sur son décolleté, et à moi, sur sa crinière blonde qui descend en cascade le long de son dos dénudé.

Je me précipite vers le buffet.

Flo me trouve alors que je mords dans une crevette grillée.

Elle me fait un clin d'œil.

– Belle fête, hein ?

– Que penses-tu de Denis ?

– Je dirais que c'est un Delon par rapport à Belmondo-Adinian.

– Adinian ne s'intéresse pas à moi.

Elle louche.

– Mais Denis, si ?

– Il paraît.

– Il te plaît ?

– Il sent le savon citronné et l'eau de toilette qui coûte une fortune.

Elle cligne des yeux.

– Et ?

– Je n'arrive pas à cerner l'odeur de sa propre peau, tu vois ? C'est comme s'il était une base neutre pour mousses aromatisées.

Flo secoue la tête en rigolant.

– Suis-je timbrée ? demandé-je.

– Les odeurs et les saveurs comptent beaucoup pour toi, dit-elle. Il n'y a rien de timbré à cela.

Flo qui passe une occasion de se payer la tête de sa grande sœur pour dire un truc gentil à la place… C'est tellement rare que je commence à me demander si elle va bien.

Elle sourit.

– Mais en dehors de ça, oui, t'es timbrée.

Ah, ouf ! Elle va bien.

– Pourquoi es-tu devenue chef pâtisser ? demande-t-elle.

En jouant le jeu, je lui donne la réponse qu'elle attend.

– N'est-ce pas évident ? Pour pouvoir tout renifler et goûter à ma guise sans éveiller les soupçons.

Hum. Ma réponse n'est peut-être pas si éloignée de la vérité que cela...

– J'ai une autre question pour toi, dit Flo.

Je finis ma crevette.

– Vas-y, j'écoute.

– Qui a tué Brice Dol à ton avis, Filek ou Justin ?

Son changement soudain de sujet et de ton me prend au dépourvu.

Flo termine son verre et croque trois blinis de caviar pendant que je rassemble mes pensées désordonnées en une réponse cohérente.

– Je ne sais pas, dis-je enfin. Mais il y a quelque chose qui ne colle avec aucun des deux scénarios. Avec toute l'affaire, en fait.

Je prends une verrine au crabe et à l'avocat. Flo et moi la fixons comme si elle contenait la réponse.

– Shen est convaincu qu'il fera avouer l'un ou l'autre très prochainement, dis-je. Puisque Éric n'est plus son principal suspect, la logique voudrait qu'on le laisse faire son travail.

– En supposant que Shen ne mente pas pour qu'Éric baisse sa garde, remarque Flo, hypnotisée par ma verrine.

Non, le capitaine Shen ne ferait pas ça... En même temps, est-ce que je le connais assez bien pour être certaine qu'il ne bluffe pas pour coincer Éric ?

– Il te faut un outil pour cela, observe Flo en pointant ma verrine.

J'inspecte la table, à la recherche de couverts.

Flo me tend une cuillère à dessert.

– À propos du capitaine Shen, penses-tu qu'il se soucie plus de faire éclater la vérité que d'apporter à ses supérieurs une affaire résolue ?

– Non, reconnais-je en poignardant ma verrine avec la petite cuillère. Je ne le pense pas.

CHAPITRE VINGT-HUIT

Depuis que ma mère m'a appris à faire des biscuits à l'âge de treize ans, ma devise a toujours été : « Dans le doute, fais des pâtisseries ! »

Il y a une dizaine d'années, j'ai ajouté en post-scriptum : « Devant une impasse, fais une tarte Tatin ! »

C'est donc ce que je prépare en ce moment. Pendant qu'Éric sert les clients dans le salon, je suis en cuisine, en train de former une boule de pâte pour ma tarte renversée. J'enveloppe la boule dans du papier sulfurisé, la mets au frigo et prends mon meilleur éplucheur.

La recette géniale inventée par les demoiselles Tatin de Lamotte-Beuvron dans les années 1880 et modifiée chez Maxim's à Paris dans les années 1930, faisait partie de mon programme au Cordon Bleu. Depuis que j'ai obtenu mon diplôme, j'ai cuisiné la Tatin classique des centaines de fois. C'était, avec les macarons, ma spécialité à la Maison Folette.

Quand il y a un mois, j'ai modifié pour la première fois le chef-d'œuvre des sœurs Tatin pour en faire une tarte sans gluten, j'ai eu à la fois le sentiment de frauder et de commettre un crime de lèse-majesté. Je regardais sans cesse par-dessus mon épaule, de peur de me faire prendre. Je m'attendais à moitié à ce que la Police de la Bonne Pâtisserie me tombe dessus, me fasse passer en cour martiale sur-le-champ et m'interdise de pâtisser pour le reste de ma vie.

Après tout, revisiter la légendaire tarte Tatin, c'est comme tenter d'améliorer La Joconde – c'est tout bonnement impossible.

Les deuxième et troisième essais ont été moins stressants. Lorsque j'ai perfectionné ma pâte sans gluten – lors de la quatrième tentative – je me suis convaincue qu'il n'y avait rien de mal à remplacer la farine de blé de la pâte classique par une combinaison de poudres d'amande, d'amarante et de riz. Le véritable cœur de la tarte Tatin est son incomparable garniture aux pommes, et ça je n'y toucherai jamais.

Pendant que je pèle, épluche et coupe des pommes pour la garniture, mes pensées dérivent inévitablement vers l'affaire Dol. J'ai beaucoup pensé à la disparition puis à la réapparition de Justin. Quelque chose ne colle pas là-dedans.

Déjà, pourquoi s'est-il enfui ? Shen avait cru à son alibi, il n'aurait donc jamais revérifié auprès de l'ensemble des collègues de Justin si ce dernier n'avait pas décampé. Si, ainsi qu'il le prétend, Justin n'était pas dans le jardin d'Éric le soir du meurtre, alors s'enfuir était la pire et la plus débile des choses à faire pour lui-même.

Plus tôt ce matin, j'ai persuadé Éric d'appeler Léa pour lui demander si elle et son frère voulaient bien nous rencontrer.

Éric a fait de son mieux pour lui faire comprendre qu'on cherchait à l'aider et qu'on serait même peut-être capable de le faire réellement. Il lui a parlé de l'affaire Maurice Sauve et de la façon dont « les tripes, le culot et la ténacité » de sa patronne avaient sauvé la peau de Kévin. Il exagérait, bien évidemment, mais ses éloges m'ont néanmoins fait plaisir.

Léa était ouverte à l'idée de nous rencontrer.

Malheureusement, Justin a refusé.

Je fais fondre le beurre dans une poêle en fonte et y ajoute le sucre pour le caraméliser, puis une pincée de sel de mer, et enfin les tranches de pommes, en commençant par le centre et en les répartissant en spirale. Pendant qu'elles mijotent, je prends le rouleau à pâtisserie et aplatis la pâte en un joli cercle uniforme.

Je travaille telle une machine bien huilée, mes gestes précis et parfaitement chronométrés. Quand les mains savent ce qu'il faut faire sans avoir à interroger le cerveau, ce genre d'habileté est fascinante. Pour moi, c'est le meilleur côté de l'artisanat, et celui que j'aime le plus dans mon travail.

Quand ma pâte est prête, mes pommes sont devenues assez tendres, mais pas encore molles. Je les recouvre avec le cercle de pâte, les retire du feu et les glisse dans le four.

Maintenant, voyons si Éric a besoin d'un coup de main.

Je me lave les mains et entre dans la salle de devant.

Éric sert un client, tandis que deux autres étudient les présentoirs. Pas mal, pour ce moment de la journée.

– Quel délice ferait plaisir à monsieur aujourd'hui ? demandé-je à la personne suivante dans la file.

Pendant que je le sers, le téléphone d'Éric sonne. D'après le regard qu'il me lance après avoir jeté un œil à l'écran, on dirait que c'est important.

– Vas-y, décroche, lui dis-je avant de me tourner vers son client avec un sourire d'excuse. Il faut vraiment qu'il réponde à cet appel. Je serai à vous dans un instant !

En appuyant sur le bouton vert de son écran, Éric se précipite vers la sortie.

En m'inspirant des talents de vente de Magda et Rose, je divertis les clients avec des plaisanteries et des sottises tout en travaillant aussi vite que possible. Ils rient. Ils ne consultent pas leurs montres. Ils achètent les suppléments que je leur propose.

Waouh, je sais vendre, moi aussi !

Lorsque Éric rentre dans la boutique dix minutes plus tard, il n'y a que moi dans la salle.

– Je jure que je ne les ai pas fait fuir ! m'exclamé-je en désignant du doigt le plateau à éclairs vide. Tout vendu, et il ne reste qu'une tranche de clafoutis à la cerise.

Il lève le pouce puis renifle l'air.

– Tatin ?

– En effet, monsieur Dol.

Un arôme unique jaillit de la cuisine. Il n'y a pas de mots adéquats pour le décrire. Ça sent la cannelle, évidemment. C'est réconfortant et riche. Savoureux. Sucré et épicé. Exubérant. Une promesse de bonheur. Un prélude à l'extase. C'est comme ça que les pommes devaient sentir dans le jardin d'Eden.

Cette pauvre Ève n'avait aucune chance !

La voix d'Éric me ramène sur Terre.

– Léa et Justin nous rencontreront cet après-midi.

– C'est vrai ? Que s'est-il passé pour que Justin change d'avis ?

– L'interrogatoire de ce matin.

Oh, non ! C'est exactement ce que l'on craignait.

Je grimace.

– Shen a dû être farouche...

– Justin ne m'a donné aucun détail, mais ayant été moi-même interrogé par cet homme, je n'en doute pas.

Je passe les mains sur mon visage.

– Où et quand allons-nous les rencontrer ?

– Il y a une aire de pique-nique en face de la petite île sans nom entre Beldoc et Arles. Vous la connaissez ?

– Oui. C'est à peu près à mi-chemin entre ici et chez Léa, non ?

Éric acquiesce.

– Ils seront sur l'aire à 16h30.

– C'est toi qui as choisi cet endroit, OSS 117 ? le taquiné-je. Ce ne serait pas plus simple qu'ils viennent à la pâtisserie, ou qu'on aille chez Léa ?

– C'était le choix de Justin, Chef, explique Éric, son ton sobre faisant fuir mon sourire. Il m'a paru agité, presque paranoïaque. Il est effrayé.

Je scrute son visage.

– A-t-il une raison de l'être ?

Quand la porte sonne, Éric se précipite pour saluer le client, prétendant ne pas avoir entendu ma question.

CHAPITRE VINGT-NEUF

On sait qu'une tarte Tatin est prête quand sa croûte acquiert la teinte de l'ambre indien. Je sors ma Tatin du four et la laisse refroidir avant de la renverser sur un plat de service.

C'est prêt !

Dès que Flo arrive, je lui laisse la responsabilité de la Pâtisserie. Éric et moi montons dans son mini-van qui nous a tant manqué. Rien ne semble endommagé à l'intérieur, ni mal remonté, ce qui est déjà un grand soulagement. Mais au lieu de pâtisseries, notre vieil ami délabré sent le produit pulvérisé par les flics pour révéler les taches de sang invisibles à l'œil nu. Heureusement, il existe une solution simple à ce problème : une aération complète et quelques livraisons !

Notre destination n'est qu'à une courte distance en voiture. En moins de dix minutes, nous arrivons à l'endroit où le Rhône bifurque et entoure la petite île sans nom. Éric gare la camionnette, et nous descendons à pied jusqu'à l'aire de pique-nique.

Contrairement à la rive de Beldoc, les berges du Rhône ne sont pas ici bordées de béton, mais de gazon. L'air sent l'eau, l'herbe et les fleurs sauvages. Quelques tables sont occupées : certaines par des familles, d'autres par de jeunes couples. En zappant ceux qui se tiennent les mains, je me concentre sur les visages des jeunes femmes jusqu'à ce que je reconnaisse Léa.

Elle est assise à côté d'un homme d'une vingtaine d'années qui a l'air beaucoup plus maigre et plus négligé que sur ses photos Facebook. Éric et moi nous asseyons sur le banc en face d'eux. Tout le monde se salue.

Dans le silence qui suit, nous étudions nos mains sur la table. Je me tourne vers la rivière et admire la lumière du soleil de l'après-midi scintiller sur l'eau. J'espère secrètement qu'Éric brisera la glace. Mais il ne pipe mot ; les Gilly non plus. C'est comme s'ils s'attendaient tous à ce que moi, la prétendue « adulte », entame la conversation.

En même temps, c'est moi qui ai initié ce rassemblement, pas vrai ?

Je lève les yeux vers Justin.

– Comment s'est passé votre interrogatoire ? J'espère que le capitaine Shen n'a pas été trop vache.

– Je ne me rendrai plus jamais là-bas sans avocat, dit Justin en serrant les poings. Il faisait comme s'il avait la preuve que j'avais commis ce meurtre !

– Avez-vous un avocat ? demandé-je.

Il secoue la tête, l'angoisse lui faisant tressaillir les paupières.

– Ils coûtent chers, non ? Pouvez-vous me recommander quelqu'un ? Je vais voir combien ils réclament.

– Hé, t'inquiète pas, le rassure Éric. Tu n'as pas tué mon père. Shen peut faire le malin, mais tant que tu ne passes pas aux aveux, il ne pourra pas te mettre en prison. Il n'a aucune preuve contre toi.

Le regard de Justin vacille entre Éric et moi. L'inquiétude dans ses yeux rougis et cernés se transforme en quasi-panique lorsqu'il se tourne vers sa sœur.

Ils se fixent pendant quelques secondes, puis elle murmure :

– Dis-leur.

Les paupières de Justin se mettent à tressaillir si fort qu'il est obligé d'appliquer ses doigts dessus.

– Je fais confiance à Éric, lui dit Léa. Et lui, il fait confiance à Julie. On est mal placés pour refuser de l'aide, Justin !

Il ne répond pas, appuyant sur ses yeux fermés, réfléchissant.

J'attends.

De quoi s'agit-il ? Qu'est-ce qui le rend si nerveux ? A-t-il vraiment tué Brice ? Ça aurait pu être un accident... Quoique... Comment égorge-t-on un homme par accident ?

Ignorant tout des tourments de Justin, la rivière coule paisiblement, les insectes bourdonnent autour de nous et les oiseaux chantent.

Je me dis que s'il admet avoir tué Brice, je n'ai aucune idée de ce que je ferais.

La mort de ma mère m'a transformée en mordue de justice, en passionaria convaincue qu'un crime ne doit jamais rester impuni.

Il ne s'agit pas que de la nécessité du châtiment. Chaque malfrat qui s'en sort sans payer pour son crime fait que les gens honnêtes deviennent aigris et cyniques. Les victimes de crimes perdent la foi en la justice et adoptent des comportements irrationnels, parfois même autodestructeurs. J'en ai eu ma dose au lycée et au début de la vingtaine. Tout comme Cat. Papa est reste encore et toujours en colère contre le monde entier.

C'est pourquoi il est essentiel que les crimes soient punis.

Mais quand le crime consiste à avoir tué l'assassin de sa mère, les choses deviennent... compliquées.

Si Justin a tué Brice, il a eu tort de le faire ; je ne le cautionne certainement pas. Et pourtant... Serais-je prête à inciter Justin à se rendre ? Irais-je le dénoncer ? J'en doute.

Il relâche enfin la pression sur ses yeux et les plante droit dans les miens.

– Il y a quelques jours, les gendarmes ont prélevé mon ADN. C'était la procédure, m'ont-ils dit, parce que je n'étais pas dans leur base de données.

Il se tait. J'attends la suite.

– Ce matin, reprend-il, Shen m'a informé que mon ADN correspondait à celui trouvé sur le visage de Brice.

Je me couvre la bouche avec la main.

Justin se tourne vers Éric.

– J'étais là avec Léa le soir du meurtre.

Prenant sa tête entre ses mains, Éric laisse échapper un souffle saccadé.

Justin jette un œil à sa sœur.

Elle lui fait un petit signe de tête pour l'encourager à continuer.

– Ce que Brice a fait à notre mère me hante depuis... commence-t-il.

– Ça nous hante tous les deux, intervient Léa. On a tous les deux été obsédés par l'idée d'affronter Brice…

Justin reprend :

– Mais dans l'idée de lui dire ce qu'on avait sur la patate, de pouvoir enfin faire le deuil, de tourner la page. Jamais de nous venger !

Je hoche la tête. Je suis peut-être naïve, mais je le crois.

– Cette nuit-là, poursuit-il, on l'a confronté. On lui a dit tout le mal qu'on pensait de lui.

Léa se tourne vers Éric.

– Moi, je lui ai dit que c'était dommage qu'il ne soit pas mort en prison car c'est ce qu'il méritait.

Éric la fixe sans dire un mot.

– J'avais aucune idée de la manière dont il réagirait à ce genre de propos, poursuit-elle. Il y avait une paire de ciseaux dans mon sac à main, au cas où.

Justin recule, en fronçant les sourcils.

– Quoi ? Mais je t'avais dit que j'étais capable de le dominer, Léa ! reproche-t-il à sa sœur avant de s'adresser à moi. Je suis ceinture noire de karaté. Je m'entraîne depuis la mort de maman.

Léa ignore son commentaire et continue :

– Brice est tombé à genoux. Il a écouté, la tête baissée, pendant qu'on l'insultait. Tout ce qu'il a dit c'est qu'il était désolé.

La poitrine de Léa se soulève. Elle tourne la tête au ciel.

Nous restons silencieux pendant quelques instants.

– Que s'est-il passé ensuite ? demandé-je.

– Il nous a supplié de lui pardonner, répond Léa en s'adressant à nouveau à Éric. Je lui ai dit que je ne lui pardonnerai jamais. Puis j'ai dit à Justin que j'en avais fini, et je me suis précipitée vers le portail.

– J'aurais dû partir à ce moment-là, regrette Justin. Léa avait raison. On en avait fini.

Il fixe sa main droite avant d'ajouter :

– Mais je lui ai donné un coup de poing au visage à la place.

– Pourquoi tu as fait ça ? l'interroge Léa en secouant la tête. Tu m'avais promis de ne le frapper que s'il attaquait en premier.

Justin ferme et ouvre sa main comme pour vérifier qu'il en avait le contrôle.

– Je ne sais pas. Je suppose qu'une partie de moi se sentait déçue. Il était là, repentant. À genoux. Mais je n'étais pas venu pour ça. Je voulais qu'il me donne une raison de le passer à tabac.

Je me souviens à ce moment-là que le médecin légiste n'a trouvé aucune blessure défensive sur le corps de Brice.

– Brice ne s'est pas défendu, n'est-ce pas ? dis-je.

– Je l'ai frappé une fois, puis une seconde pour le provoquer, dit Justin. Il n'a même pas essayé de parer mes coups. Il gardait les bras baissés et la tête penchée en arrière, prêt à en recevoir encore.

Éric scrute le visage de Justin.

Pour la première fois depuis que je le connais, je ne peux pas lire l'expression d'Éric. Je demande à Justin :

– Lui avez-vous asséné d'autres coups ?

– Non, affirme-t-il. J'ai pas pu, pas à un mec qui refusait de se défendre.

– Qu'avez-vous fait alors ?

– Je l'ai injurié et je suis parti.

– Qu'avez-vous dit exactement ? demandé-je.

Salaud, comme dans mon cinémagraphe ?

– Je ne m'en souviens pas, répond Justin avant de tourner la tête vers la rivière. J'ai rattrapé Léa dans la rue, et nous sommes montés dans ma voiture.

Les choses se précisent un peu, mais il y a encore trop de trous dans cette histoire.

– Résumons, dis-je. Vous avez tapé sur Brice, mais vous ne l'avez pas tué. C'est bien ça ?

Justin confirme d'un hochement de menton.

J'incline la tête sur le côté.

– Votre virée en Corse, c'était parce que vous aviez peur que votre ADN vous trahisse. Pourquoi ne pas être parti immédiatement ? Pourquoi attendre ?

– J'ai reçu une note la veille de ma cavale.

Justin sort une feuille de papier pliée de sa poche et l'ouvre pour qu'Éric et moi puissions lire le texte imprimé.

Je t'ai vu tuer Brice Dol ce soir-là. Les juges seront cléments envers toi. Mais tu prendras quand-même quelques années ferme. Si j'étais toi, je me barrerais.

Éric et moi fixons Justin.

Il plie le papier et le remet dans sa poche.

– Malgré ce que dit cette note, je ne l'ai pas tué. Vous devez me croire !

– Alors pourquoi vous êtes-vous enfui ? Pourquoi ne pas aller voir les gendarmes avec cette note anonyme ?

– C'était une erreur, admet-il. J'ai flippé. Je n'avais pas les idées claires.

Je désigne du doigt sa poche.

– Il est encore temps de leur montrer ce message et de leur dire la vérité.

– Non, il est trop tard maintenant, réplique Justin avant de se tourner vers Éric. Quelles sont les chances que Shen me croit ?

– Minces, répond Éric. Je dirais même quasi nulles.

CHAPITRE TRENTE

Avant de retourner à Beldoc, Éric et moi promettons à Justin de faire tout notre possible pour l'aider à prouver son innocence. Le problème, c'est que je n'ai pas la moindre idée de la manière dont on va s'y prendre. Évidemment, le meilleur moyen reste de retrouver l'assassin de Brice. Mais dans l'état actuel des choses, cela paraît impossible.

– Je comprends maintenant pourquoi Justin a changé d'avis et nous a rencontrés, dis-je à Éric en montant dans le mini-van. Il est dépassé par les événements.

Éric démarre et appuie sur l'accélérateur.

– Shen n'est pas une lumière, mais s'il y a une chose pour laquelle il est doué, c'est intimider ses suspects.

J'attache ma ceinture de sécurité et ouvre la fenêtre. On roule en silence pendant quelques minutes.

En fermant les yeux, je me concentre sur le contact de la brise du soir contre ma joue. Lorsque j'ouvre à nouveau les yeux, je me régale de la vue des champs de lavande qui s'étendent au loin de mon côté de la route. Certains ont déjà été récoltés, mais la plupart sont encore intacts. Des rangées infinies de violet et de vert argenté y ondulent pour le plaisir des yeux.

– Tu crois l'histoire de Justin ? demandé-je sans regarder Éric.

– Sans hésiter.

Est-ce que moi, je crois son histoire ?

Je dirais à 75 %, peut-être 80 %. J'y crois en tous cas plus qu'à celle de Filek. Si je devais choisir qui envoyer en prison entre ces deux-là, ce serait une évidence, aussi biaisée soit-elle.

Heureusement que je ne suis pas juge !

Éric s'arrête devant la pâtisserie.

Quand je passe la porte, Rose est là, divertissant Flo et quelques clients avec les récits de sa nouvelle ambition politique.

Dès que nous sommes seuls, Rose et Flo nous demandent des détails.

J'invoque le secret professionnel du détective amateur. Ce que je partage, en revanche, c'est qu'Éric et moi sommes maintenant tous deux convaincus que Justin n'a pas tué Brice. J'explique à ma sœur et ma grand-mère qu'il semble que quelqu'un d'autre était sur les lieux cette nuit-là. Un mystérieux homme qui aura tué Brice Dol.

Peu après, Rose se hâte pour son dîner avec Serge.

Flo et moi vendons quelques macarons et le reste de la tarte Tatin.

La femme qui achète la dernière tranche me confie qu'une de ses amies a goûté à ma version sans gluten la semaine dernière. Cette amie lui a dit que ma Tatin était aussi bonne que l'originale qu'elle avait dégustée l'année dernière à l'Hôtel Tatin de Lamotte-Beuvron.

Ce compliment me donne l'impression d'avoir écrit *Les Misérables*, puis dans la foulée, *Harry Potter*.

À vingt heures, on ferme.

J'effectue un détour pour rentrer chez moi, en espérant qu'une marche rapide stimule mes neurones. La première chose qui me vient à l'esprit lorsque je passe le coin de la rue est mon *cinémagraphe*. Étonnamment, l'histoire de Justin ne le contredit pas. Elle offre plutôt une nouvelle perspective sur ma vision.

Je me fige en réalisant ce que cette perspective signifie. C'est une petite révolution. Ou, pour reprendre une des expressions frimeuses de Bruno, c'est un changement de paradigme.

Ainsi, le fragment de passé que j'ai entrevu depuis mon trou dans le sol ne serait pas le meurtre de Brice Dol. Ce serait le moment juste après le deuxième coup de Justin et juste avant l'attaque fatale au couteau.

Le sang que j'ai vu provenait du nez ou de la bouche de Brice, et non de sa gorge tranchée. C'est pourquoi il y en avait si peu ! C'est pourquoi il ruisselait au lieu de jaillir tel un geyser. Et c'est aussi pourquoi Brice était toujours debout – enfin, à genoux – et non à plat ventre.

Quelqu'un d'autre devait se trouver dans le jardin en même temps que Léa et Justin. Quelqu'un tapi dans l'ombre, observant la scène, espérant probablement que Justin tue Brice. Quand il ne l'a pas fait, cette personne s'en est chargée elle-même.

Mon *cinémagraphe* fait sens maintenant.

Alors que je me remets à marcher, j'ai une nouvelle révélation. Celle-ci est introspective : j'ai cessé de remettre en question mes visions du passé. Dorénavant, elles sont réelles pour moi, tout comme les visions de l'avenir le sont pour Cat.

C'est la fin d'une époque.

Quinze ans à cacher mes hallucinations, à en avoir honte, à les nier, à faire la jumelle cartésienne à côté de Cat, la jumelle loufoque... Tant d'efforts jetés par la fenêtre ! Tout comme la petite fortune que papa a dépensée en multiples thérapies. Cat peut crier victoire.

Alors que je passe devant mon magasin de vêtements préféré, les souvenirs de *cette* horrible journée envahissent mes pensées.

J'ai quinze ans.

C'est l'été.

Nous vivons à Beldoc, dans un grand appartement ensoleillé où je partage une chambre avec Cat tandis que Véro et Flo ont chacune leur propre chambre. Cat et moi insistons auprès de maman et papa pour qu'ils réparent cette injustice, mais nos parents ne semblent pas prendre notre grief suffisamment au sérieux.

J'aime mon école et mes amis, et j'adore mes nouveaux rollers. La vie n'est pas parfaite, mais elle n'en est pas loin.

On est samedi matin. Nous faisons tous nos valises, montons dans la voiture familiale et descendons vers la côte pour passer le week-end en bord de mer.

La maison que mes parents ont louée est très mignonne.

Elle a un aspect immaculé, comme si elle avait été refaite rien que pour nous. Il y a une drôle d'odeur quand on entre. Les fenêtres sont grandes ouvertes, et le propriétaire nous accueille en s'excusant. Il dit à maman et à papa qu'il a passé des jours à aérer la maison, et que les chambres ne sentent plus la peinture car heureusement, elles ont été repeintes en premier. La cuisine a été rénovée en dernier, d'où l'odeur persistante. Cela dit, la peinture est non toxique, la plus naturelle qu'il ait pu trouver.

C'est drôle comme je me souviens de ces petits détails après toutes ces années !

Maman lui dit de ne pas s'inquiéter. L'odeur ne nous dérange pas. Le propriétaire s'en va. Nous nous installons dans le jardin et prenons le déjeuner que nous avons emporté avec nous – des sandwichs et de la salade. Puis papa retourne à Beldoc parce qu'il a un travail urgent à finir au bureau.

Avec mes sœurs et ma mère, on passe l'après-midi sur la plage. Lorsque le soleil se met à plonger dans la mer, on se dirige vers l'un des nombreux restos de fruits de mer qui bordent la plage pour y dîner. Un petit groupe joue de la guitare au fond du restaurant. Ils sont trop bien. Maman nous explique que c'est du jazz manouche.

Quand nous rentrons à la maison, il fait déjà nuit. La peinture naturelle du propriétaire empeste comme une poubelle de trois jours. Maman aère à nouveau toutes les pièces pendant que mes sœurs et moi nous préparons à nous coucher. On se réunit dans la cuisine où maman ferme les fenêtres pour ne pas attirer les insectes, et allume la lumière.

Là, une explosion.

J'ai le sentiment que la maison toute entière se soulève puis s'éparpille au milieu des étincelles et des flammes. Les fenêtres se brisent. Les murs tremblent. Les armoires s'effondrent. Des morceaux de verre, de bois et de métal nous tombent dessus. Nous crions. Maman attrape Flo et hurle pour que tout le monde se mette sous la table de la cuisine.

On est plongées dans une apocalypse. Feu, poussière, fumée... Dans le noir, je tousse et j'ai peur, je me mets en position fœtale à côté de Cat et de Flo. Maman est juste derrière nous. Je n'ai aucune idée de l'endroit où se trouve Véro.

– Madame, c'est rouge, dit un petit garçon à côté de moi, me ramenant au présent.

Sa mère m'adresse un regard réprobateur. J'étais sur le point de traverser la rue au feu rouge.

– Merci ! dis-je au garçon. Tu m'as sauvée. Je ferai plus attention à l'avenir.

Il lève les yeux vers sa mère, tout fier.

Lorsque je descends le long de la rivière, les souvenirs refont surface.

Malgré le bruit et la fumée, je n'ai jamais perdu connaissance. J'étais étourdie et essoufflée, mais j'étais encore pleinement consciente lorsque la sirène des pompiers a retenti en se rapprochant. Quelques minutes plus tard, j'étais soulevée par des mains fortes et transportée hors de la maison en ruines.

Flo, Véro et moi, nous en sommes sorties avec des bleus et de légères commotions. Même Cat, qui n'a repris conscience qu'après son opération pour fracture du crâne due à une chute de poutre, s'en est tirée d'affaire sans séquelles. Nos symptômes de stress post-traumatique étaient légers. La thérapie nous a aidées à les gérer.

Dans une réalité alternative, cela aurait pu être une expérience enrichissante, qui aurait renforcé les attaches familiales, forgé un lien indestructible entre nous...

Sauf que maman y a laissé la vie.

Je tourne dans ma rue, alerte au monde qui m'entoure, du moins assez pour saluer les commerçants que je connais et un voisin que je croise.

Il a été avéré plus tard que la rénovation de la cuisine n'avait pas respecté les normes de sécurité. Un premier entrepreneur avait installé une cuisinière électrique et camouflé la conduite de gaz près du sol avec du plâtre. Comme son travail, par ailleurs, avait été de mauvaise qualité, le propriétaire l'avait remercié et avait engagé un autre homme. Le second entrepreneur avait repeint les murs et installé des plinthes dans la cuisine. Ce faisant, il avait enfoncé un petit clou dans la conduite de gaz qu'il n'avait pas pu voir. La réception du chantier s'était faite de jour. Et plus tard, dans la semaine, mes parents avaient loué la maison, et maman avait allumé la lumière...

Le temps que la police reconstitue le puzzle et s'attelle à

chercher le premier entrepreneur, celui-ci s'était enfui hors d'Europe. On le l'a jamais retrouvé.

J'entre dans mon immeuble, monte les escaliers en courant et déverrouille la porte de mon appartement.

Pourquoi est-ce que je pense à ce jour fatidique maintenant ?

Ah oui, les cinémagraphes !

J'ai eu mon premier durant la semaine qui a suivi l'explosion. Plusieurs autres se sont succédé au fil des ans, mais seul celui concernant Maurice Sauve s'est avéré utile.

Et celui sur Brice Dol ? Je ne saurais le dire pour l'instant. Tout compte fait, il m'a pas mal déroutée. Les paroles de Justin m'ont fait croire que le meurtre de Brice était personnel, motivé par la haine et la vengeance. Et si ce n'était pas le cas ?

Lorsque j'ôte mes chaussures et me lave les mains, je sais déjà ce que je vais faire du reste de ma soirée et, éventuellement, de la nuit. Au lieu de regarder la *Fazenda*, je vais passer en revue tout ce que j'ai appris sur l'affaire Dol. Je reconsidérerai chaque suspect et témoin en me concentrant sur des mobiles non personnels.

Mais par où commencer ?

Je vais à la cuisine et me prépare un bol de muesli avec du yaourt. Eh oui, c'est mon dîner. Ne me jugez pas !

Je m'assieds en tailleur sur une chaise, me met à manger et décide, presque sur un coup de tête, que je ne commencerai pas par Filek. Je ne pense qu'à lui et à Justin depuis des jours maintenant, et franchement, je ne vois pas ce que je pourrais trouver de nouveau.

Mettons que ce n'était ni l'un ni l'autre.

Imaginons que c'était quelqu'un d'autre, quelqu'un qui avait son propre mobile, sa propre raison de tuer Brice. Ouvrons l'esprit et supposons que son mobile n'avait rien à voir avec le passé de Brice ni avec la mort d'Audrey Gilly. Soyons fous et admettons que cela n'ait rien à voir avec le séjour de Brice en prison non plus.

Que reste-t-il alors ?

Les dernières semaines de sa vie.

Que sais-je d'elles ?

Brice passait du temps à la maison à espérer se réconcilier

avec son fils. Il avait pris un verre avec Filek. Il travaillait au garage de Manuel.

Le garage !

Il faut que j'y retourne, que je fouine, que je parle à nouveau à Manuel et à son personnel. Ce n'est pas parce que Manuel n'était au courant de rien qu'il n'y aura pas eu un conflit entre Brice et un collègue. En général, un patron n'entend parler d'un conflit sur le lieu de travail que lorsque celui-ci dégénère et nécessite un arbitrage.

À titre d'exemple, il y a eu d'innombrables antagonismes et rivalités entre nous, les sous-chefs de la Maison Folette, au fil des ans. De combien d'entre eux notre Chef avait-il entendu parler ? Quatre ou cinq. Et le PDG ? Probablement aucun.

Je soulève le bol maintenant vide et lance un cycle de prélavage à la langue, ce qui est plutôt le job de Lady quand elle est là.

Demain, je retourne au garage de Manuel !

CHAPITRE TRENTE-ET-UN

La patience n'est pas mon point fort. Une fois que j'ai décidé qu'une action s'imposait, elle me ronge et me distrait du reste jusqu'à ce qu'elle soit réalisée.

Hier soir, quand j'ai décidé d'aller au garage de Manuel, j'ai commodément oublié qu'il était situé trop loin et trop haut sur une colline pour mon vélo non-électrique. J'ai également oublié qu'aujourd'hui, c'est dimanche. Cela signifie que le garage sera probablement fermé, ainsi que la ligne de bus, et que Rose, Éric et Tino qui possèdent des voitures, auront autre chose à faire que me servir de chauffeur.

Je pourrais appeler un taxi et espérer que l'aller-retour ne me ruine pas... Ou je pourrais demander à Rose quand même.

À ma grande surprise, il s'avère qu'elle est libre entre midi et seize heures, et que cela ne la dérange pas de me conduire au garage de Manuel.

Ai-je mentionné que je l'adore ?

Quand nous arrivons, la chaleur est à son comble. Rose trouve une place à l'ombre pour garer sa petite Nissan. L'inconvénient est que ça nous oblige à marcher sous le soleil brûlant pendant presque dix minutes pour arriver au garage.

Pendant que nous avançons, la chaleur me lèche le visage et m'emmaillote dans une couette invisible. De la sueur coule sur mon front. Je l'essuie avec le revers de la main. Rose tamponne son front avec un mouchoir en papier.

Mais ce n'est pas grave ; il vaut mieux transpirer un peu à l'air libre que de monter dans une voiture surchauffée qui puc lc plastique fondu.

Le portail extérieur du local est ouvert. Six voitures et un 4x4 noir sont garés dans la cour. C'est un bon signe. Ça veut dire qu'il y a des gens à l'intérieur, et pas seulement Manuel, mais aussi certains de ses employés. J'espère que je pourrais discuter avec eux.

Malheureusement, lorsque nous nous approchons, il s'avère que les portes de la baie vitrée sont roulées jusqu'en bas. Le garage est, en effet, fermé au public aujourd'hui.

Nous faisons d'abord le tour du grand bâtiment en cherchant une porte ou une fenêtre non obstruée par des stores. Une fenêtre ouverte serait idéale... Mais il n'y en a aucune en vue. En même temps, il est logique qu'ils gardent les fenêtres fermées et les stores tirés. C'est le mieux à faire si la clim est en marche.

– Et si on frappe sur le verre ? suggère Rose.

– On va le faire, mamie. Dans un instant.

Elle lève les sourcils.

Je ne sais pas pourquoi, mais je ne suis pas pressée de signaler notre présence. Est-ce un pressentiment ? Une précaution inutile ? Je me pencherai dessus plus tard.

Alertée par un bruit, j'appuie le côté de mon visage contre le verre, pose mes mains autour de mon oreille et écoute. Il y a plusieurs personnes à l'intérieur. Elles se disputent, mais je ne comprends pas ce qu'elles disent.

Nous continuons à marcher, jusqu'à ce que Rose remarque un vasistas à quelques mètres devant elle. Quelqu'un a dû oublier de le fermer en allumant la clim. Nous nous plantons en dessous. *Oui !* Je peux maintenant distinguer les mots. Mieux encore, en me tenant sur la pointe des pieds, je peux apercevoir les gens à l'intérieur.

Ils sont trois. Deux hommes costauds échangent dans un français approximatif avec un accent lourd que je ne reconnais pas. Ce n'est pas un accent espagnol, ni italien, anglais, scandinave, slave ou arabe. Qu'est-ce que cela pourrait être ? Leur apparence n'est pas d'une grande aide non plus pour déterminer leur provenance. Ils ont tous les deux les cheveux foncés, l'un avec une barbe et l'autre rasé de près. Ces mecs pourraient être originaires de n'importe quel coin entre le Portugal et le Moyen-Orient.

Le troisième homme parle comme un pur produit de la Provence.

– Toi promets dix, je fais contrat pour dix, se plaint le barbu, l'irritation manifeste dans sa voix. Patron pas content si j'apporte six.

L'homme du coin étend ses mains.

– Je sais et je comprends. Mais c'est tout ce que j'ai pour l'instant.

L'autre étranger roule ses épaules.

– C'est pas comme ça notre accord. Ton patron pas respecté notre accord. Notre patron très pas content.

Ils doivent parler des voitures d'occasion que le garage de Manuel achète, répare et expédie à l'étranger.

– Dites-lui qu'il y a un flic qui fait un peu trop de zèle dans son enquête, conseille l'homme du coin.

Le type bien rasé louche.

– Trop zèle ?

– Il pose trop de questions, explique le Français avant de secouer la tête. Si seulement vous vous étiez occupés de ces deux petits cons de façon plus discrète !

Chut ! Rose et moi échangeons un regard paniqué.

– Nous fait travail propre, proteste le barbu. Ton flic trouve rien. J'espère toi travailles propre aussi.

L'homme du coin relève le menton.

– Je n'ai pas dit que le gendarme nous suspectait. C'est sous contrôle. Il faut juste qu'on ralentisse un peu jusqu'à ce qu'on puisse le mettre sur une fausse piste.

Les étrangers ricanent.

– Petit gendarme te fait peur ? Donne-nous son nom ! On fait disparaître lui.

Rose me touche le bras en chuchotant :

– Je n'aime pas ça, Julie. On devrait partir.

Elle a raison. Il faut qu'on se barre d'ici. Le spray au poivre dans mon sac à main ne fera pas le poids face à ces trois-là.

– Il s'appelle Gabriel Adinian. C'est un capitaine de la gendarmerie de Beldoc, dit l'homme du coin.

Quoi ?

Rose et moi nous figeons. En un éclair, je me souviens qu'Adinian m'a parlé de son enquête sur le double homicide et de la façon dont il suivait une piste qui impliquait des kits GPS volés et la mafia albanaise. N'a-t-il pas dit qu'il pensait qu'il y avait un « chaînon manquant », un intermédiaire local entre les deux parties ? Eh bien, il semble que l'un des employés de Manuel pourrait bien être ce chaînon !

Je me couvre la bouche tandis qu'une idée me traverse l'esprit. Et si... Et si... Et si Brice avait eu un conflit avec ce type ? Et s'il avait entendu une conversation, comme Rose et moi à l'instant, et l'avait confronté ? Et que cet homme l'avait tué pour le faire taire ?

– On devrait y aller, chuchote Rose. Maintenant !

La porte qui sépare les bureaux du reste du garage s'ouvre et Manuel sort.

Il se dirige directement vers le groupe des trois hommes.

– Baissez la voix, imbéciles ! Quelqu'un pourrait vous entendre.

Le gars du coin balaie sa main autour du garage.

– Qui, patron ? Il n'y a que nous ici.

Je me baisse, tourne le dos au mur et m'aplatis contre lui. Mon cœur bat si vite que j'ai du mal à respirer.

Manuel est au courant !

Le bon samaritain qui offre un nouveau départ aux anciens détenus, l'âme compatissante qui a insisté pour qu'Éric garde la paie de Brice, est impliqué dans cette arnaque ! Le citoyen modèle fait partie de ce trafic criminel. Il l'approuve. Peut-être même qu'il le dirige.

Dès que je reprends mon souffle, Rose et moi nous éloignons en douce de la fenêtre. Chaque petit bruit que nous faisons résonne comme le tonnerre à mes oreilles. Je suis morte de trouille.

Ils sont trop occupés à comploter l'assassinat d'Adinian, me dis-je.

Ils ne nous entendront pas. Ils n'ont rien remarqué jusqu'à présent.

La dizaine de minutes pour revenir à la voiture paraît interminable. Enfin, nous montons, fermons les portes et attachons nos ceintures.

– On va à la gendarmerie direct, m'informe Rose, en tournant la clé dans le contact.

– Oh que oui !

L'adrénaline monte dans mes veines. Je suis à la fois soulagée et exaltée. Tout comme Rose, si l'on en croit la couleur de ses joues et l'éclat de ses yeux.

En sortant mon portable, je trouve le numéro d'Adinian. Autant l'avertir sans tarder. Mais mon appel tombe sur sa messagerie.

Grr !

Surexcitée comme je le suis et occupée à appeler Adinian, je ne me retourne ni ne regarde dans le rétroviseur pendant un certain temps. C'est pourquoi je ne réalise pas tout de suite que nous sommes poursuivies.

Quand je m'en rends compte, je me tourne vers Rose, la poitrine serrée par la panique.

– La voiture derrière nous...

Elle piétine l'accélérateur.

– Je sais.

Le grand 4x4 noir qui était garé devant le garage de Manuel rattrape rapidement son retard sur nous. Rose pousse sa Nissan à ses limites, mais sa petite biplace est conçue pour les loisirs, pas pour la survie. Son moteur est beaucoup moins puissant que l'autre.

Que feront-ils lorsqu'ils nous atteindront ? Nous pousseront-ils contre la paroi rocheuse à droite ? Dans la rivière à gauche ? Nous forceront-ils à nous arrêter et à sortir de la voiture ? Nous emmèneront-ils dans les bois et nous exécuteront-ils ? Je ne sais pas quelle option je redoute le plus.

Soudain, nous sommes pare-chocs contre pare-chocs.

Par un jour de semaine, il y aurait beaucoup plus de circulation sur cette route, mais comme on est dimanche, les rares voitures présentes crissent et s'écartent pour nous laisser passer. Les klaxons retentissent et les conducteurs crient des obscénités.

Rose fait une embardée vers la droite juste à temps pour éviter de tomber dans la rivière. Chaque dérapage nous rapproche un peu plus d'une perte de contrôle. Une nouvelle fois, elle tire sur le volant, dépasse un taxi et une camionnette, et met un peu de distance entre nous et le 4x4.

Mon téléphone sonne. *Adinian !*

– Vous avez essayé de me joindre, dit-il.

– Rose et moi sommes en danger, hurlé-je à m'en étouffer, les yeux collés au rétroviseur.

Le 4x4 est au même niveau que nous à présent. Rose prend un virage désespéré. Je vois le visage froid et déterminé du conducteur barbu alors que nous passons à côté d'eux et que nous frôlons un lampadaire sur notre droite.

La manœuvre secoue violemment notre voiture. Mon téléphone tombe de mes mains moites et rebondit sur le plancher de la voiture qui est en train de faire une embardée. Je le cherche à tâtons, la ceinture de sécurité s'enfonçant dans ma poitrine. J'entends la voix inquiète d'Adinian :

– Julie ! Qu'est-ce qui se passe ? Où êtes-vous ?

Finalement, je m'en empare.

– Un 4x4 noir nous poursuit sur la... *C'est quoi, cette route ?*

– La D15, crie Rose.

– La D15, répété-je. Ils essaient de nous écraser !

– Restez en ligne ! Pouvez-vous lire sa plaque d'immatriculation ?!

– Une minute...

Alors que je me retourne dans mon siège, le 4x4 nous rentre dedans par derrière. Le choc pousse mon corps vers l'avant et la sangle sur mon torse se tend et se bloque. Je laisse tomber à nouveau le téléphone.

Je ne sais pas par quel miracle, mais Rose arrive toujours à contrôler sa voiture. Tandis qu'elle dévie pour éviter le prochain impact, nous heurtons une camionnette sur notre gauche.

La Nissan se retourne et dérape vers le flanc de la montagne en grinçant et en craquant. Les airbags se déploient. Un mélange nauséabond d'odeurs – de la fumée chimique, du métal chauffé, du caoutchouc brûlé et du sang – emplit mes narines. Rose est à l'envers. Le monde à l'extérieur de la voiture est à l'envers. Le sang de mon nez coule à l'envers sur mes yeux et mon front.

Mon esprit devient brumeux.

Je me demande si Rose va bien, si mon nez est cassé, si nous survivrons à cette épreuve.

CHAPITRE TRENTE-DEUX

L'homme qui m'embrasse sent bon. Son eau de Cologne n'a rien de particulier, mais sous sa fraîcheur herbeuse, je détecte les phéromones produites par le monsieur lui-même. *Miam !* Avant que mon cerveau n'ait eu le temps de les inventorier, mon corps les estampille « approuvé » en grosses lettres rouges.

Je gémis doucement et lui serre la nuque.

Il arrête de m'embrasser.

Ah, non !

Il s'éloigne.

Mais pourquoi ? Reviens !

– Julie ! m'appelle-t-il d'une voix profonde et familière. Combien de doigts voyez-vous ?

Hein ?

Lentement, j'ouvre mes lourdes paupières d'un cran et filtre le monde à travers mes cils. Quelques nuages laineux tachent le ciel bleu. Il fait soleil et chaud, mais la lumière se fait plus douce, comme en milieu d'après-midi. Je suis allongée sur le dos sur une surface dure. Ma tête repose sur quelque-chose de mou, mais trop plat pour être un oreiller.

Ce n'est pas mon lit. En même temps, si c'était mon lit, je ne verrais ni le ciel, ni les nuages, pas vrai ?

Une main mal définie s'agite devant mes yeux.

– Combien ? redemande la voix familière.

J'étudie la main, tandis que ma vision se concentre quelque peu. Mais mon esprit est toujours aussi cotonneux.

Que déduire de tout cela ?

Je suis à l'extérieur, en train de prendre un bain de soleil. Le capitaine Adinian – sa forme est trop floue, mais j'ai reconnu sa voix – plane tout près en agitant sa main devant mon visage et en répétant une question débile.

C'est lui qui m'a embrassée tout à l'heure ?

Il claque des doigts plusieurs fois et les ouvre à nouveau.

– Julie, s'il te plaît, concentre-toi ! Les secours sont en route.

– Coucou.

– Combien de doigts vois-tu ?

– Cinq.

– Très bien, madame Cavallo ! Je suis fier de vous ! Vous êtes trop forte.

Et vous êtes trop bizarre, capitaine Adinian !

Je fronce mes sourcils et je marmonne :

– Quel genre de mec embrasse une fille puis lui demande de compter ses doigts ?

Il louche, comme s'il cela l'aidait à déchiffrer mes mots indistincts.

Je bredouille :

– On ne peut pas appeler une fille par son prénom pour revenir à madame un instant plus tard !

Il cligne des yeux.

Je ne sais pas s'il a compris.

– Vous venez de me speed-larguer, là ? balbutié-je. C'est minable, comme façon de traiter la seule pâtissière sans gluten de sa ville !

– Pardon ?

Attendez, et si tout ça n'était qu'un rêve ?

J'essaie de lever la tête et de regarder autour de moi, mais mon corps est léthargique. Pire encore, une douleur aiguë me traverse l'épaule et le cou.

– Restez tranquille ! aboie Adinian avant d'ajouter : S'il vous plaît.

Je laisse mon corps s'affaisser de nouveau.

Ma vision est maintenant assez nette pour distinguer des formes humaines dans le flou général.

– Que se passe-t-il ? Où suis-je ?

– Vous avez eu un accident. Vous étiez à peine consciente quand je suis arrivé.

Tout me revient en une rafale d'images non séquentielles. La Nissan qui se retourne et dérape. Le garage. La poursuite. Manuel. Les hommes qui ont essayé de nous tuer.

Mes paupières s'ouvrent grand.

– Rose ! Où est Rose ?

– Ne vous inquiétez pas, elle va bien.

Il fait signe de la main à une forme floue derrière lui.

Le visage de mamie s'approche suffisamment pour que je puisse distinguer son maquillage maculé.

– C'est fini, ma chérie, murmure-t-elle en me caressant le bras. Ça va aller. Tu t'en sors très bien.

Mes yeux louchent vers mon nez. Je le sonde avec mes doigts. Il est gonflé.

– Rien de grave, me rassure-t-elle. Enfin, rien qui ne puisse être réparé.

– Rose a réussi à s'extirper de la voiture telle une véritable championne de gymnastique, dit Adinian en regardant mamie avec un mélange d'incrédulité et d'admiration.

– Telle un vraie yogini, le corrige-t-elle.

Il se tourne vers moi.

– Quand je suis arrivé, elle jurait comme un soldat, essayant de forcer la portière de votre côté.

– Il était sur sa moto, donc il est arrivé avant l'ambulance, explique Rose. Les pompiers seront là d'une minute à l'autre.

Je tire sur la manche d'Adinian.

– J'ai un truc important à vous dire.

Il se penche vers moi.

– Qu'est-ce que c'est ?

– Les hommes qui étaient après nous, ils travaillent pour Manuel Favier.

– Le garagiste ?

– Oui. Il est impliqué dans les vols des GPS sur lesquels vous enquêtez.

Adinian m'observe avec gravité.

– Nous avons entendu leur conversation, dit Rose. Ces hommes s'alarmaient à l'idée que vous vous rapprochiez trop. Ils complotaient pour vous éliminer.

Adinian sourit en coin.

– On dirait que leur plan est tombé à l'eau.

Des sirènes retentissent au loin. Une ambulance s'arrête. Plusieurs infirmiers avec des pochettes médicales se précipitent vers nous. Ils vérifient mes signes vitaux et ceux de Rose. Trois pompiers écartent les spectateurs et sécurisent le périmètre.

Adinian s'éloigne pour passer un coup de fil.

Deux voitures de gendarmerie arrivent quelques minutes plus tard.

Pendant qu'Adinian parle à ses collègues, on me transfère sur un brancard et me recouvre d'un drap métallisé.

De mon brancard, j'ai une meilleure vue sur les environs. Il y a du verre brisé partout sur l'asphalte. Des morceaux de plastique et de métal sont éparpillés autour de la voiture cabossée et renversée de Rose. Le pare-brise et l'une des vitres sont brisés. À l'intérieur, les airbags dégonflés pendouillent, se balançant au gré de la brise.

– Vous êtes nées sous une bonne étoile, Mesdames, dit un des gendarmes à Rose.

Une ambulancière hoche la tête.

– On dirait que vous allez vous en sortir avec quelques entorses et des bleus, dit-elle avant de se tourner vers moi. Au pire, un nez cassé et une légère commotion dans votre cas. Mais rien de grave.

– Vous auriez pu finir dans la rivière, comme l'autre voiture, dit un gendarme, en montrant quelque chose sur ma gauche.

Je tourne légèrement la tête et remarque que la rampe de sécurité est cassée.

– Qu'est-il arrivé à nos poursuivants ?

– Ils ont perdu le contrôle de leur véhicule et ont terminé dans la rivière, explique Adinian.

– Ils… se sont noyés ?

– Non. Le conducteur et son passager ont réussi à se libérer et à nager jusqu'au rivage.

Je grimace, en scrutant la berge.

– Alors, ils se sont échappés ?

– Négatif, dit-il en souriant. Nous les avons ramassés à quelques centaines de mètres en aval.

Je me tourne vers Adinian qui est de nouveau à mes côtés.

– Ils ne parleront pas, n'est-ce pas ?

– C'est peu probable, confirme-t-il. Mais nous allons les inculper de tentative de meurtre. Ils iront en prison pour un bon bout de temps.

Je l'interroge du regard.

– Et Manuel et son employé ?

– Je viens d'envoyer une équipe pour les arrêter.

Deux ambulanciers me font monter dans le véhicule, et un troisième offre son bras à Rose. Elle affirme qu'elle va parfaitement bien et qu'elle peut marcher sans aide, mais elle s'appuie sur lui tout de même.

– Vous êtes de Beldoc ? demande-t-elle à l'ambulancier. Je suis candidate à la mairie. Il faut voter pour Rose Tassy.

Il lui lance un regard amusé.

– Je ne peux pas, madame Tassy. Je suis d'Arles.

– Dommage ! s'émeut-elle avant d'ajouter : Je veux dire, pour vous.

Adinian marche d'un pas lent à côté du brancard.

Je lui lance un œil.

– Comment se fait-il que vous nous ayez retrouvées si rapidement ? Je n'ai pas eu l'occasion de vous donner la plaque d'immatriculation ni notre position exacte.

Il borde un bout de ma couverture.

– Vous ne regardez jamais de séries policières à la télé ?

– Euh...

– J'ai appelé la gendarmerie et ils ont établi votre localisation en triangulant votre téléphone depuis les antennes-relais voisines.

Je roule les yeux.

– Mais évidemment ! Je le savais.

Je le sais grâce à un roman, pas à une série policière. Mais je ne le dis pas à voix haute. Ce n'est ni le moment, ni l'endroit pour divulguer que le seul programme télé que j'ai regardé cette décennie est un feuilleton brésilien intitulé *Les Passions brûlent dans la Fazenda*.

CHAPITRE TRENTE-TROIS

Le ciel est d'un bleu vif et profond, comme on pourrait s'y attendre en été en Provence. La chaleur est bien là, mais il est plus de six heures de l'après-midi, et les rayons obliques du soleil ont acquis une douceur qui la rend supportable.

Rose et moi nous frayons un chemin entre les étals du marché de la Butte Royale vers la petite place où elle s'adressera aux Beldociens en sa qualité officielle de reine de Beldoc. Hier, elle a passé la journée entière à écrire son discours, tapant comme une folle sur son ordi, effaçant, tapant encore. J'ai proposé mon aide, mais elle l'a refusée. Elle n'a même pas voulu que je lise son discours une fois terminé.

Elle trame quelque chose... qu'elle sait que je n'approuverai pas.

La ville célèbre la fête de la lavande cette semaine. Ce n'est pas pour rien que la plupart des festivités se déroulent ici, à la Butte Royale. Si l'on se positionne stratégiquement, on se trouve récompensé par une vue à couper le souffle : une mer de lavande ondulant sous le vent.

Deux jours ont passé depuis notre accident de voiture.

Rose s'en est sortie indemne, comme un chat qui retombe toujours sur ses pattes. Mon état n'est pas aussi brillant que le sien, mais les médecins ne m'ont rien trouvé de cassé, pas même le nez. Ce dernier est cependant gonflé par rapport à sa taille normale. La bonne nouvelle, c'est que je ne ressemble plus à une femme-éléphant.

Dieu merci pour les ceintures de sécurité !

Sur un sujet connexe, les docteurs m'ont ordonné de porter un collier cervical pour soulager la douleur et la raideur causées par le coup du lapin. En théorie, on en a aussi prescrit un à Rose. Elle le porte à la maison. Mais elle refuse de sortir avec cet « accessoire dégradant ».

Quand j'ai osé suggérer qu'elle porte sa minerve à la fête de la lavande pour épargner les muscles de son cou, sa réponse a été : « Même pas si on me paye un million d'euros ! »

Je crois que si quelqu'un lui versait un million, elle mettrait son collier « dégradant » illico-presto. Mais comme personne ne lui a fait une telle offre, la question restera à jamais en suspens.

Lorsque nous passons devant le stand de Magda, je lui fais signe et ralentis. Elle fixe ma minerve. Je souris dans l'attente d'une question sur ce m'est arrivé. J'en ai eu des tonnes depuis deux jours.

Mais Magda se contente de lever les yeux au ciel. Puis elle se tourne vers la femme qui s'intéresse à sa sélection de savons.

– Les miens sont les meilleurs sur ce marché, ma chérie ! On est dans de l'authentique, dans du vrai artisanal, avec des huiles essentielles distillées dans la région. Tous les autres que tu trouveras sont des faux fabriquées en Asie.

Rose me murmure à l'oreille tout en avançant :

– Je comprends qu'on exagère un peu à des fins marketing, mais mentir de la sorte sur ses concurrents ? Elle mérite d'être dénoncée aux autorités.

– Tout à fait, confirmé-je.

Mais qui se chargera de la dénonciation ?

Rose ? J'en doute.

La cliente de Magda ? Peu probable.

Je sais que moi, je ne le ferai pas. Ici, dans le Sud, on ne balance pas, même quand c'est justifié.

Non loin du *Gaulois réfractaire,* je repère le capitaine Gabriel Adinian dans la foule. Dans des circonstances normales, je me demanderais s'il est là en tant que flic ou sur son temps libre. Mais aujourd'hui, je me demande autre chose.

M'a-t-il vraiment embrassée il y a deux jours sur le lieu de l'accident ? Ou bien faisait-il de la réanimation cardio-pulmonaire, et mon cerveau en état de choc l'a interprétée à tort comme un baiser ? Il est également possible que toute cette séquence du baiser n'ait été qu'un songe d'un après-midi d'été.

Mis à part cette question cruciale, je brûle d'envie de savoir si les gendarmes ont trouvé quelque chose dans le garage de Manuel ou dans sa maison qui pourrait le relier aux vols de GPS. Si les Albanais et son employé gardent la bouche cousue en interrogatoire, alors au tribunal, ce sera la parole de mamie et la mienne contre la sienne.

La prochaine fois que j'écoute aux portes, je ne manquerai pas d'enclencher le bouton « rec » de mon téléphone !

Hier, Adinian m'a appelée pour s'enquérir de ma santé et de mon rétablissement, mais il n'a rien dit sur son enquête. Il n'a pas non plus voulu discuter de l'affaire Brice Dol. *Franchement, c'est ignoble !* Je n'ai pensé qu'à ça pendant ma convalescence chez Rose.

Quand je suis sortie de l'hôpital, mamie a tapé du poing sur la table et déclaré que je devais rester chez elle cette semaine. Elle a également décrété, avec l'appui de ce traître de docteur, que je ne me rendrai pas au travail.

Aucun d'eux ne le sait, mais hier matin, je me suis faufilée à la pâtisserie pendant que Rose faisait des courses à Arles. Éric était tout seul à préparer les macarons et sorbets supplémentaires pour la semaine de la fête de la lavande. Il fallait que je lui donne un coup de main !

Mais en dehors de cette mission, je me suis reposée consciencieusement dans le transat du jardin de Rose, à l'ombre des cerisiers. J'ai lu un peu, fait la sieste – beaucoup – en me blottissant contre Lady, la championne du monde en la matière.

J'ai également beaucoup réfléchi au meurtre de Brice.

Ma théorie actuelle est qu'il s'agit d'une tragédie en trois actes.

Dans le premier acte, Léa et Justin disent à Brice ses quatre vérités, alors que celui-ci est à genoux, les suppliant de le pardonner en répétant à quel point il est désolé. Dans le deuxième acte, Léa s'en va. Justin reste dans le jardin quelques minutes de plus et cogne Brice deux fois au visage. Ce dernier est toujours à genoux et ne résiste pas.

Pendant que ce drame se déroule, quelqu'un se cache dans les buissons, attendant son heure. Il s'y est planqué avant l'arrivée des jeunes Gilly. Il voit tout et entend tout. Je parie qu'il croise les doigts pour que Justin tue Brice.

Est-ce Filek ? Je ne pense pas.

L'employé véreux de Manuel Favier ? L'un des gangsters albanais ?

Manuel lui-même ? Je vote pour cette proposition ! Lorsqu'une personne que l'on admire nous déçoit, on en vient à lui en vouloir davantage qu'à quelqu'un de neutre. Plus l'admiration est grande, plus l'écœurement est profond.

C'est l'une des tristes vérités que j'ai apprises lors de mon divorce.

Quoi qu'il en soit, l'objectif de celui qui se cache dans les buissons est de faire taire Brice avant qu'il ne dénonce le réseau de trafiquants des GPS.

Pourquoi Brice n'est-il pas allé voir les flics immédiatement, dès le premier soupçon que quelque chose de louche se trafiquait dans le garage ? Pourquoi a-t-il choisi d'affronter les méchants ?

La réponse est assez évidente. Brice n'avait pas signalé l'opération de Manuel pour la même raison que je ne signalerai pas les mensonges scandaleux de Magda. Comme je le disais, chez nous, dans le Sud, on ne dénonce pas. Même si notre vie en dépend.

Pour en revenir à notre tragédie, dans le troisième et dernier acte, Justin traite Brice de salaud et quitte les lieux. Brice est toujours à genoux, profondément secoué. C'est à ce moment précis que le rôdeur bondit par derrière et lui tranche la gorge. Il essuie alors le couteau sur sa propre chemise et s'enfuit.

J'ai partagé cette théorie du crime avec la FREJ. Flo, Éric et Rose m'ont fait remarquer que je n'avais aucune preuve matérielle pour l'étayer. Fort bien. C'est leur droit constitutionnel d'être sceptiques.

Mais dans ce cas, ont-ils une meilleure théorie ?

Eh bien, non. Ils n'en ont pas.

CHAPITRE TRENTE-QUATRE

Rose et moi arrivons sur la petite place où trônent l'église et un restaurant.

Une des dames du comité d'organisation – pas la même que la dernière fois – se précipite vers nous et s'accroche au bras de Rose.

– Merci beaucoup d'honorer cet engagement malgré l'accident !

D'un hochement de tête majestueux, Rose ajuste son châle d'Arlésienne.

– Je prends mon devoir de souveraine très au sérieux.

– Vous interviendrez après le maire, puis le *Beldoc Band* jouera une farandole, indique la femme en la conduisant à la petite scène installée devant l'église. Puis-je voir votre discours ?

C'est le moment idéal pour moi d'aller voir Éric et Flo. Notre stand doit être deux ou trois allées plus loin. Je m'y dirige quand Adinian me rattrape. Mes priorités se réorganisent sur le champ.

– Madame Cavallo.

– Capitaine.

– Comment va votre cou ? Ce collier n'a pas l'air très confortable...

– Le cou va bien, tout comme la minerve, merci. *En avons-nous fini avec les politesses ?*

– Comment va Rose ?

– Elle est en pleine forme, comme vous pouvez le constater, dis-je en la montrant du doigt. Au fait, vous comptiez bien me remercier de vous avoir aidé à résoudre votre double homicide, non ?

– Nous n'avons pas encore d'aveux. Mais les preuves s'accumulent et elles sont solides.

Il croise les bras sur sa poitrine avant d'ajouter :

– Mais je ne vous remercierai pas.

Je recule légèrement.

– Et pourquoi ?

– Ceci dit, je veux bien reconnaître que votre tuyau sur Manuel Favier a été précieux. Cela a certainement accéléré l'enquête.

– Mais ?

– Mais si je vous remercie, vous l'interpréterez comme un encouragement, une approbation de votre interférence. Que je n'approuve absolument pas.

Pff, dis-moi quelque chose que je ne sais pas déjà !

Il fronce les sourcils.

– Vous vous êtes mises, votre grand-mère et vous, en grave danger. Vous n'auriez pas dû aller au garage. Vous auriez dû venir à moi directement !

– J'y suis allée pour discuter avec Manuel et ses employés et pour voir si quelque chose de nouveau surgirait concernant Brice, protesté-je. Croyez-moi, je ne soupçonnais pas le moins du monde que Manuel était votre chaînon manquant.

Il se frotte le menton.

– Hum.

– Je vous en prie, capitaine, plaidé-je. Vous ne pouvez pas me laisser dans l'ignorance ! Que pouvez-vous me dire sur votre affaire et la mienne ?

Il prend un air perplexe.

– *Votre* affaire ?

– Je veux dire, celle du capitaine Shen, me rattrapé-je, agacée par mon lapsus. Je suis sûre qu'il vous tient au courant.

Un grand sourire amusé se répand sur le visage d'Adinian.

– Et moi, je suis sûr que vous avez une excellente théorie sur ce qui s'est passé. Ça vous dirait de la partager avec moi ?

Il n'a pas besoin de demander deux fois.

Je résume aussi succinctement que possible ma tragédie en trois actes. Peu à peu, son sourire s'efface, laissant place à une attention soutenue et... Oserais-je dire le mot ? Du respect. Mon ton devient plus assuré et je conclus le troisième acte par une révérence théâtrale.

– Étais-je proche ? lui demandé-je en me redressant.

– Je suis impressionné, vraiment.

Je cherche sur son visage des traces de moquerie, mais il n'y en a pas.

– Le capitaine Shen a-t-il découvert qui a tué Brice ?

– Oui.

Je laisse mon cerveau digérer l'info.

– Qui ?

– Manuel Favier.

– Je le savais ! Je le savais !

Je me couvre la bouche avec la main pour étouffer des cris de jubilation. Le geste me transforme en cocotte-minute prête à éclater à tout moment à cause de la vapeur emprisonnée. Pour éviter d'exploser, je me mets à tourner comme une toupie en levant et baissant mon autre main afin de transmuer la vapeur en énergie cinétique.

Mon numéro attire des regards curieux et un sourire amusé d'Adinian.

Ayant décompressé un peu, j'adopte une posture plus digne.

– Est-ce qu'Éric le sait ? Et Justin ? Et Léa ?

– Shen a informé tout ce petit monde ce matin, ainsi que Filek, qu'on tenait l'assassin de Brice, répond Adinian. Et qu'ils sont lavés de tout soupçon.

Un poids énorme est levé de mes épaules. Je suis, évidemment, soulagée pour Éric et Justin. Mais aussi pour moi. Je n'ai pas été irréprochable dans cette affaire. J'ai caché aux gendarmes l'histoire du téléphone de Léa et de la note que Justin avait reçue avant de s'enfuir en Corse. Cette note, d'ailleurs, a dû être écrite par Manuel qui avait entendu et vu Justin dans le jardin de Brice. Son but était sans doute de manipuler Justin pour qu'il parte en cavale et s'incrimine ainsi lui-même. Et ça avait marché !

Mais cette information n'a plus d'utilité à présent, donc je n'ai plus à me sentir coupable de la taire.

– Comment Shen a-t-il établi la culpabilité de Manuel ? demandé-je.

– Son équipe a fouillé la maison des Favier. Ils ont démonté la plomberie et ont trouvé des traces de sang : celui de Brice.

– Tiens, tiens !

– Attendez, ce n'est pas fini. Vous êtes prête ? lance-t-il, surexcité comme un enfant. Shen a retrouvé l'arme du crime !

Mes yeux sortent presque de leurs orbites.

– C'est pas vrai !

– C'était une grossière erreur de Manuel de ne pas se débarrasser du couteau mais de le nettoyer avec de puissants produits. Seulement voilà, les techniques médico-légales d'aujourd'hui font des merveilles. On a trouvé des traces malgré tous les efforts de Manuel.

– Et son alibi ?

– Sa femme vient de révoquer sa déclaration antérieure sur la nuit du meurtre.

– Laissez-moi deviner, dis-je. Les compétences inégalées de Shen en matière d'interrogatoire ont encore porté leurs fruits.

– Il n'a pas eu besoin de les utiliser. Elle n'était que trop contente de dénoncer son mari.

– Ah bon ?

– La semaine dernière, elle l'avait surpris en train de la tromper avec sa comptable.

Je porte ma main à ma joue.

– Oh là là là là là là! Alors, quelle est sa nouvelle version des faits ?

– Le soir du meurtre de Brice, elle a dîné seule. Elle lisait au lit quand elle l'a entendu arriver vers onze heures.

– Il a eu amplement le temps de tuer Brice !

– Manuel est allé directement dans la salle de bain où il a passé une bonne heure. Elle avait senti l'odeur de javel.

Adinian ricane avant d'ajouter :

– C'est ce qui a éveillé ses soupçons d'adultère, d'ailleurs.

– Et elle avait raison, même s'il était autrement pris ce soir-là.

– Elle lisait encore quand il est entré dans la chambre. Elle avait remarqué qu'il ne portait pas la même chemise qu'au matin, mais un T-shirt froissé qui puait la sueur rance. Il avait dû le sortir du panier à linge.

– Avec ce témoignage, les traces de sang et l'arme du crime, Shen a un dossier en béton contre Manuel, résumé-je.

– Ça c'est sûr.

Il y a un détail qui me dérange :

– Manuel était loin d'être bête. Ça me surprend qu'il ait été si imprudent au point de garder l'arme du crime.

– Je comprends parfaitement pourquoi il l'a fait, dit Adinian.

– Pourquoi donc ?

– Vous l'auriez gardé, vous aussi, si vous aviez vu ce couteau.

Je le regarde par-dessus les bords de mes lunettes de soleil.

– Qu'a-t-il de si spécial ?

– Tout, affirme Adinian qui commence à compter sur ses doigts en énumérant : Son superbe manche en ivoire. Sa double lame. Ses quinze centimètres d'acier létal savamment dentelé. Il est lourd, lisse, assez gros pour infliger un maximum de dégâts, mais assez petit pour être transporté sans être vu...

– C'est une liste absolument effrayante !

Je fronce les sourcils avant de l'interroger :

– Qui êtes-vous, capitaine Adinian ?

– Un militaire, répond-il simplement.

Mais oui, bien sûr ! J'oublie toujours que même s'il est habillé en civil, il est officier de gendarmerie en service. Et que la gendarmerie, contrairement à la police, fait partie de l'armée.

Comme hypnotisée, je regarde ses yeux chocolat sous ses épais sourcils noirs.

Il soutient mon regard.

Le temps ralentit.

Le bruit de plusieurs tapes dans le micro nous ramène à la fête de la lavande.

– Mes chers Béldociens et invités de notre belle ville, dit Rose dans le micro.

Elle jette un coup d'œil à la représentante du comité qui la regarde en retour, la bouche pincée. Je remarque qu'elle tient dans ses mains la feuille de papier avec le discours de Rose. Les mains de Rose sont vides. *C'est étrange.*

– J'avais préparé un beau discours, commence Rose.

La femme du comité plie la feuille en deux, puis en quatre, puis encore, et encore, jusqu'à ce qu'elle devienne un petit cube de papier.

Rose gonfle sa poitrine.

– Mais je ne vous lirai pas mon discours. Apparemment, je n'ai pas le droit d'utiliser cette plateforme et ma royauté pour annoncer que je me présente à la mairie de Beldoc, ni pour vous demander de voter pour moi.

Ah, mince !

Adinian pouffe de rire.

– Elle vient de faire précisément ce qu'on lui avait interdit de faire.

Rose sourit.

– Eh bien, si je ne peux pas lire le discours que j'ai préparé, et puisque je n'ai pas de discours de rechange, je dirai simplement que je vous aime tous et... Euh... Passez une bonne soirée !

Les gens applaudissent.

– Rose Tassy maire ! s'écrie quelqu'un avec un accent anglais.

La dame du comité fait signe à l'orchestre situé à droite de la scène de commencer à jouer. Puis elle se précipite vers Rose, lui attrape le bras et l'éloigne du micro.

Aux premiers sons de l'air familier, un grand groupe se donne la main et se lance dans une allègre farandole.

Je n'ai jamais aimé les danses traditionnelles, mais si un certain gendarme offrait sa main maintenant, je crois que je pourrais être persuadée d'essayer.

Le gendarme en question lève la main, paume vers le bas, et consulte sa montre.

– Il faut que j'y aille. À la prochaine, madame Cavallo !

Et pouf ! Il est parti.

Rose et sa copine Sarah surgissent à mes côtés.

– C'était Gabriel ? me demande Rose, en voyant le dos d'Adinian.

– Oui.

– A-t-il divulgué quelque chose d'intéressant ?

Je relaie les nouvelles alors que nous nous dirigeons vers mon stand, vaillamment tenu par Flo et Éric.

La première chose que je remarque quand on y arrive, c'est la longue file d'attente qui s'est formée pour nos sorbets et macarons à la lavande. *Excellent !*

La chose suivante que j'enregistre est la présence de Noam Toche, le reporter vedette du *Beldoc Live.* Il n'a pas son dictaphone, ni son appareil photo, ni même un carnet dans ses mains. Que fait-il ici, alors ?

– J'attends de parler à Éric quand il en aura l'occasion, répond-il à ma question muette. J'ai entendu dire que l'assassin de son père a été arrêté.

– C'est exact.

– Je veux m'excuser auprès de lui pour l'article bâclé que j'ai écrit sur cette affaire, explique Noam. Je n'ai jamais vraiment cru que c'était lui.

– Votre article laissait croire le contraire, souligné-je non sans rancune.

– Au moment où je l'ai écrit, il n'y avait pas d'autres pistes, aucun autre suspect, mais nos lecteurs s'attendaient à ce que j'aie une théorie...

Il pousse un profond soupir avant d'ajouter :

– J'aurais aimé ne pas avoir pris de raccourci ! C'était de l'amateurisme, ça ne me ressemble pas du tout.

Je m'adoucis un peu.

– Si vous présentez vos excuses avec sincérité, je pense qu'Éric ne vous en voudra pas.

– Je ferai plus que m'excuser, dit Noam avec empressement. Je suis en train de mettre la dernière main à la nouvelle une sur cette affaire. J'y mange mon chapeau et je rends hommage à Éric pour la retenue et le sang-froid dont il a fait preuve depuis le début.

Rose lui tapote le bras.

– Bravo, monsieur ! Votre rédactrice en chef sera fière de vous.

Je m'installe derrière le stand et me prépare à donner un coup de main à mes employés.

– Tu es en congé maladie, ma chérie ! me rappelle mamie, mécontente, mais je passe outre.

Un homme d'une cinquantaine d'années à l'allure familière se plante devant moi.

– Julie Cavallo ! Je cherche votre stand depuis un moment.

Je le regarde, essayant désespérément de le remettre.

– Bonjour, monsieur Ponsard ! le salue Flo. C'était un plaisir de discuter avec vous et votre charmante épouse à la fête de Denis.

Elle se tourne à nouveau vers son client tout en poussant doucement son pied contre ma cheville.

J'appuie mon pied sur le sien en retour. *Merci, frangine !* Tu sais être altruiste à l'occasion.

Ponsard est un millionnaire – ou un milliardaire ? – qui exporte... non, qui importe... je ne sais quoi. Denis me l'a expliqué lorsqu'il nous a présentés, mais j'ai tout oublié. Pendant la soirée, j'ai à peine échangé quelques mots avec ce distingué monsieur et sa femme, mais je me souviens qu'il m'a dit qu'il avait entendu parler de mes pâtisseries. Je n'oublie jamais ce genre de choses.

– Qu'est-ce qui vous amène ici, monsieur Ponsard ? demandé-je, en espérant qu'il ne s'attende pas à un ticket coupe-file.

– Vous, dit-il.

– Moi ?

– J'organise une petite croisière en Méditerranée sur mon super-yacht.

Que dit-on en réponse à une telle déclaration ?

– Euh... Félicitations !

– Nous serons un petit groupe d'amis. C'est pour fêter le quarantième anniversaire de ma femme. En septembre, je pense. Au plus tard, en octobre.

– C'est quand son anniversaire ?

– En août, mais nous serons alors en Sibérie. Et je vais travailler, pour ne pas arranger les choses, ajoute-il en faisant les yeux de chiot. Un voyage d'affaires que je ne peux pas reprogrammer.

– Je comprends l'attrait de la Méditerranée par la suite.

Il sourit.

– Ma femme s'est mise à manger sans gluten récemment, et je

voulais vous demander si vous pouviez être notre traiteur pour son anniversaire.

– C'est-à-dire, sur le yacht ?

– C'est exact, confirme-t-il avant de joindre ses mains dans un geste de supplique. S'il vous plaît, dites oui ! Ce n'est que pour quelques jours. Il y aura un chef pour s'occuper des repas, donc vous n'aurez qu'à gérer les friandises et les desserts. Je vous paierai bien. En plus, les pourboires seront très généreux.

Il paiera bien... Des pourboires généreux...

Et si cette croisière était mon billet pour clôturer l'année sur un bilan comptable équilibré ? Non, rêvons plus grand ! Et si je faisais un bénéfice et offrais à Éric et Flo une prime de Noël ? Et si je me versais enfin un salaire ? Et m'offrais un comptable l'année prochaine ? Et un vélo électrique !

– De combien de convives parlons-nous ? demandé-je, en faisant de mon mieux pour dissimuler mon enthousiasme.

– Une trentaine, y compris l'équipage.

– J'aurais besoin d'un assistant.

– Bien sûr !

– Alors, marché conclu, dis-je. Donnez-moi la date dès que vous l'aurez.

– Je n'y manquerai pas !

Il me salue puis s'en va.

– La personne suivante, s'il vous plaît ! lancé-je à la file, en passant le tablier et la toque de chef que j'ai apportés avec moi.

Rose et Sarah échangent un regard. Mamie a la même lueur coquine dans les yeux que lorsqu'elle écrivait son discours hier.

Je n'aime pas ça. Je n'aime pas ça du tout.

CHAPITRE TRENTE-CINQ

Lundi, Rose a suggéré qu'Éric organise une réception commémorative pour Brice.

La première réaction de mon sous-chef a été :

– Jamais de la vie.

Jeudi, mamie lui a fait reconnaître, bien qu'à contrecœur, que son père avait été sincère dans son repentir.

Vendredi, Éric nous a invitées, Rose, Flo et moi, à passer le dimanche après-midi chez lui pour un petit repas entre amis. Il y aurait très peu de gens présents, avait-il prévenu, pas de discours, pas de prière, pas de musique. Mais il nous avait garanti un bon buffet et des vins de qualité.

Nous sommes dimanche après-midi, et je me mêle à une vingtaine d'autres invités dans le salon d'Éric. Les gens discutent du temps qu'il fait, de la ville de Beldoc, du bal des pompiers que j'ai raté, du succès de la fête de la lavande, de leur travail et de leurs projets de vacances.

Éric a interdit à tout le monde d'appeler cet événement « réception commémorative » ou de mentionner Brice.

– C'est comme jouer à Taboo, mais en plus triste, me chuchote Flo à l'oreille, avant de mordre dans son petit four.

Quand Tino lui fait signe, elle va le voir.

J'observe la salle. Depuis que nous sommes arrivées, j'ai parlé avec presque tout le monde. J'ai rencontré les deux cousins d'Éric et sa tante de Besançon. J'ai discuté un peu avec ses amis les plus proches que je connaissais déjà, et avec quelques autres que je n'avais jamais vus auparavant. Ce fut un rassemblement calme et serein, sauf à deux instants précis, tous deux dans le dernier quart d'heure.

Le premier fut l'arrivée du capitaine Adinian. Je ne savais pas qu'Éric l'avait invité. La deuxième perturbation s'est produite il y a moins de cinq minutes, avec l'apparition de Léa et de Justin Gilly. Je savais qu'Éric les avait invités, mais personne ne s'attendait à ce qu'ils viennent.

Éric a pâli et a failli s'évanouir lorsqu'ils sont entrés dans la pièce. Heureusement, Rose est intervenue. Prenant le rôle d'hôtesse, elle les a accueillis chaleureusement et les a conduits à la table du buffet, laissant à Éric le temps de se reprendre.

Peut-être devrais-je me ressaisir aussi !

Se tenir à l'écart d'Adinian comme une jeunette de seize ans qui s'est fait plaquer par un garçon est signe d'immaturité. En outre, j'ai encore des questions auxquelles lui seul peut répondre.

Je remplis mon verre et me dirige vers la fenêtre où il s'est positionné.

– Du nouveau dans votre affaire de trafic de GPS ?

– Nous avons démantelé toute l'opération, indique-t-il. Les agriculteurs peuvent respirer un peu, jusqu'à ce que le prochain gang comble le vide.

– L'un des bandits a-t-il mouchardé ?

Il prend une gorgée de son verre.

– Aucun. Mais nous avons une montagne de preuves qui les incrimine tous.

– Comme quoi ?

– Par où commencer ? se demande-t-il en balayant la main de gauche à droite. Nous avons trouvé dans le garage de Manuel six des kits GPS dérobés.

– Super !

– Ses relevés bancaires étaient également assez éloquents. Ils nous ont éclairés sur la façon dont il blanchissait de l'argent sale.

– Bien joué !

Il lève la main pour signaler qu'il n'a pas encore terminé.

– Sur l'ordinateur portable de Manuel, nous avons trouvé des fichiers Excel avec tous les noms des victimes, clients et intermédiaires. Sa comptable nous a fourni des détails sur chaque transaction, ainsi que des reçus.

– Elle a l'air d'être compétente, soupiré-je, en pensant à quel point je déteste la compta.

– Elle est en garde à vue à présent. Son avocat lui conseille de coopérer sans aucune retenue.

– Pensez-vous que Manuel va coopérer aussi ?

– Vu le rôle proéminent qu'il a joué dans l'opération et avec les accusations de meurtre qui pèsent sur lui, je pense que oui.

– Qu'entendez-vous exactement par « proéminent » ?

– Il n'était pas seulement le chaînon manquant entre mes victimes d'homicide et les Albanais. Il était la chenille ouvrière, celui qui équipait les voitures avec les GPS fauchés et qui fournissait les papiers nécessaires à leur revente.

– Il avait pourtant l'air d'un personnage si honorable ! m'exclamé-je en secouant ma tête. Il a même insisté pour qu'Éric garde le chèque de Brice...

– La remise du chèque n'était qu'un prétexte pour essayer de déterminer ce qu'Éric savait de la vie de Brice, et si Brice avait mentionné les agissements criminels de Manuel.

Rose se plante à mes côtés.

– J'espère que Manuel Favier va pourrir en prison pour avoir tué un homme qui avait si profondément changé ! Brice était devenu quelqu'un de meilleur. Vous savez à quel point des transformations de ce genre sont rares ?

Surprise, je me détourne de la fenêtre pour découvrir que ma conversation avec Adinian n'est plus privée. Entre-temps, non seulement Rose, mais aussi Flo nous ont rejoints.

– Nous ne savons pas encore pourquoi Manuel Favier a tué Brice Dol, dit Adinian. Peut-être que Brice avait exigé une part de l'argent sale ou avait essayé de faire chanter Manuel. Il n'y a aucune preuve de son innocence en ce qui concerne les vols des GPS.

– Il n'y a pas non plus de preuve de son implication, répliqué-je. Qu'est-il arrivé à la présomption d'innocence ?

Adinian fait un demi-sourire.

– La vérité est que nous ne le saurons peut-être jamais.

– Mais il a dit à Léa et Justin qu'il était désolé, qu'il voulait se racheter, remarque Flo.

Adinian ne cède pas.

– Oui, pour la mort d'Audrey. Il n'a jamais dit qu'il voulait devenir un type bien sous tous rapports.

– Je crois sincèrement que c'est la voie qu'il suivait quand Manuel l'a tué, insiste Flo.

Rose remue le doigt.

– C'est son karma qui l'a tué.

Je la dévisage.

– Comment ça ?

– Brice s'était sincèrement repenti et son karma l'a pris en compte. C'est pourquoi sa vie actuelle a été écourtée.

– Tu es sérieuse, mamie ? Flo plisse le nez. Son karma, si une telle chose existe, n'aurait-il pas dû lui permettre de poursuivre sa quête, lui donner une chance de se racheter auprès de Léa, Justin et Éric ? Ça n'a aucun sens.

– Au contraire, rétorque Rose. Ça a beaucoup de sens, quand on croit en la réincarnation.

– Vous y croyez, Rose ? demande Adinian.

Elle lui offre son plus beau sourire de Mona Lisa.

– Je suis une yogini holistique, dans mon corps comme dans mon esprit. Bien sûr que j'y crois.

Éric entre dans notre petit cercle.

Tout le monde se tait et se met à scruter ses pieds. Je me demande s'il nous a entendus discuter du sujet tabou qu'est son père.

Il se tourne vers mamie.

– Pourriez-vous développer cette histoire de réincarnation, madame Tassy ?

Ça alors, Éric !

– Si Brice n'avait pas changé si profondément, il serait mort de vieillesse et se serait réincarné au bas de la chaîne alimentaire dans sa prochaine vie, explique-t-elle.

– Genre, en amibe ? demande Flo.

– Non, ça c'est pour les abominations comme Hitler, objecte Rose. Je pense plutôt à une punaise de lit. Ou peut-être une mouche.

– C'est quand même une grosse rétrogradation, remarqué-je.

– Absolument ! Il allait passer par toutes les réincarnations à partir de là jusqu'à ce qu'il puisse enfin renaître dans la peau d'un humain.

Elle se déplace pour faire de la place à Léa et à Justin.

Tout le monde se tait à nouveau.

– Nous n'avons pas pu nous empêcher d'entendre votre, euh, singulière théorie, dit Léa à Rose. S'il vous plaît, continuez.

– Eh bien, reprend mamie en jetant un regard à Éric dont les yeux sont rivés sur Léa. Ce qui s'est passé, c'est que le repentir sincère de Brice a impacté ce schéma. Il a purifié son âme dans son incarnation présente, dans son corps actuel. Le karma a donc abrégé sa vie pour rectifier son cycle de réincarnations.

Je la regarde, incapable de savoir si Rose est sérieuse ou si elle se moque de nous, et ce plutôt maladroitement, même pour elle.

Éric quitte Léa des yeux et se tourne vers mamie.

– Donc vous dites que le karma a tué mon père pour le ramener plus vite à l'humanité, c'est ça ? Manuel Favier n'aura été qu'une arme ?

Les yeux plissés d'Éric et son ton ironique trahissent ce qu'il pense de la prémisse de Rose.

– Exactement, dit-elle, imperturbable. Ce qui n'exonère pas Manuel de toute responsabilité, remarquez bien. Mais son karma personnel se chargera de consigner ses infractions.

– Le pouvoir judiciaire le fera aussi, au cas où, intervient Adinian.

Flo se pince l'arête du nez.

– Mais enfin, mamie ! C'est absurde ! Nous vivons dans un monde matériel régi par les lois de la physique, pas par le karma.

Je suis tout à fait d'accord avec ma petite sœur cartésienne, même si je me demande quelle loi spécifique de la physique expliquerait mes *cinémagraphes*. Probablement une loi qui n'a pas encore été découverte.

Rose et Flo se lancent dans leur débat favori sur l'esprit et la matière. Je l'ai déjà entendu mille fois, alors à un moment donné, j'arrête de les écouter. À la place, mon attention est attirée par quelque chose de bien plus fascinant qui se déroule sous mes yeux tandis qu'elles se disputent.

La main d'Éric frôle celle de Léa.

La jeune femme ne s'éloigne pas, ni ne retire sa main.

Faisant semblant d'écouter le ping-pong entre Rose et Flo, Éric appuie son petit doigt contre celui de Léa et le caresse doucement.

Je lève mon verre de vin à mon visage et j'observe leurs mains du coin de l'œil, absolument captivée.

Léa bouge son petit doigt de façon à permettre à Éric d'agir avec plus de facilité.

Il lui prend la main.

Elle lui lance une œillade furtive.

Aucune femme qui a déjà été amoureuse ne se trompera sur ce regard.

Pour une raison inexpliquée, mes yeux s'embuent. Une contemplation profonde, philosophique, voire existentielle, se forme dans mon esprit, mobilisant toute ma matière grise et chassant toutes les autres pensées.

La voici, en entier :

Trop chou !

NOTE DE L'AUTEURE

J'espère que vous avez aimé ce livre!

N'hésitez pas à laisser un avis sur Amazon pour aider les autres lecteurs à découvrir cette nouvelle série! C'est facile. Il suffit d'aller sur la page Amazon du livre, de faire défiler vers le bas et de cliquer sur «Écrire un commentaire client».

La prochaine enquête de Julie est « Le superyacht sinistre ».

Merci et à bientôt,
Ana

LIVRE DE RECETTES OFFERT

Certains passages du roman que vous venez de terminer vous ont-ils donné envie de cuisiner ?

Alors inscrivez-vous à ma newsletter et recevez un livre de recettes gratuit dans votre boîte email!

Vous y trouverez des recettes sans gluten faciles et rapides de :

- macarons
- cookies

- brownies
- tiramisu
- beignets
- puddings

and plus encore !

Tapez ceci dans votre navigateur :
ana-drew.com/patissier-fr

À PROPOS DE L'AUTEURE

Ana T. Drew est l'esprit tordu derrière la récente vague de meurtres qui s'est abattue sur la petit ville provençale de Beldoc.

Lorsque qu'Ana n'est pas en train d'écrire, ou de gérer (plus ou moins) sa famille, vous la trouverez sur le canapé à regarder « The Rookie : le flic de Los Angeles » dans l'espoir de tourner la page sur « Castle ».

Elle habite Paris, mais son cœur est en Provence.

Site web: ana-drew.com/francais
Amazon: amazon.fr/-/e/B083LB5BVJ

facebook.com/AnaDrewLivres

DE LA MÊME AUTEURE

Les Enquêtes de Julie

Le macaron meurtrier

Le karma carnassier

Le superyacht sinistre

Printed in Great Britain
by Amazon

43674617R00149